正妻不好當

5

完

懷愫 著

風文創 154

目錄

第八十八章 婚事生變

大格格許久沒有出現在人前了，自戴嬤嬤離開她，周婷也不繼續在她身上花心思，她身邊自有專人打理三餐跟四季衣裳。周婷也不苛待她，只叫丫頭跟婆子把她看在自己的院子裡，總歸她不是對月就是對花嘆息，她那院子不缺景緻，春柳、夏花、秋葉、冬雪，足夠她嘆個一年。

宗室女身邊離不了教養嬤嬤，新提上來的錢嬤嬤，也是胤禛安排過去的，她到任頭一天就把前頭的事打聽得清清楚楚，曉得這個主子眼簾淺，竟得罪了嫡母，派她來就是要她把人看住，別讓大格格再做蠢事，因此她一上任就捏住了大格格妝匣的鑰匙。

大格格那時正為了弘昀的事傷心，躺在床上起不了身，把鑰匙交給錢嬤嬤看管便罷，等她身子漸漸養了回來，錢嬤嬤還捏著她屋子裡的大權，半點也沒放手的意思，大格格這才急了。

這陣子她才真正知道什麼叫作冷落，她這輩子真是一點苦頭都沒吃過，跟著李氏時李氏得寵，她又是唯一的女兒，自然金貴。到了那拉氏身邊，她又一向寬大，就是有了福敏跟福慧兩個，也沒有冷落她。

如今這番不聞不問，真的讓她害怕起來。康熙不在京中，可太后卻在，妃子們在一處尋樂的機會就多，或是賞春，或是遊湖，只要上了譜的，都要往宮裡去，做出兒孫滿堂的樣子逗太后開懷。往常只要有這些活動，那拉氏總不忘帶她去，如今卻是問都不問一聲，等人出了門，她這裡還收不到消息。

大格格既驚且懼，她拉不下這個臉去求周婷，就跟錢嬤嬤要了一回鑰匙，誰知錢嬤嬤端著一張臉，拿出教養嬤嬤的派頭來。「哪有主子自個兒成天算計這些的，可不合規矩，沒體面呢。」

這話一說，羞得大格格再不敢提鑰匙的事，她有心跟胤禛提個兩句，可那拉氏既沒怠慢她，又沒打罵她，一應用度還是按照月份送進她屋子去，衣裳與首飾的品質也一如往常，甚至還因為她身子不好，免了每日的請安。

大格格一開始清靜了一會兒，花時間為弟弟傷心了一陣子，等她回過神來，後院裡頭就像沒她這個人了。

雖然吃穿用度都不曾短少，可下頭人的態度卻是不同了，原本她想往院子裡走一走，只要差人去說一聲，自有人為她開道清園，她只要捏著扇帕帶了人就行，如今她想賞一回春，連院門都難開。

她不只見不著弘時的面，連兩個妹妹的面也見不著了。去年秋日，福敏與福慧還在她院子裡拿魚食逗魚玩，剛見它們湊過來爭吃的，就拿折下來的柳條抽打湖面，惹得池中錦鯉四下逃散，一院子都是笑聲。如今除了她掛在廊下的鸚鵡偶爾吐出一句人話，就連冰心跟玉壺時，她也有幾個要好的丫頭，後頭雖然來往少了，也還是存著交情的。冰心使了小丫頭幫忙打聽，卻得不到結果。

冰心只好挨在正院門邊，可是丫頭們往來好幾回，她也沒見到一個認識的。原本她同珍珠跟翡翠還熟一些，如今珍珠備嫁，翡翠離不了周婷跟前，她一時之間實在找不到一個比較有辦法打探消息的。最後冰心賠著笑臉貼了個鐲子，這才叫人把珊瑚請了出來。

珊瑚一臉為難，她見四下無人，便拉了冰心到角落裡頭。「這事還沒定論呢，只聽說不大好。」說著朝她搖了搖頭。

冰心一顆心涼透，她勉強笑了笑，謝了珊瑚一回，剛要捏荷包塞過去，就被珊瑚給攔住。「我還當著差呢，早晚妳們那邊也會得信，只是妳得看住妳們格格，不然可會連累我。」

冰心一路飄飄浮浮地回到院子，玉壺遠遠地就望著她，見她在大太陽底下出了一頭汗，也不知道往樹蔭底下走，心中隱隱明白。她幾步趕上前去握住冰心的手，竟是冰涼涼的。

說真的，這種事不到真的不好了，哪裡會往女家報，男方也要臉面，如今這會兒找上門來，還能談什麼？要退親可得早一些，若是等人過去了，那這個婚約還不在大格格身上掛一輩子?!兩個丫頭對視一眼，一起往主屋走去。

大格格正在屋裡繞圈，錢嬤嬤也得了信，正垂著眼皮立在屋子裡頭，聽見冰心與玉壺進來，眼睛一掃已明瞭，便先上前一步扶住了大格格的手。冰心朝著大格格艱難地點了點頭，大格格頓時腿下一軟，差點跌坐在地上。

她張著嘴說不出話來，突然一聲嗚咽滾了淚下來，冰心與玉壺則全把目光放到錢嬤嬤身上。錢嬤嬤皺了皺眉頭，她來的日子太淺，更多念頭是為了自己打算，她一面輕撫大格格的背，一面指了冰心。「大格格上回做的抹額可好了？妳尋個理由給福晉送過去。」

冰心捧了東西朝正院去，周婷這邊剛送走了董鄂夫人，正揉著額角頭痛。大格格已經要十五了，再過兩年就是出嫁的年紀，這會兒訂了親的未婚夫竟然一病不起了。

董鄂家的意思再清楚不過，若是尋常人家，早就該成婚了，可大格格畢竟是宗室女，到了十七歲才有封號，有了封號，才能出嫁。加上又要給雍親王府臉面，因此兒子到了十六歲，連個正經的屋裡人都沒有，現在竟是無後了。到了這一步，兩家只好退親，若是還有希望，董鄂家也不會上門來了。

周婷正在煩惱，聽見冰心送了抹額來，知道大格格已經得到消息。這不是什麼隱密的事，遲早要傳出去的，可她現在也做不了主，還得等胤禛回來，才好商量對策。

大格格轉眼就十五了，京裡還有哪家兒子十五歲還沒訂親？難道要尋個比大格格年紀小的？更何況表面上說是退親，實則是死了未婚夫的，董鄂家礙著雍親王的權勢，才低眉順目地主動提退親，要不然大格格可就砸在他們手裡了。

冰心一進門，就見翡翠正為周婷揉額頭，她還沒說話呢，周婷就先堵了她的口。「叫大格格好生歇著，別想太多了，總歸前頭的事，自有她阿瑪同我一處打理。」

翡翠使了個眼色，冰心就把來時滿肚子的話嚥回去，放下盒子往回走，提著的心先放回去一大半。福晉是個齊全人兒，她既說了會打理，那大格格就不必憂心了，現在愁的是往後還能說個什麼人家。

胤禛今天一回家就先往正院來，周婷趕緊出來迎接他，見他皺起了眉頭，還以為他知道了大格格的事，不禁嘆了口氣。「真是個沒福氣的。」

誰知道胤禛挑了挑眉頭，輕笑了一聲。「正是沒福氣才好呢。」

周婷瞪著一雙眼睛。「這怎會是好事，福雅該怎麼辦呢？」

胤禛愣住了。「是皇阿瑪那頭出了樁事，怎麼又同福雅相干了？」

兩人大眼對小眼，還是胤禛先開口：「十四弟捎了信回來，太子狠狠受了一回申斥，皇阿瑪當著許多外官給了他難堪。」

「為了什麼？」周婷先把大格格的事放到一邊。康熙最是個要顏面的人，他帶太子出去本是存著好意，想讓太子接觸一下外官，怎麼又申斥起他來？

「他喜歡的那一味誰不知道，這回卻是被皇阿瑪撞破了！」胤禛心情大好，他忍了一路，在宮中自然不能露出笑意，直到回家，在周婷的屋子裡才能暢快起來。

周婷一怔，隱約聽說太子好男風，難道「好事」被康熙給瞧見了？

她正要開口，就聽見胤禛問：「福雅那邊又出了什麼事？」語氣隱隱有些不耐。

周婷一嘆。「董鄂家的二兒子，病了些許時候，眼看挨不過夏天了。」

兩件事撞在一處，要說哪一件更急，自然是為大格格退親，董鄂家不能等，大格格更等不起。兩家既然已經說定，退親就不是難事，一步步走個過場而已。

聽胤禛的意思，大格格只怕得嫁到蒙古去，周婷能做的，不過是在她出嫁前多準備一些藥材，再為她找幾個懂醫術的人跟著。

這些事情再過兩年，等康熙賜下封號給大格格時再準備也來得及，既然主意是胤禛定的，往後大格格過得是好是壞，都跟周婷沒關係。她也沒勸胤禛別把大格格往蒙古嫁，真的勸了又能怎麼樣，上哪裡找一個有頭有臉又沒訂親的十五歲少爺？

因為三年一回的大挑，各家的親事都耽擱下來，一選完了，就火燒火燎地把親事全給相看定了，例如原先那個被魂上了身的婉嫻，早早就定了親事，那拉家已經送了帖子過來，秋日周婷就要去為這個姪女添妝喝喜酒。

雖說宗室女不愁找不到人家嫁，可十五歲死了未婚夫，怎麼說也是件晦氣的事，這退了親再訂，還能找著哪一家呢？胤禛的身分擺在那裡，太低的要不了，太高的那些眼睛都盯著福敏與福慧，哪還會想跟大格格結親？

大格格要想體面的出嫁，就只有前往蒙古這一條路了，可嫁往蒙古的格格們命運還真不好說。周婷自認不是個狠心的人，當時為了大格格定下京裡的親事，除了胤禛本人的意思，也是因為那些從京城嫁到蒙古的格格們少有高壽的，幾乎都是年紀輕輕就撒手去了，有的連孩子都沒能留下來，似端敏公主這樣熬到丈夫都死了，還能享兒子福的更是少之又少。

大阿哥雖被圈禁，可兒女們的婚事一樣在進行，他沒犯事的時候，前面兩個女兒也嫁得很好，雖說是往蒙古去，可台吉也分為有權沒權、有勢無勢的，大阿哥的嫡長女，嫁的就是科爾沁的台吉。

但自從大阿哥被關，就斷斷續續傳來大阿哥家大格格身子不好的消息，太后跟後宮幾個主位都賜了藥材過去，上一回傳過來的消息，那位大格格已經起不了身了，如今不過是在拖日子，她才二十出頭，連個孩子都沒有呢。

像大格格這樣的心性與身體，嫁往蒙古等於要了她的命。周婷其實並不想多管，可胤禛此時正是努力求表現的時候，太子惹出這樣的事情來，等康熙回京以後，瞧見政事井井有條，自然更高看胤禛一眼。

為了讓胤禛專心政事，周婷倒不好再當個甩手掌櫃，本來結親、退親這種事就是當家主母操辦的，她怎麼也推不掉。

大格格一得到信就病了，心灰意冷得連藥都不肯喝，董鄂家的二少爺同她定親許久，一直殷勤備至，四時節禮都置辦得漂漂亮亮地往府裡送，她原先還在猜想今年笄禮不知道他會送些什麼來。

再沒什麼比得到夫家看重更讓閨閣女兒有面子的了，戴嬤嬤還在時一直說大格格好福氣，早早定了這麼一個未婚夫，雖不是家裡的長子，可她身分尊貴，婆婆跟那個前頭進門的妯娌也不敢拿捏她。

她滿心期盼有一日能出嫁，出嫁就是她出頭的時刻，誰知竟出了這種事，大格格先是哭，復又埋怨起來。

這個人選是胤禛決定的，上一世大格格嫁的那個那拉氏，這一回沒瞧中大格格，既然如此，胤禛只好作罷。眼看胤禛的地位愈來愈高，那拉家也不是沒後悔過，可是大格格已經訂了親，他們心裡也明白，依照雍親王的心性，往後是別再肖想他家的女孩了。

這個董鄂家的男孩是胤禛花了心思挑出來的，他不幫大格格挑個能幹的丈夫，也不能是家裡的長子，只為了預防日後這個丈夫被大格格用來為弘時鋪路。中庸些、平常些便罷，只要老實過日子，他總不會虧待自己的女兒，哪知道他竟如此短命！

胤禛總歸有幾分愧疚在，周婷不想讓他操心，自己把事情給擔了起來，聽聞大格格不肯喝藥，眉毛一擰，搭了翡翠的手就往她院子裡去。

第八十九章　局勢不定

一進大格格的院子，就看見小丫頭拿了竹竿正在沾黏樹上的知了，她們見了周婷，趕緊放下東西，垂手貼著牆根行禮。周婷一路往屋子裡去，丫頭跟婆子見到她，帶足了十二分的小心，往前走了許久，那群丫頭還立在那裡不敢動。

翡翠扶著周婷的手，冰心早早打好了簾子。這裡花木多，才剛入夏就掛起竹簾來，門邊兩處還安了香爐，擱了冰片薄荷葉薰著，不讓小蟲子飛進來。大格格病了畏熱，可又受不了冰盆，就安排了兩個小丫頭輪流為她打扇。

周婷原沒打算叫大格格起身行禮，她卻連個樣子都不做，周婷不禁挑了挑眉頭。錢嬤嬤本來坐在炕邊，卻早早立到門邊迎接周婷，此時也不住往繡床上使眼色。

翡翠抿住嘴，珊瑚跟蜜蠟都皺起了眉頭，周婷擺一擺手。「大格格身子不好，便不用起身了。」

這話說得大格格身邊侍候的丫頭臉上一紅，錢嬤嬤更是扯了嘴角賠笑。

周婷心裡一哂。真是搞不清楚，以為頭一回婚事靠了胤禛，第二回還有這樣的運氣不成？

兩個小丫頭讓開床邊的位置，玉壺調好玫瑰蜜來，周婷啜了一口，才抬眼往床上望去。

大格格本來就瘦，剛病了一場，還沒養回來呢，再加上一場，更顯得弱相。這樣瞧上去，真是同她母親一點也不像，李氏豔麗豐美，到病入膏肓了才瘦得脫了相。

大格格臉蛋煞白，從薄被子裡伸出來的手指節突起，眼裡藏著萬般委屈，看了周婷一眼，淚就順著臉頰滑到枕頭上。

周婷見她這副模樣，不知怎的想起年氏來。當初拿她跟年氏對比的時候，周婷還覺得對不住她，拿東西補償了她一回，如今卻是瞧見了就厭氣。「大格格這幾日飯吃得可香，睡得可好？」

冰心趕緊上前來回話：「早上進了小半碗燕窩粥還有兩筷子玉蘭片，昨天傍晚說蟬鬧得她心慌，不好睡，剛剛才吩咐下去把蟬全給沾了。」

周婷點點頭，轉身拍了拍大格格的肩膀。「不需著急，事情已經在辦了，我跟妳阿瑪已經有了打算，妳只顧著把身子養好就成。」

錢嬤嬤趕緊笑著湊上來。「大格格還不趕緊謝謝福晉？萬事有福晉擔待著呢，大格格養好身子要緊，可別再犯愁啦。」

周婷轉過臉，抬眼在丫頭臉上掃了一回。「大格格心思重，可別由著她，不許點燈熬蠟地看書繡花，免得傷了精神，若再有個不好，前頭山茶跟茉莉就是榜樣！」說著斜了錢嬤嬤一眼。

錢嬤嬤也知道這是在說她，幸好福晉還為她留了臉面，沒當著丫頭的面拿她跟戴嬤嬤比，那可是收了包袱離開園子的，一輩子的老臉都沒了。

那頭錢嬤嬤尷尬自省，這頭周婷卻似了了一樁心事。大格格心裡怎麼想的她管不著，往後訂親的事也歸胤禛管，是真的嫁到蒙古去，還是找個門戶低些的人家都隨他，周婷是再不沾手了。

周婷手一伸，翡翠趕緊上前扶著她的胳膊，大格格眼淚都忘了流，怔怔地望著周婷，周婷卻沒看她，轉身出了房門。

丫頭們從周婷站起來就屈了膝，冰心與玉壺兩個跟在錢嬤嬤身後送她出門，一回屋就見大格格躺在床上望著門簾，淚流得更凶了。

冰心跟玉壺兩個對望著嘆了口氣，走上前去一左一右地安慰起她來。「大格格不需多心，福晉還是為了大格格著想，那家……非得退了不可呢。」

大格格心知她們說得對，卻只把身子扭過去，臉朝裡不看她們。

錢嬤嬤見她這樣，冷著聲音開了口：「大格格這時候可萬不能耍小性子，要是慢了一步，往後大格格的終身可就難辦了。」

大格格抖著肩，咬了被角嗚咽，心裡直嘆自己命苦，差一點哭得背過氣去，錢嬤嬤眉毛一皺。

「剛剛福晉是怎麼吩咐的，還不去開解格格！」

這是連哭都不讓她哭了，丫頭們害怕被趕出去，錢嬤嬤也擔心鬧了個沒臉，齊心合力勸住大格格，哄著她吃飯、喝藥，聽見她一點哭聲，就拎著鸚鵡、採了鮮花來逗她高興。

初時大格格還會說兩句「剛生了喪氣事，不宜歡笑」，日子一長就又開始憂心退親之後的路要怎麼走，倒把之前那個未婚夫給淡忘了。

大格格也不笨，知道自己的親事全栓在胤禛身上，她拿軟緞做了雙襪子，想尋機會進給胤禛，也好敘一敘父女天倫，總歸不能就這麼讓她嫁往蒙古去，誰知道連著好多天都見不著胤禛的面。

太子那事是胤禛遞消息過來的，裡頭還有十三的筆墨，直說太子事發，至於是「哪個」事發，彼此心照不宣。

康熙早就知道太子有些葷素不忌，但只要不傷了身子，他並不多加管束，這些事不能提，一提就成了醜聞，是以一直裝作不知情。

然而知道是一回事，看見了又是另一回事。太子自以為做得夠隱密了，他身邊那些容貌姣好的隨他取用，一起了火，就拿這些人來澆熄，倒比姬妾更便宜些，誰知道會教康熙給撞上，當時康熙可是氣得手指頭都在抖。

一陣陣的頭暈目眩，太子還來不及披衣，康熙就一腳踹在他身上，他身邊那一個自然沒能活過一刻鐘。不僅如此，太子身邊樣貌長得好一些的，全部被拉出去杖斃。

胤禛這幾日天天待在宮中運籌帷幄，康熙正在火頭上，太子已經被他那一腳弄得必須躺在床上靜養，他不好再當著外官的面申斥太子，只好往下頭人身上出氣。

他一路南巡，自然要問當地民眾生活如何，最關心的莫過於柴米油鹽這類小事，當了這麼多年的皇帝，他很清楚下頭那些只要吃得飽，就不會生亂，因此每到一地就要問明當地米價，雖然不是沒有外官想要弄虛，可又怎麼瞞得過去。

這些日子因為太子而生了心頭火，康熙訓斥了兩個官員，又下了旨意送往京城，叫胤禛徹查米價。

若去歲為災年，那麼來年米價上漲也就罷了，可連著兩年江滬等地皆是豐收，米價不降也該同往年持平才是，卻偏偏漲了許多，一石小米漲到了一兩二錢。

胤禛已經連兩日沒回圓明園了，周婷打發人往宮中送了一回衣裳、一回吃食，胤禛傳信回來報了平安，等到第三日才回到家來。

他看起來就是沒休息好的樣子，周婷趕緊叫人放下厚簾子遮去陽光。胤禛抬手揉了揉額角。「還有幾樁事沒理完呢。」

周婷捉住他的手。「鐵打的人也禁不起這麼折騰，不趁著年輕保養，往後可怎麼辦？就睡一個時辰，等時候到了，我叫醒你就是，定不會耽誤事情的。」

她一面說一面指派丫頭點上安神香，把胤禛按到羅漢床上，自己則拿了個玉錘，一下一下輕輕為胤禛敲打肩膀。

胤禛雖是累極了，精神卻還亢奮，此時閉了眼睛也睡不著，周婷握著他的手安撫他，放柔了聲音。

「這幾日可順利？」

胤禛長長吁出一口氣，本想睜開眼睛看著妻子，卻被她用手蒙住了眼睛。他嗅著她手腕上隱隱一點玫瑰香，漸漸放鬆了精神。「皇阿瑪這是遷怒，不裝出這個模樣來，如何顯得我辦事盡力？」

若他還是以前那個王爺，這些事自然不曉得要怎麼調派，可他卻已經有了十多年的理政經驗，那些摺子一遞上來，他就知道要怎麼處理最好，可這些內情卻不能讓別人知道，只好裝出盡心苦幹的樣子。

議一回改一回章程，再議一回，議事廳裡頭熬著的除了他，還有一些官員，不必特意結交，只要把這模樣擺在他們面前，人們心中自然有桿秤。

周婷抿了抿嘴，一隻手握住他的手，一隻手為他搥肩膀，胤禛初時還緊咬著牙，慢慢才放鬆下來，一個翻身枕住了周婷的袖子。周婷動彈不得，只好把玉錘擺到一邊，空著的那隻手輕撫他的背。

屋子裡一片昏暗，又嗅了安神香，躺在軟被褥上頭，沒一會兒胤禛就有了睡意，他反手握住周婷的手，剛想再說兩句，還沒開口就打起鼾來。

周婷身上的玫瑰香味是沁到皮膚裡的，胤禛一聞就知道她在身邊，一翻身往她胸口蹭了蹭，一隻手搭上她的腰，扣緊了就酣睡過去。

康熙心頭那股火氣一直沒有散下去，他不痛快，下面一溜人也跟著痛快不起來。胤禛愈來愈忙，原還兩天回一趟家，後來就乾脆住在宮中，不獨是他，留在京城裡共同理事的五阿哥、七阿哥，還有一直禮佛萬事不上心的十二阿哥，全都一起留在宮裡。

周婷在宮外掛著心，原是三天一次往宮裡請安的，如今是眼巴巴地盼著，早早就到了寧壽宮外面等德妃過來，好向她打探胤禛的情況。

胤禛每日都會報一回平安，蘇培盛也時不時會遣小鄭子跟小張子回來取些衣食用具，可畢竟是隔著宮門，周婷想知道他過得怎麼樣，還是去問德妃更方便些。

一進寧壽宮的門，就看見十二阿哥的福晉已經端坐好等著往裡頭請安了，周婷朝她點頭一笑，那邊也回了個心照不宣的笑。她們的丈夫都在宮中，哪個不想早些來好探探口風呢？

此時偏殿裡頭只有她們倆，平日雖說不上熟悉，卻也攀談得上，十二阿哥的福晉富察氏伸手理了理裙襬，笑盈盈地開口道：「四嫂今天好早。」說著拿了帕子掩著口笑。

周婷虛點一下她。「難道妳就不早了？」

當值的宮人奉了茶水過來，隨著胤禛的地位愈升愈高，周婷受到的禮遇也愈來愈多，她剛掀了茶蓋，就是一股荷花香氣。

周婷挑了挑眉毛，轉頭朝那個宮人微微一笑，那宮人施了一禮就退了下去。她一聞就知道這是剝開初生的荷花花苞往裡頭灌了茶葉再封口泡出來的，難得的倒不是茶葉，而是這上頭花費的心思與功夫。這時節荷花才打了花苞，除了寧壽宮，就是德妃宮裡，也嚐不到這個鮮。

富察氏終年茹素，性子平和，一抬眼就知道這是宮人特地拿出來拍四福晉馬屁的，她也不惱，依舊笑咪咪的。

「前夜裡來了場驟雨，我一夜都折騰著沒睡著，心想宮裡頭屋子窄，咱們爺不知能不能住慣呢。」

富察氏跟原本的那拉氏情況相似，話雖如此，其實皇家福晉沒幾個不相似的。她生了兩個兒子，一個沒足月，一個四歲時沒了，她卻不似那拉氏那般決絕，依舊過自己的日子，抱了妾室的兒子過來養，身上永遠都帶著一股清淡的檀香味。

周婷笑著接過她的話頭。「可不是，園子裡頭樹木多，福敏與福慧兩個一碰到打雷下雨就要找阿瑪，比她們弟弟都不如，前夜鬧了我一宿呢。」

富察氏輕輕一笑，兩道細眉彎起來。「四嫂可真是好福氣，咱們妯娌之中，似妳這樣兒女雙全的可不多。」

這些話旁人也常在心裡叨念，卻偏只有她說出來，富察氏手腕一動，腕子上掛的檀香木串隨著動作傳來一陣清香。

周婷鼻尖一動，笑了起來。

「我們爺也最愛這個，千尋萬尋地找了塊綠檀雕了個一尺高的菩薩供在小佛堂裡，我看弟妹這串也難得，也不知他什麼時候能回家去，倒想做一個香包好叫他隨身帶著。」說著壓低聲音。「前頭議事廳裡都是男人，那味道怎麼會好聞。」

富察氏輕輕一笑，剛要說話，五福晉跟七福晉攜手進來了，見她們坐在一起，彼此打了個招呼。時候差不多了，一家家福晉一個接一個地進了偏殿，周婷端坐著收住了笑，德妃一見到她，就站起來過去挽住她的手。

德妃見到周婷的模樣，就知道她想問什麼，於是抿著嘴笑了聲。

「前頭萬歲爺那邊送了些台蘑紅米來，各宮都得了，妳也領一些回去，好給孩子們嚐個鮮。」

周婷趕緊點點頭，兩人進門以後在正殿坐了下來。

太后年紀大了，不太願意挪動，原本康熙想奉她一同出京，看看大好河山，她卻覺得自己已經一隻腳邁進了棺材，只肯待在京裡頭，再遠也不過去暢春園看看而已。

康熙只能依了她，臨走時還吩咐過各宮主位，太后年紀大了愛熱鬧，必須把她哄得高高興興的。

得了這個差事，主位們自然盡心盡力使出渾身解數，泛舟是不成了，只能抬了太后的坐輦，往園子裡有水的地方去，瞧瞧花木舒散一回。

宜妃聲音爽朗，太后最喜歡聽她說話，她眉梢一挑，就拿那拉氏幾個打趣起來。「老祖宗有沒有發覺，自從老四、老五進宮歇下，這兩個孫媳婦也來得勤快了？」

五福晉是她正經的兒媳婦，打趣兩句也沒什麼，說到那拉氏時卻朝她這邊點了點頭。周婷身子一偏，藏到德妃後頭，德妃拍拍她的手笑道：「怎的打趣到小輩身上去了。」

太后先是呵呵一笑，等宮女遞了玳瑁眼睛給她，她戴好以後看了一圈就皺起眉頭。「怎的老八媳婦不在？」

佟妃趕緊答道：「老祖宗貴人多忘事，之前還說她身子沈了免了她的請安呢，老祖宗且等著重孫兒出世吧。」

宜薇孕相不好，八阿哥又去出公差，康熙再不待見這個兒媳婦，也還關心她肚裡的孩子，特地託付給佟妃，要她好好照應。

宜薇入門二十年，這才是頭胎，她年紀又大，佟妃自然上心，萬一這胎在她手裡有個什麼好歹，康熙那頭可沒法子交代。因此一到宜薇懷胎八個月，佟妃立刻對太后面前提起免去請安的事，把她妥妥地看在宅子裡，又配齊了太醫，只等孩子平安生下。

話音還沒落下，就有宮人邁了細步往佟妃耳朵邊湊，佟妃的臉色馬上變了，她臉上還強撐著笑，神色卻不好看。

幾個妃子見了，交換了一個眼色，心裡正感到疑惑，佟妃竟然告起惱來了。「前頭一樁事要我吩咐，給老祖宗告罪了。」

佟妃立位雖晚，卻因出身佟家，又是孝懿皇后的妹妹，因此表面上雖是各主位協理六宮，實則許多事情都由佟妃拍板。此時後宮還沒收到風聲，周婷卻從胤禛那邊知道了太子的事，她心裡打了個突，挽著德妃的手緊了緊。德妃察覺到了，眼角完全沒掃過來，只抬手在她手背上輕輕一按，又拍了拍。

周婷心頭一鬆，有德妃在，她在宮裡問什麼事都容易些，等請完安以後再去問佟妃也是一樣。

對於佟妃告罪，太后點了點頭，她剛說笑了那麼一會兒就已經累了，頭一點一點的，後頭的宮女趕緊為她墊了個大枕頭，好讓她靠著。一屋子的妃嬪、福晉繞著宜薇生孩子的話題接了下去，等太后醒來，還以為自己沒睡著呢。

沒進永和宮的宮門，德妃身邊的宮女就已經打聽出來，兩人才剛坐定，蜜水還沒上呢，就聽見瑞草壓低了聲音說：「八福晉要生了。」

周婷原本以為是前朝的事，根本沒往這上頭想，現在聽到宜薇才八個多月就要生了，有些反應不過來。

德妃點點頭，把點心碟子往那拉氏那邊推了一推。「既然還沒宣揚開來，妳就裝作不知道，總歸前頭有人頂事呢。」說著她微微一哂，嘴角挑了個笑出來，話裡話外指著佟妃。

周婷一默，她不為了別的，只為她與宜薇之間曾有過幾分真感情。這麼個爽快的女人，好不容易有了孩子，老天還這麼折騰她。她也知道自己這時候去沒個名目，萬一給胤禛惹出事來倒不好，便點了點頭。

「自然都聽母妃的，我這會兒就是去了，也不招人待見。」

德妃淡淡一笑。「胤禛剛送了胤禛的信過來，他一路尋了好些個東西，全往我宮裡送了，叫我分派給兩家用呢。」胤禛不爭，卻比胤禩得到的更多，德妃此時全不是原先那種心態了，眼見自己的兒子愈來愈受重用，隱隱有了原先大阿哥的勢頭，心中自然不是全沒想法。

她至今還以為胤禛受了明裡暗裡的擠兌，是因為能幹所致，一點都沒想到他有爭大位的心，如今兄弟之間不睦，不過是因為萬歲爺抬了一個壓了另一個，生生把原本平和的兄弟關係轉變為針鋒相對。

德妃到底是胤禛的親娘，宜薇當著大夥兒的面給媳婦找麻煩的事她是親眼見到的，自然對八阿哥一家都沒什麼好觀感。人心都是偏的，她這會兒知道了這樣的消息，自然要攔著媳婦，萬一她心軟繞過去看一回，那邊有個不好，可不是一起在康熙面前掛上了號？

早晨出門時天陰陰的，兩人說了一會兒話，外頭竟下起雨來。周婷看著外頭翻倒墨汁似的濃雲，皺了皺眉頭。「聽回來稟報的小太監說那邊屋子潮得很，這會兒一下雨，他夜裡怎麼睡得好？」

「早打發人送了被褥過去，又拿冰片粉幫他四周撒了，他這麼大的人，還嬌氣不成？」有德妃照顧胤禛，周婷自然放心，卻忍不住想要叨念兩句，聽見德妃這麼說，她臉上微微一紅。「我哪裡是擔心這個，母妃不知道，他可拚呢，夜夜點燈熬蠟的，肩上的筋都沒鬆下來過，回來了也睡不著，非得給他揉鬆了才成。」

德妃聽了也皺起眉頭來，把周婷的話記在心裡，總歸康熙回來以後必會上她這裡坐坐，到時也好說給他聽，沒道理出了力氣還要受到排擠。

她們話還沒說完，瑞草就掀了簾子迎胤禛進來，他含笑望了周婷一眼，向德妃行了個禮。德妃趕緊拉著他坐下來。「你媳婦一進宮門口就巴望著你了，我去後頭歇一會兒，你們倆也好說說話。」

胤禛摸了摸鼻子，有點不好意思，德妃難得見他這個樣子，笑了一笑，便搭著瑞草的手出去了，臨走之前還吩咐人送些湯水來。

周婷紅了臉立在旁邊，等德妃的身影都瞧不見了，她才靠過去，拿著帕子為他擦頭擦臉，這雨下得急，衣襬都濕了個邊。周婷拉著胤禛坐到薰爐邊上，用熱氣去烘他的衣服。

胤禛見她沒幾下鼻尖就沁出了汗，用手指刮了刮。「我讓蘇培盛跟妳的車回去，這雨也不知下到什麼時候，道上難走。」

周婷握住他的手。「有母妃看著你，我安心許多，上回吩咐小張子盯著你睡一會兒，又叫他為你揉筋，可舒服些了嗎？」

若不是在德妃宮裡，胤禛真想把她摟在懷裡。他用手指摩挲她的指尖，壓低了聲音。「妳別多掛心，我這裡都好。」說著又斂了斂眉。「十四弟來信了，皇阿瑪有些不好，沒兩日就要起程回來，我恐怕不方便回去，妳除了請安，別再叫人過來打聽消息。」

周婷一怔，一顆心亂跳，聲音打顫。「皇阿瑪……」一句話沒說完又嚥了下去，臉上擠出笑來。「你放心，家裡有我呢。」

胤禛是擠出空過來的，這些話叫誰傳他都不放心，說完以後又看她一眼，兩隻手把她的手掌放在手裡搓了一會兒，瞅著外頭沒人，湊過去往她嘴唇上一碰，這才站起來往外頭走去。

周婷一直送他到門邊，看著小太監為他打了傘，一路行得不見他的身影了，才轉過身去。周婷到底掛著心，趁康熙還沒回來，一回家就又打包了一包袱東西送進宮中，裡面塞了兩個福敏與福慧收線的檀香香包，吩咐小張子掛在胤禛床頭上。

胤禛不在，幾個孩子都想跟周婷一起睡，除了弘時已經六歲，不好再跟周婷撒嬌之外，福敏、福慧跟弘昭三個人全擠到她床上來。白糖糕已經一歲多，怎麼也不肯睡到小床上去，見哥哥、姊姊賴著不走，他也扭在床上不肯讓奶嬤嬤抱。

周婷乾脆扯下簾子來把一家子都罩在裡頭，抱了白糖糕拍哄。雨下得愈來愈密，屋子裡點了燈，還時不時能瞧見外頭劃過的閃電，剛有了幾分睡意，就是一個悶雷下來，她心口「咚」的一跳，不禁嚥了口唾沫。

弘昭伸出胖胳膊，拍了拍周婷的背。「額娘不怕，我來保護妳！」

周婷哄了幾個孩子入眠，自己合了眼就是睡不著，雨下得綿綿密密，愈接近午夜愈急。

好不容易起了睡意，正朦朧間，白糖糕一個翻身，把腿架在周婷肚子上，她猛一清醒，抬手揉揉酸澀的眼皮，再睡不著了。

翡翠在外間聽見動靜，披衣起來。「主子可要喝些茶？」

周婷怕吵醒了這四個混世小魔王，輕應一聲，躡手躡腳下了床去，翡翠趕緊拿搭在架子上的素袍子為她罩在身上。

弘昭睡得跟隻小豬一樣，福敏與福慧兩個只差沒抱在一起。周婷掖好了帳子，回身朝翡翠點點頭。「倒被這幾個擾了覺，妳不必再去外頭拎水了，調蜜鹵子吧。」

翡翠應了一聲，奉了蜜水過來，福晉不睡，她自然也不能睡，便陪她說話打發時間。

「主子這是走了睏，幸好明天不必入宮。」

周婷抿了一口蜜水。「八福晉要生了，明天幾個妯娌定是要入宮的，我怎能不去？」說著又吩咐道：「給她備下的東西可包起來了？走之前再檢查一回，別落下什麼來。」

翡翠輕笑。「這是珍珠姊姊備下來的，她最是穩妥不過，定不會差錯。只不知道八福晉生的是阿哥，還是格格。」

送新生兒的不過那幾樣東西，最要緊的是產婦。宜薇孕相不好，別人有了身子全都圓潤了，只有她，原本豐潤的臉瘦了一圈，下巴都尖了。

周婷托著杯子怔忡，宜薇心裡只怕巴望著自己生個女兒呢，若此時有了兒子，就是她不挑唆八阿哥「上進」，這事情也沒完沒了。

翡翠跟那拉氏處得久了，此時又不過是主僕閒話，便把平日想的都說了出來。「八福晉這回怎麼這般早，瞧著……也不像是肚子太大呀。」

宜薇身上都沒肉了，肚子看起來自然顯得大，但翡翠侍候過那拉氏生了三胎，知道比起正常產婦來，她那個肚子真不算大，既然不是胎兒早落蒂，那就是沒照料好了。可八福晉盼了二十年才盼來這一胎，宮裡宮外都把她當眼珠似地盯著，她自己難道還會不看重？

周婷從碟子裡拿了塊奶酥，輕咬一口含在嘴裡。「她那裡有佟母妃照看，誰敢伸那個手？」妯娌之間沒有人起頭去看她，大概只有九福晉跟十福晉礙著面子去了一回，既然旁人沒這個意思，周婷自然不好出頭，這會兒躲都來不及呢，哪裡還好往前湊？

胤禛雖沒提起，後宮之中也還沒染上前朝紛爭，可卻早早就露了苗頭出來。從咸安宮出來以後，太子妃就異常沈默，不論是重告太廟，還是又拿回了寶冊，她都不曾喜露顏色，反而比太子沈穩得多。過去她也算是半個當家人，有個什麼事，都是她跟佟妃一起拿主意，如今卻再不插手宮務，只約束好東宮眾人不往外頭混鬧。若太子有她一半穩得住，也鬧不出被御前撞破男風的事來，太子的位置，只怕又要不穩了。

翡翠見那拉氏懶洋洋的，也不再同她攀扯，只往香爐裡添了些梅花餅。「主子還是歇一歇吧，明天還要進宮呢。」

周婷吸了口氣，夜風從開著的窗戶縫裡透進來，她緊了緊衣裳。「我略坐一會兒，妳歇下吧。」說著就往窗前一坐，把那道縫推得大一些。

夜風裡帶著陣陣水氣，吹了一會兒，臉上就帶了一層濕意，倒把她心頭的煩悶吹散了許多。周婷再往床上一看，除了白糖糕被她用枕頭圍了起來，另外三個孩子早滾在一處，你纏著我的腳，我靠著你的頭，好不親密。

周婷為自己找了塊地方，就靠著弘昭躺下來，白糖糕一面作夢一面哼哼出聲，周婷抬手輕拍他兩下，小傢伙吮著嘴唇，一隻手握住周婷的小指，睡熟過去。

第九十章　患難之情

早晨醒過來時，外頭的雨還沒止住，京裡倒是很少下這樣的雨。周婷後半夜睡得安穩，早上醒來並不見倦色，福敏與福慧幾個還在睡，她先坐到鏡前梳頭髮，翡翠一邊抹了玫瑰油為她滋潤髮尾，一邊問：「今天主子可要穿得喜氣些？」

宜薇生孩子，怎麼也是樁喜事，穿得太素倒不好，周婷略點了點頭。「拿秋香色鑲了銀邊那件來，再從庫裡揀一套百子嬰戲碗碟加在禮單子上。」

下了一夜的雨，道路泥濘濕滑，等周婷到寧壽宮裡時，幾家妯娌幾乎都到了，一看全是淺紅、淺紫，都是喜慶的顏色。周婷微微一笑，剛要隨著眾人說兩句吉利的話，就見怡寧使了個眼色過來。

周婷不動聲色，藉著端茶的舉動走到桌邊，怡寧這頭壓低聲音道：「剛才下頭來報，說是到了這會兒，還沒生下來呢。」

周婷一驚，抬眼看著怡寧，她輕輕點了點頭。「母妃差了人來告訴我的，要我知會妳一聲。」說著輕聲嘆了口氣。生孩子就是往鬼門關裡走一遭，原以為八福晉這麼小心保養，又有一溜太醫、穩婆看著，誰知道竟會如此！

到這個時候還沒生下來，就是難產了，周婷蹙了蹙眉頭。都快一天了，八阿哥又不在京裡，到時若問保孩子還是保大人，佟妃哪裡扛得起這個責任！若是叫太后做主……周婷苦笑，太后年紀大了，怎麼能禁得住這個？

一屋子妯娌很快都知道了，光只瞞著太后而已。佟妃從昨天起就沒露過面，定是在八阿哥府裡坐鎮，太后出來一看，剛要問，就被幾個機靈的把話給岔了過去。

到了這會兒，大家心裡都有秤砣，八福晉有個好歹，往後也不過多一個新來的妯娌，若是太后有個好歹，那這些做主的妃子要怎麼跟康熙交代?!

周婷提起一顆心，面上雖笑，心中那根弦卻繃得緊緊的。眾人再遮掩，談笑起來也有諸多顧忌，原先哪天不提一回宜薇的肚子，今天硬是沒一個人提起這件事來。

太后一時想不起來，等到請安順利混過去了，宮人扶著太后的胳膊往裡頭去時，她竟想了起來，轉頭問：「怎不見佟家的？」

眾人一默，還是宜妃反應快，掩了嘴就笑。

「咱們一屋子杵著，老祖宗倒不叨念！萬歲爺走的時候交了一攤事給她，這會兒定是忙呢，得了空必要給您請罪來著。」

太后聞言就笑。「妳們哪一個我不疼？就妳一張利嘴。」說著轉了頭。「她在前頭辛苦，叫人給送些湯水過去。」

眾人自然應是，把太后送回去以後才齊齊舒了一口氣，又相互擔心地望了一眼。德妃稱病沒來，周婷就拉了怡寧往永和宮去，把事情留給了宜妃跟榮妃兩個。

德妃並不是真的病，許是出身的關係，她很懂得趨利避害，還沒得信，就拿帕子包了頭，只說昨天吹了夜風身子不舒服，周婷跟怡寧這兩個兒媳婦自然要往她跟前侍候。周婷心裡再掛心，也知道德妃這是為了一家人好，也不辜負她一片心意，只坐在床邊端湯送水，做個十足侍疾的樣子來。

母親病了，胤禛也要往後宮來一趟，他的消息更靈通些，怡寧避了出去，他就當著德妃跟妻子的面說：「那邊瞧著不好，我們兄弟幾個，正想著怎麼往前頭送信呢。」

礙著德妃在跟前，周婷就沒細問，等送胤禛出去時，她扯了扯他的袖子。「若是不好，要你拿主意怎麼辦？」

胤禛立住了，八福晉生兒子還是女兒，他還真沒放在心裡，若要靠著這些小節去動大局，他也未免太沒用。但妻子的問題卻問到了重點上，保了大人不如康熙的意，可保了孩子，胤禩又要怎麼辦？

周婷提著心看他，見他也沒決斷，眉頭一擰。「我去瞧瞧，有個什麼就立刻報給你知道，就是要做惡人，也得討著另一方的好才是。」

胤禛看著那拉氏一怔，見她抿緊了嘴唇，搭在前頭的兩隻手緊緊握成拳頭，帕子攥在手心裡，目光灼然。

他不想叫妻子去做這種事，正擰了眉頭，周婷就先伸手過來拍了拍他的手背。「放心，我知道分寸，絕不給你惹麻煩就是。」說著又安撫地笑著說：「你如今是主事的，佟母妃那邊都逃不了呢，咱們難道還能躲過去不成？我過去，她也好有個伴。」

德妃的法子好是好，可卻有些取巧，胤禛怎麼都逃不掉，不如把姿態做到十分。況且，周婷心裡也不是不記掛著宜薇。

周婷的手剛要伸回來，就被胤禛緊緊握了一把，他飛快地把她的手抓到嘴邊碰了一下，周婷的臉瞬間紅了。

雖說兩個人站得近，奴才們又都隔得遠，卻還是在眾目睽睽之下，做了那麼久的古代人，此時倒扭捏起來，她把手抽回來嗔了他一眼，清了清嗓子。「福敏與福慧昨天又尋你了，弘昭也不知道從哪裡學來的，明明自己怕打雷想要賴到我床上來，卻偏說是來護著我的。」

一番話說得胤禛嘴角微翹，周婷復又壓低了聲音。「孩子們同我……都想你了，事情一了，早些回來。」

胤禛伸手拍了拍她的肩，一面緩緩點頭，一面說道：「有妳，我很安心。」

既然要去八福晉那邊幫忙看狀況，周婷原先帶的東西就不合時宜了，她轉身回去坐到德妃身邊，低聲把自己要去八阿哥府的事說了一回。

德妃蹙起眉頭。

「這個時候能躲便躲，哪有往上湊的？就說我這裡離不了妳，妳走不開，有事情叫別人承擔去。」

德妃雖然這麼想，可胤禛不論如何都推託不過，不如夫妻兩個聯手一起把事情辦得漂亮。

周婷為德妃掖了掖被子，放柔了聲音。

「我原先也這麼打算，可再一想，咱們爺是主事的人，等皇阿瑪回來了，定要問他，下面那幾個都是弟弟，他又要怎麼避呢？母妃且放心，我不過是去瞧一瞧，好教咱們爺心裡有個底，他一個外男，也不好常往八弟妹面前去探問，橫豎有佟母妃在前頭頂著呢，我只是去打聽消息，好方便他落筆。」

德妃既沒看穿胤禛想爭位的心，想的自然是中庸保身的法子，此時聽那拉氏一說，也覺得為難了兒子。萬歲爺走的時候，除了胤禛，只留下五、七、十二這三位阿哥，他們平日全是不理大事的人，若八福晉有個好歹，受責難的肯定是胤禛。

要是這胎足月才生，哪還會有這麼多事。經歷了之前太子的事，八阿哥平日擺出來的那副溫良模樣，德妃是再不相信了，她也怕八阿哥回來以後把事情扯到胤禛身上，到了她這個年紀，兒子好，她的日子才能真正過得好。

德妃垂了垂眼眸，轉著手中的佛珠嘆了口氣。「既然如此，妳便走一趟。」說著抬眼看著周婷，目光中滿含深意。「萬歲爺這個人，一向以子嗣為重。」說著合上了眼睛，又長長吐出一口氣來。

周婷一默。不必多說，她也知道康熙的態度。八阿哥到現在只有一個孩子，還是個丫頭生下來的，後院裡空到不能再空，他已經是超過三十歲的人了，康熙怎能不急？

本來去看產婦，定要帶些藥材過去，德妃既搖了頭，周婷也不動這個心思，坐上馬車就往八阿哥府去。

八阿哥忍了許久，總算不再只是個貝勒了，雖然還沒像其他兄弟那樣封了親王，但也重得了幾分康熙的喜愛。他習慣揣摩這些，之前是做過了頭，此時知道蟄伏，不多與大臣來往，夾了尾巴做人，看在康熙眼裡，就是這個兒子悔改了。

周婷下了車往府裡走去，一路上都是小心翼翼當差的丫頭跟下人，說是生孩子，府裡卻一點喜氣都沒有，金桂跟銀桂兩個待在宜薇身邊走不開，便由小丫頭把周婷引進了廂房。

佟妃正坐在裡頭，她身邊的大宮女拿薄荷油幫她揉額頭，屋子裡擺了冰，周婷行完禮就皺起眉頭。

「我擔心不過，過來瞧瞧，佟母妃怎麼不歇一會兒？」

佟妃一睜眼瞧見來人是那拉氏，趕緊伸手過去，周婷很自然地握住，挨在她身邊坐下。佟妃真是心力交瘁，從昨天早上到現在，都過去一天了，宜薇還在掙扎，初時她還叫得出聲，現在連聲音都發不出來了，一院子靜悄悄的，哪裡像是在生孩子。

佟妃眼底閃過感激，不管那拉氏出不出主意，只要陪著她坐鎮，也是安了她一半的心。

其他幾個主位也不是沒有表示，派人探聽了又探聽，有送吃食的，還有送藥材的，可她一個人這樣乾熬著，哪裡能不提著心？她握著那拉氏的手不住嘆息。「我哪裡還歇得住？太醫說這是太早生了，母親跟孩子都有苦頭吃呢。」

周婷拍拍佟妃的手安慰她，見她熬了一夜，眼裡都是血絲，知道她是為難極了，就她一個人拿主意，心中實在忐忑。

她們想的都是同一件事，萬一太醫問要保大人還是保孩子，要怎麼辦？佟妃到現在也還無子，雖有個「佟」字加在身上，誰知道往後會怎麼樣，難道萬歲爺還真的就「萬歲」不成？

她自己心裡明白，因佟家出了孝懿皇后這個繼后，很被八阿哥看得上眼，家裡那幾個主事的，也沒少往八阿哥身邊幫忙，可送進宮的這些佟家女，沒有一個能生下立得住的小阿哥來，她的地位又不比前頭那幾個，如今還能靠著康熙過日子，以後可就艱難了。

四阿哥如今很得康熙看重，又不似太子那麼輕狂，八阿哥看起來雖好，但佟妃看得比家裡那些男人清楚。胤禛重情義，在她姊姊跟前養到十一歲，跟正經的母子也沒多大分別，不過因為他的生母德妃在世，她為人又內斂，家裡竟沒幾個支持他的，反而去撐八阿哥。其實八阿哥連個出身上得了檯面的兒子都沒有，在康熙面前也不特別受重視，想著大位，那真是作夢！

在後宮待得久了，她們這些妃嬪看事就只以康熙為重心，順著他的心意來，才能在後宮立足，家裡那些長輩兄弟，就是再想要一代顯貴，也該想想行不行得通。

還有一件事佟妃不敢透露，就是她早就使了貼身宮女去問相熟的太醫拿主意，要真是得兩個保一個，她心裡也該有個底才是。按照太醫的意思，就是保下了這孩子，也不知道養不養得活，畢竟胎裡帶出來的弱相騙不了人，若真是賠了夫人又折兵，家裡還不要緊，她在後宮該怎麼辦？

天還沒熱起來，院子裡的人就都跟著了火似的，周婷指了指廂房裡侍候的小丫頭。「去上些涼的來，再問產房裡頭的冰夠不夠，幫裡頭的接生嬤嬤也送些吃的進去，吃飽了才有力氣扛著，叫她們侍候好八福晉。」她這話是看著佟妃說的，佟妃點了點頭，那小丫頭才出了門。

兩個人總好過一個人，那拉氏生過孩子，而且孩子還都很健康，要是換一個小輩來，佟妃還真沒這麼放心。話雖如此，即便她乏得很了，眉頭依然緊緊擰著，鬆不開來。

產房的門開了又闔上，翡翠在外頭拉了小丫頭問話，周婷則在屋子裡安撫佟妃。「佟母妃也不必太心焦了，昨天想是才破了水，還有得等呢，我生福敏與福慧那時也要一天。」

「嚷得人心尖發顫啊。」佟妃一手托住了額頭。她很清楚那拉氏來是為了什麼，卻樂意跟她交往，過去是沒機會，這會兒正好親近起來。

昨天宜薇生產的事沒往御前報，今天也該報上去了，她這算得上是早產加難產，血水一盆盆往外端，幾個小丫頭接連不斷地在灶上燒熱水，嬤嬤們若還不行，就該輪太醫進去扎針了。

「她這是疼呢，肚子裡的娃娃也受罪，灶上可燉了湯？好歹要吃一些，不然怎麼熬得下來？」周婷說道。

「早送了野雞湯進去，可她哪裡喝得下？叫嬤嬤灌了她半碗，裡頭擱了蔘，也好叫她振一振精神。」佟妃沒懷過孩子，聽宜薇叫了一夜，心裡直發顫。若真是不成，她也顧不得了，只能往太后跟前報去，總歸要有個拿得定主意的。

周婷使了個眼色給佟妃身後站著的大宮女，那宮女趕緊開口：「主子也該吃一些才是，從昨天到現在，就喝了老祖宗賞的一道湯，那裡撐得住呢？」

佟妃擺了擺手。「我掛著心呢，哪裡吃得下去。」

周婷心口一跳，猜到了幾分。若她是佟妃，捏著這麼大的事，也要重金撬開太醫的嘴，問問情況到底如何，現在一看她這模樣，周婷心裡也有了底。

德妃已經說得很明白了，胤禛恐怕也有幾分這樣的念想，佟妃不知傾向哪一邊，可對他們三人來說，保了孩子討康熙的歡喜，才是最重要的。

周婷手中出了一把冷汗，心頭苦笑。到了古代，面對子嗣，哪怕是皇家福晉的命也不重要了。德妃嘆息的那一聲，大概也明白要是真到了那個當口，從上到下都不敢開口選擇保大人。

周婷手裡的帕子被汗給沁濕了，就是換了八阿哥來，他又會選誰？有些事還是不要發生比較好，到了十字路口，人會往哪一邊走，還真是不好說，現世那些在醫院裡猶豫著要孩子還是要老婆的人也不少！

屋子裡頭一聲悶響，周婷身子一顫，指了指翡翠。「快去探探怎麼了！」

佟妃剛剛才合上的眼睛一下子睜了開來，她嘴中都起了泡，臉上一扯就痛起來，可她卻硬是壓下痛意，站起來就要走進產房去。

周婷咬了嘴唇，心底一陣陣發冷，不說曾經做過朋友，就算一直是仇敵，難道她就能眼睜睜看著宜薇死？

悶響過後就是一陣陣嘶啞的叫聲，佟妃捂住了心口，才要往裡頭去，就撞上一個捧著滿盆血布條的小丫頭。血氣一沖鼻，佟妃身子頓時一軟，往後倒過去，她身邊的丫頭兩人趕緊使力撐住了她。

小丫頭見闖了禍，手上一抖，東西散了一地，周婷的聲音硬了起來。「還嫌不亂？快收拾了！」

她說完這些才去看佟妃，她富貴久了，哪裡禁得起這樣的折騰，一張臉白中泛青。周婷緊緊攥了手，指派丫頭把佟妃扶到廂房裡去，自己轉身進了產房。

她生產那時宜薇同她還很友好，這些事情都是問了又問的，屋子裡幾個嬤嬤穿的都是一樣的棉布衣服，衣服、器具全用開水煮過，全部的人都忙得團團轉，一時之間竟沒一個瞧見周婷進來。

銀桂一面抹淚一面搓著布巾，她一抬眼瞧見那拉氏，彷彿見到了救星。

「主子！四福晉來瞧您了！」她也顧不得手濕，引導周婷到床前。幾個嬤嬤一頭的汗，宜薇面如白紙，床上拴的那根布條緊握在她手裡，指甲蓋都翻起來了。

宜薇眼睛緊緊閉著，不願看那一盆盆的紅水，她聽見那拉氏來了，掀開眼皮，鬆開了布條，張著手指伸手勾她。

周婷緊緊握住宜薇的手，正想要說兩句鼓勵的話，就聽見宜薇虛軟地開口，聲音抖得不成樣子。「保孩子。」

宜薇這麼一說，周婷的眼淚唰地流了下來，她不扯帕子，只抬手一抹，任由衣服上的刺繡刮著臉。她一面哭一面罵道：「說什麼喪氣話，妳要是去了，不用一年就進新人，妳的孩子誰來看！」

周婷來的時候就跟翡翠商量好了，若是佟妃有個什麼主了不事，那她們就裝出忙亂的樣子，指派佟妃的人進宮去，先把事情報給各宮主位，若實在十萬火急，小張子就在門口等著，隨時往上報。

是以佟妃一暈，不必周婷吩咐，翡翠就裝出驚慌的模樣，扯了佟妃身邊大宮女的袖子，連聲道：「這可怎麼好，裡頭那個還沒生下來，佟主子又這般，總該往上頭回才是。」她們是輕車簡從來的，佟妃卻有儀仗，跟著的人也多，往宮裡稟報的事，自然就輪到佟妃的人了。

這也是佟妃心中所想，那大宮女眼睛一轉，她們主子吃不過辛苦暈了過去，也該換一個人在這裡頂著，於是立刻派了太監過去。「往榮主子、宜主子、德主子處說一說。」話裡自動跳過了惠妃，自從大阿哥出事，她已不出宮門，每日只在殿裡的小佛堂唸經打坐。

翡翠臉上一苦。「德主子也病著呢，咱們福晉剛侍了疾才過來的。」說著就嘆。「宮中還不知道情況這麼凶險，只佟主子一人頂著，可怎麼成?!」

這話很得那大宮女的心，她也跟著苦熬了一夜，況且這事佟妃並不想沾手，於是她跟翡翠一商量，就要太監往宮裡回報給榮妃與宜妃，至於那兩位告不告訴太后，就輪不到她們操心了。

產房裡拉了簾子，厚厚地透不進一絲風來，屋子裡點了燈，並不顯得昏暗，卻氣悶異常，幾個嬤嬤聽了周婷那番「進新人」的話，有些不敢抬眼，往後退了一步。

周婷伏下身來，湊到宜薇耳朵邊，壓低了聲音，用只有宜薇聽得清楚的音量說道：「我的弘暉養到那麼大了，是怎麼去的？」

宜薇剛剛還無力的眼皮一下子睜了開來，她盯住那拉氏的臉，見她目光灼灼，一半的臉藏在陰影之中，露出來的另一半臉則無喜無悲，心口突然猛力跳了起來，她剛張了嘴，就又聽見那拉氏說：「妳這個孩子生下來，既不會跑也不會跳，不過軟綿綿的一團肉，若後頭那個起了壞心，擺佈他再方便不過！」

宜薇瞪大了眼，想要看清楚那拉氏的表情，嘶啞的喉嚨像堵住了石頭似地發不出聲來，手指緊緊抓著那拉氏的手。

周婷頭也不回地吩咐道：「去把蔘湯拿來。妳喝不下也得喝，不想喝也得喝，不是為了妳自己，是為了肚子裡的孩子。」

宜薇的淚水已經流盡了，眼睛又乾又澀，兩隻手紅腫一片，都是疼起來時捶床板捶出來的。她發著怔，身下一陣陣絞痛，才剛咬了嘴唇，就被周婷扶了起來，端了碗朝她灌湯進去。

她本來一口都喝不下去的，此時喉嚨口那些石頭彷彿被她嚥了下去，一砂鍋的湯她喝掉了大半，那蔘片切得厚，宜薇也一口含住，嚼了兩口使勁嚥下去。

周婷緊握宜薇的手，她早已經喘得不成樣子，這樣下去孩子根本出不來，於是周婷一捏一放地教她吐氣吸氣。

人有了支撐就有了精神力，宜薇原先臉上一片灰敗，她覺得自己不行了，就愈發乏力，此時硬撐著使勁，四肢就漸漸有了力氣。嬤嬤一面按她的肚子，一面鼓勵她，她身下的床單早就被汗浸個透濕，也來不及換，只拿乾淨的布略墊一墊。

宜薇生不出來，有一半是因為心裡覺得自己生不下來，她人瘦，只挺著一個大肚子，開產道時疼得撕心裂肺，愈是沒力就愈是認為自己不成了，此時聽了那拉氏的話，再把事情一想，就明白過來。

她再相信胤禩，也不如自己親眼看著孩子成長，宜薇腦子裡想著小娃娃的樣子，身下一縮一縮地疼痛。

不知熬了多久，周婷抓著宜薇手掌的兩隻手直發麻，嬤嬤按著宜薇的肚子，一次又一次叫她用力，等兩個人都要脫力了，孩子總算冒出頭來。

翡翠走進產房，站在門邊不住朝周婷使眼色。周婷朝金桂點了點頭，金桂就過來接手。周婷兩隻胳膊已經抬不起來了，被翡翠扶著去了廂房。除了德妃與惠妃，幾個妃子都來了，周婷剛要行禮，宜妃趕緊攔住她。「瞧瞧這一頭的汗，裡頭……如何了？」

「託母妃們的福，孩子剛冒了頭。」周婷是真沒力氣了，也不執意行禮，腿一軟往椅子上一靠，翡翠就往她的胳膊使力按摩。

榮妃唸了一聲佛。「這要是再拖下去，可要報到老祖宗跟前去了。」大的、小的哪一個出了事，她們都要擔責任。

小丫頭送了湯食過來，一聞到香味才覺得餓，周婷連筷子都拿不起來，只能拿湯匙吃了一碗魚麵，把湯喝了個乾淨，這才覺得有勁起來。

屋子裡此時傳出歡叫聲來，幾個主位相視一笑，曉得事情有驚無險地過去了。佟妃靠著小宮女問了一聲：「是個阿哥還是個格格？」

小宮女喜氣洋洋地抬腿跑去產房外，金桂正開了門出來撒紅封，她快手搶了兩個回來稟報，脆生生地回道：「是個小阿哥呢！」

聽見宜薇生了，周婷鬆了口氣，此時聽見是個小阿哥，心裡先是一緊，跟著又一鬆。宜妃見那拉氏累得直淌汗，笑著打發她回去歇著，此時已是傍晚，再晚下去，城門都要關了。

周婷淡淡笑著，應了下來。

第九十一章 勾心鬥角

一坐上車，周婷就累得軟倒，翡翠為她搧風，小張子得了消息，早早就回宮稟報胤禛。

周婷靠著軟墊閉上眼，馬車一晃一晃地往圓明園去。翡翠忍了半日，這時候才小心翼翼開了口：「主子，八福晉，還是有福氣呢。」

周婷掀開眼簾瞧了她一眼，翡翠在外事上頭一向比珍珠跟瑪瑙都要機靈得多，周婷聽這話就明白了她的意思，一面點頭，一面微笑。「她是有福氣。」說著就又閉上眼睛。

宜薇在，比她不在好；生男孩，又比生女孩好。

宜薇其實就是刺在八阿哥身上的一道傷，康熙只要一瞧見八阿哥，就會瞧見這道傷疤。他配給八阿哥的這個媳婦，出身是夠高，可家裡情況還真不十分好，連個正經的娘家人都沒有。安親王府本就不甚得康熙的意，如今又因為教養了宜薇，被康熙遷怒，拎出來批了又批。

雖沒直說，可京中人家議親時，看到安親王府也得繞道走開。家裡出了一個那樣的姑娘，其他姑娘就是再賢良，在婚姻上也要吃虧。

按在宜薇頭上那個「善妒」的名號，就算八阿哥子孫滿堂，恐怕也去不掉了。她既得了康熙十二分的不待見，那她活著，對胤禛來說就是好事。夫妻一體，太子這樣胡鬧，康熙都還要誇獎太子妃賢德，有一個好妻子在，真的能為丈夫加許多分數。

例如周婷自己，在康熙眼中就是個好妻子、好母親，三番兩次賞下東西來。因為孩子的表現對她另眼相看，又因為這份另眼相看，更覺得周婷會教養孩子、勸諫丈夫。相反的，宜薇這樣，就算大家知道問題不在她，也要把錯擱在她身上，八阿哥要麼就是不能生，要麼就是懼內，不論哪一樣，都是康熙不喜見的。

若宜薇沒了，八阿哥或許會傷心，可康熙說不定心裡還會高興，再擇一門淑女嫁給八阿哥，不過就是一次選秀的事，像繼大福晉那樣，雖然出身不顯，可只要使得上力，就能把岳家給捧高了。

大阿哥喪妻那時，康熙待他寬容得多，平日事事護著太子，那時反而替大阿哥撐腰。雖沒如大阿哥期望的那樣給他再指一個出身高門的繼福晉，總歸還是為他挑了個和順人兒。

宜薇這回若真有個好歹，康熙就會為了前頭這樁婚沒指好，補償給八阿哥一個好的，這樣一來，恐怕他又會更進一步了。

這些念頭在周婷心中轉了又轉，她手指使不上力，指甲摳住帕子上的繡紋，就著翡翠遞過來的杯子嚥了一口茶，先是苦澀，之後又品出一點甜味來。

她坐在宜薇床沿上握著她的手時，腦子裡卻在轉著這些。周婷揉了揉眉心，她的幫忙也存著私心，或許握著宜薇的手哭的時候的確真心實意，可後來那些卻是選擇在做對自己、對胤禛最有利的事。

太醫那邊，周婷插不上手，卻有能插得上手的人。雖不知道生下來的這個男孩是不是像周婷猜測的那樣身子虛弱，過個兩天也有眉目了。

周婷再不懂政事，也能從胤禛眉宇之間看出一些來，他對胤禩一向都很防範，就算對象是太子，胤禛也沒有過這麼隱晦的忌憚。既然他有讓胤禛防範的本事，那就只好拉低他的平均分數了，皇室想要的，永遠都是無盡的綿延，他沒個立得起來的兒子，人望再高，又能如何？

周婷一回屋子，就任由翡翠幫她除下衣服，福敏與福慧正等著向她請安，告訴她採菊堂裡養著的雞下了雞蛋。兩人收了淺淺一個籃底，拿紅綢子蓋著，正準備獻寶給她們額娘看，就見她倦得靠著床沿，沒一會兒就合上眼睛睡了。

福敏眨了眨眼，拉著福慧的手躡手躡腳地走了出去，她們攔住了剛準備進來的弘時跟弘昭，弘時見狀，便牽著弟弟的手。「別吵額娘，咱們去水榭那裡，上回不是說要看綠頭鴨子嗎？我叫奴才們趕到淺池子裡給你們玩。」

周婷迷迷糊糊聽見翡翠點了珊瑚跟蜜蠟兩個跟著孩子們過去，便安心合上眼睛睡了過去。半夢半醒之間，感覺有人在輕撫著她的背，手指有力地按著她的肩，周婷又酸麻又舒服，低低叫了一聲，額間就被印上一個輕軟的吻。

她微微睜開眼睛，天早就黑了，屋子裡沒有點燈，只看到一個黑影。周婷啞著喉嚨開口：「胤禛？」

那影子應了一聲，手上動作不停，輕聲問她：「可累著了？」

周婷握住胤禛的手，輕笑。「總算是有了個好結果。」

黑暗中瞧不見胤禛的表情，但周婷知道他在笑，不必分說他就知道她的意思。周婷用兩隻仍有些痠痛的手勾住了胤禛的脖子，摸索著找到他的鼻子，把嘴唇貼過去吻他，胤禛張口就含住她的舌頭。兩人纏綿了一會兒，周婷剛要說兩句暖心的話，就聽見胤禛窸窸窣窣地在解褲帶。

他一面扯一面說：「我回來瞧瞧妳，等會兒還要回宮去，咱們抓緊時間。」

周婷本想嗔他，卻不知怎的聲音發軟，她扭過臉去啞聲一句：「我的手撐不起來。」

胤禛的身子已經壓了上來，他摸著她的裙子撩到大腿根。「我拿枕頭幫妳墊墊。」說著就用手揉了起來。

周婷只覺得身體從那裡開始熱起來，想一想是有許久不曾有過了，於是她輕哼一聲，捂住了臉。「腰那塊，高一點。」

等弘昭在稻田裡養的魚長到快三斤時，康熙回到了京城。一家子能動的都得去迎接。弘時半大不小，快七歲的人兒也能往大人堆裡站了，弘昭卻還是小孩子，圓頭圓腦的樣子穿了吉服，就像是年畫上的娃娃，只能留在後頭女眷當中。

弘昭皺著一張臉，老大不高興地坐在凳子上，福敏與福慧兩個已經有了些姑娘的樣子，在家習慣撒嬌作癡，進了宮就不再跟弟弟玩，而是跟年紀相仿的姊姊妹妹坐在一處，相互看一看腰裡揣著的荷包，或是耳上的金墜子。

太后眼睛不好，皇室裡頭正經嫡出的孩子雖不多，庶出的可是一溜接一溜，這些平時見不著，此時全來了。她拿著玳瑁眼鏡在殿裡溜了一圈，全靠大宮女在身邊提醒才能知道誰是誰，有的就是提起名來了，她也還是想不起來。

福敏與福慧向來得她的寵愛自不必說，單是兩個生得一樣又打扮得一樣的，就是沒見過的人，也知道那是四阿哥家的雙生女兒，弘昭卻是由太后身邊的宮女提了，她才分辨出來的。

一到這種日子，大家全都穿著一個顏色，福晉們全是一身石青，再小的阿哥都穿了四開裾，沒個眼尖的在身邊提醒，遠遠一看，還真分不出誰是誰。

「那是雍親王家的弘昭阿哥，瞧著模樣，怕是想去前頭呢。」宮女伏在太后耳邊提點，說著還帶出一聲笑來，把太后也給逗笑了。

這一笑，太后就想起弘昭的花名來，一想到就覺得彷彿在這暑天裡喝了冰珠子浸的酸梅湯，從嘴到心沁了個爽快，一招手就把弘昭招到了跟前。

弘昭噘了嘴過去，伏著耳朵告訴太后：「老祖宗，我養了好久的魚，可鮮呢，給您做魚片粥吃。」

一段話把太后哄樂了，摟了他揉搓起頭髮來，等康熙受了阿哥們的禮進來請安時，太后就炫耀起這件事來。

這一提，倒讓康熙想起弘昭在種菜的事，他特地把弘昭喚到跟前。「收成如何？可能供得起自家吃菜？」

康熙問弘昭這件事情，原不過是意思意思，自從撞見太子「那事」以後，他的心情一直不好，卻不能掛著臉來太后這裡，叫弘昭過來，只是順著太后的心意逗逗他，也好讓太后開心，誰知道弘昭真能扳著指頭說出來，不光說了稻田裡頭養魚的事，還告訴康熙他身邊的小廝幫他編了一長一短兩個竹籠淹在水塘裡捉黃鱔的事。

這倒挑起康熙的興趣來，一般皇家的阿哥哪裡玩過這個？

弘昭興致勃勃地告訴康熙：「捉這個得挖蚯蚓，在竹籠上開小口，拿竹籤子串了擱在裡頭，到了夜裡牠就發綠，一發綠就把黃鱔引來了。」說著還一本正經地點頭。「可不能串死，串死了就不發光了。」

周婷笑盈盈地在下頭候著，弘昭的話幾個妯娌都聽見了，怡寧掩了口輕笑一聲。「怪不得咱們弘明直折騰著要把他阿瑪屋子後頭的竹子砍下來呢，原來是想著編竹籠。」她一面說一面打趣自己的丈夫，意態親暱。「妳猜咱們爺說什麼？」

周婷搖了搖頭，怡寧就搭了她的手。「他說呀，你阿瑪就指著這兩根竹子充充斯文門面呢。」一說著自己先忍不住笑了起來，幾個妯娌都拿帕子掩了嘴，而這個時候弘昭已經開始講他準備冬天拿竹蔑撲麻雀的事了。
康熙在上頭說話，下面的福晉、阿哥、格格們全得等著，康熙心情原本不佳，聽了這些零碎的事反而露出笑顏來了。太后也看得出康熙精神不好，聽見弘昭能逗他，也跟著附和，這話就愈說愈長了。
周婷早上出門時特地換了雙低了一寸的花盆底，雖然日子尚淺，太醫還診不出來，但她卻知道自己八成是有了，小日子延遲是其一，其二是她又開始愛吃甜的了。
怡寧見到那拉氏的站姿，會心一笑，挨過去一些托住她的手，湊到她耳邊低語：「四嫂可是又有喜訊了？」
周婷睨了她一眼。「還沒個準呢，妳可別聲張。」
宜薇就站在不遠處，她已經出了月子，雖身子還沒養過來，可這種場合卻不能不來，有了兒子她就有了精神，倒能看出些往日風采來。
周婷上一回見她是在洗三禮上，場面一改八阿哥一貫的低調，辦得很是盛大，熱鬧了一整條街，孩子卻只有親近的人才得以一見。才剛露個臉，洗了盆就趕緊裹起來抱了回去，周婷站得並不遠，還只能聽見他弱弱幾聲哼哭。
宜薇好不容易得了這個孩子，看得跟鳳凰蛋一般，惟恐嬤嬤跟丫頭照顧不周，便把孩子養在自己屋裡，滿心滿眼只有兒子。這回八阿哥跟著康熙回來，她總算能挺直了腰站在大殿裡，一面聽康熙跟弘昭說話，一面想著等她的兒子會說話了，能帶上殿來又是個什麼光景。

八阿哥先頭那個庶子弘旺被宜薇帶在身邊，她原以為自己這輩子沒有兒女緣分，是以一直把他當成親生的那樣看待，可真等有了親生的，才察覺出差別來。

弘旺不過三歲多，小孩子正是敏感的時候，原本宜薇待他那麼親近，如今卻有一大半時間在哄著親生兒子，他雖不明白這當中的差別，也很是失落了幾天，直到他親生額娘尋到他。

母子天性隔不斷，宜薇也沒真做去母留子的事來，張氏很識時務，就因為看得懂上頭的臉色，往日並不跟兒子過分親近，怕礙了宜薇的眼。這番找到兒子，也不管他懂不懂得，只反覆叮囑他，他的身分跟弟弟不同，往後要好好討福晉喜歡。

弘旺本就懵懂，隱約覺得額娘待他不如過去了，加上聽到這些話，沮喪了一陣子。身邊的嬤嬤跟丫頭也不是不知道，曾報給宜薇聽，她卻只當是小孩子淘氣，並沒放在心上。

康熙不好厚此薄彼，跟弘昭說了一會兒話，又約定好要吃他養的魚做出來的粥，就把另外幾家的孩子召上來。別人總有個兄弟好幫襯著，不論嫡庶，站在一塊兒，就是一家人，這些道理精奇嬤嬤們出門前都叨念過了，就是福晉們，也要耳提面命一回。

偏偏弘旺的弟弟還只會哭，一個人上去行了禮就顯出孤單來。康熙知道老八總算有了嫡子，也很高興，再不喜歡兒媳婦，還是賞了東西下來，此時見弘旺不似從前有精神，心裡就先皺起了眉頭。

他的孫子多，除了前面得的幾個，其餘的連名字都要唱名的太監喊出來，他才記得起來，可弘旺是獨一個，又獨了這麼些年，在他眼裡不關注也得關注，雖壓下不提，心中卻存著最壞的推測。

宜薇笑得春風得意，還不知道自己又被記上了一筆。

周婷人在下頭時，瞧出些不對勁來，康熙可是比南巡前瘦得多了。人年紀輕時瘦一些還能說是精幹，等年紀大了，一瘦就顯出老態來。康熙的腰背還很挺直，看上去卻不似過去那麼有力，連頭髮都花白了許多，臉上雖在笑，也顯出疲態來。

周婷垂了眼簾立著，隨眾人一道行禮，直到吃完了家宴回到圓明園，才跟胤禛提起來。她一面脫下石青色團花褂子換上家常衣裳，一面吩咐翡翠去拿些解暑的湯水來，胤禛則坐在炕上，挨著玻璃燈拆信。

「我瞧皇阿瑪瘦了些，你在前頭見著太子，可有什麼變化？」周婷拿了篦子抹上玫瑰髮油梳頭髮，看著鏡子裡的胤禛皺了眉，就問：「怎的？可是有什麼不好的消息？」

胤禛把信擱到一邊，聽見她問，鬆了眉頭。「皇阿瑪瘦了許多，我瞧太子也像是不好過，同皇阿瑪一般消瘦。」

情況到底如何，信裡也不好細說，還得等十三跟十四湊在一起，胤禛才能知道，可其實上一世這些事他就知道得很清楚，只不過怕污了妻子的耳朵。橫豎就是那些事，算著日子，太子才養起來的那批人，又要被狠削一頓了。

「我瞧皇阿瑪，倒比那時候精神了一些。」周婷口中的「那時候」，就是太子第一次被關起來時。當時康熙幾乎下不了床，那種痛心誰都能感覺得到，如今看到兒子行男男之事，康熙的反應倒比之前溫和許多，這是說明他其實已經不那麼在乎太子了嗎？

胤禛一派閒逸，微微抬頭，望著鏡子裡頭的妻子勾了嘴角。「妳不需要想這個，倒是八弟，一下了朝就說要好好謝謝我，請咱們一家子過府去玩呢。」

胤禛這裡寫去的信是報平安的，等宜薇的信到了，胤禩才知道情況那麼凶險。他同宜薇心思一樣，兩家其實不親近，可宜薇生產的事卻全憑他們夫妻幫忙，不論是真心還是假意，都要做出個姿態來，又不是兩家閉嘴不說，皇阿瑪就沒法子知道了。

周婷放下了梳子，挨著胤禛坐下，此時翡翠掀了簾子進來，她手中拎了個食盒。「主子宴上沒進什麼，夜裡怕會餓，碧玉準備了幾樣小菜，主子多少進一些吧。」

周婷一聞就覺得餓了，宴席上的菜再精緻好看，哪裡比得上現做的黃魚雞湯羹？魚肉都是拆了骨的，在沸湯裡滾過又冰鎮過，彈性好又新鮮，周婷一勺就舀起兩塊來。

胤禛也拿了一碗在手裡，見妻子翹了手指頭喝湯，額上起了一層薄汗，剛要打趣她兩句，腦中突然靈光一閃，放下碗看她。「妳這……可是有了小八了？」

翡翠捂了嘴退出去，周婷嗔了胤禛一眼，嘴邊露出兩分笑影來。「還吃不準呢，只是我覺得身子不同罷了。」她有了經驗，身上哪裡不對，立刻就察覺出來。

胤禛放下湯碗，握住她的手，滿臉喜色地打量她。「怪不得我瞧妳這吃東西的樣子就像是懷了酸梅湯那時候。」

剛要樂兩句，他又收斂了神色擔憂起來。「這就是前些日子有的了，平安脈竟沒診出來？妳才進了血房，萬一衝撞了怎辦，明天差人去潭柘寺請個符回來，也好安安心。」

胤禛一激動，話就多了起來，絮絮叨叨個沒完。周婷含著湯匙聽他說話，一見胤禛這個樣子，就止不住臉上的笑意。

胭脂染在白瓷上頭，倒有另一番風情，周婷一面含笑一面點頭，胤禛將她摟在懷裡，輕撫著她的背。「也是時候請皇阿瑪賜名了，正好把這喜信夾上去，好讓他開心開心。」

周婷捂住嘴偷偷看著他，見胤禛不解地望著自己，她清了清喉嚨。「你這麼急做什麼，總要等出了頭三個月才行，你有了兒子，難道別人就沒有了？今天弘昭同皇阿瑪說了好些時候的話，別人家的孩子可沒這種待遇呢。」

兒子能得到康熙的喜歡，周婷很樂見，康熙愈是喜歡弘昭，對胤禛就更有利，對周婷的好處才更大。既然身處皇室，就別想著純粹的天倫之樂，康熙最愛那些瑣碎小事，可不就是因為那裡頭透出來的親情意味最濃嗎？

人都是缺什麼想什麼，康熙這幾年更寵愛他的小兒子，為的是什麼？像弘昭這樣的孫輩擺在他面前，他更沒有不喜歡的理由。周婷雖沒有刻意引導，但弘昭說起話來也不全是背了幾句書、唸了幾句詞，他說的那些康熙小時候都不曾經歷過，那才是吸引他關注的地方。

那個大玻璃盒子養起來的螞蟻窩，如今放在養心殿後殿，有專人照看著，康熙偶爾起了興頭，還要去瞧一瞧。他之前說要胤禛他們弄一個玻璃盒來，後來不只是玻璃盒，弘昭還乾脆把那個現成的螞蟻窩送給他。這一回他又應下來要到圓明園吃弘昭種的菜，這在有心人眼裡，可就不是一場家宴這麼簡單了。

周婷抿著嘴笑，捏了個竹節小饅頭卷。「上回幾樁事碰在一處讓弘昭有了這麼個招人眼的名字，白糖糕又該叫什麼？」

康熙年紀愈大，精神愈是不濟，早年出生的孫輩都是他親自取名，到現在子孫愈來愈多，也有庶出的就由自家取了名報到宗人府去的，記錄在檔就算完成了。可胤禛的嫡子身分又不一樣，怎麼樣都是由他親自取名。

胤禛拿了湯匙為她添湯。「下了朝正好聽到一句，九弟正鼓吹八弟求皇阿瑪賜名呢。」

周婷眼睛一轉明白了過來，望著胤禛微微一笑。胤禛把勺子送到她手邊。「黃魚跟雞湯都養人，妳快多用些，可要叫碧玉再備些小餃來？」

周婷含笑點頭，拿了勺子舀起魚片來嚥下去，也不知道八阿哥有沒有聽九阿哥的話？不過既然這件事能讓胤禛說出來，表示八阿哥的確動了心。

男人在這些事上頭果然沒有女人看得明白，宜薇藏著她的心肝寶貝，不光是怕這個孩子養不大，還怕他招了人的眼，他母親的名聲已經不好，若在康熙跟前掛了號，以後前程可怎麼辦？

事情果然像胤禛所說的那樣，胤禩言詞懇切地上了一份摺子，懇請康熙賜給他的嫡子一個壓得住的名字。這些瑣事他一向一併看，才剛看完胤禛的請求，正想著名字呢，就瞧見了胤禩的，接著就想到弘旺不怎麼有精神的小臉蛋。

康熙皺了皺眉頭，剛拿起筆沾了墨想寫「望為慈父」這幾個字，又忍了下來，只把摺子發還給胤禩。他在御座上坐了半刻，才又提起筆來，為白糖糕起了個好名字「田」，等議完了政，又親自跟胤禛定下了弘田種痘的日子。

八阿哥臉上雖在笑，牙關卻咬得緊緊的。好不容易有了嫡子，雖沒脫掉「畏妻」的帽子，卻沒想到皇阿瑪竟是半分也沒待他另眼相看。胤禩眼睛再往太子那邊一瞧，就見他也笑得緊咬著牙似的，眸子一垂，明白太子這是看胤禛不順眼了。

再有情分，太子也不想眼睜睜看著胤禛的勢力坐大，他身邊有十三、十四兩個鐵杆，而太子自己身邊的卻全被皇阿瑪給削了個乾淨，如今太子就是跟人聚在一處喝茶，也要防著別人參他結黨，哪裡能像胤禛那麼自在。他既是旗主，見見佐領就是常事，兄弟間又有個一母同胞的胤禎，來往密切還會得到皇阿瑪讚一句「兄友弟恭」。

太子原先潦倒時，當然記著胤禛的情分，如今他又站了起來，胤禛就成了他的競爭對手，他自然把原來那些幫助當作是討好康熙的手段。現在太子的情緒雖然還壓得住，卻總有一天要爆發出來。

胤禩眼睛一動，又趕緊肅手立住。他心裡有了那個念想，就瞧不上胤禛這番做作的模樣，明明他心中也想，卻偏要裝出賢德的樣子給皇阿瑪看。只是胤祺再不屑，卻不得不承認胤禛的確是入了康熙的眼，別人有心這樣做，又哪裡比得過胤禛這麼些年的功夫？

議完了政，就要閒話一些家常，康熙正覺得天熱食慾不振，見到太子的模樣，關切地說：「可是天熱失了精神？別多用肉食，食些蔬菜，人也清爽些。」說到這個，他就想起弘昭種的菜來，笑著問胤禛。「聽弘昭說，你那園子裡頭的菜地收成不錯？」

胤禛應道：「是收了些瓜果，只圖自家人吃個新鮮。」說著便邀約道：「園中倒有水景，夏日泛舟很是涼爽，又有新鮮蔬菜，我正想著不如辦個家宴。」

太子不自然地笑了一聲。「才從船上下來，再上去可不暈壞了。」

誰知拒絕的話剛從嘴邊出來，太子就見到康熙面色不豫，他立刻轉了話頭：「可這自家種的蔬菜卻必得嚐一嚐。」

胤禛對太子語氣裡的變化恍若不覺，又邀請其他兄弟，在康熙面前誰也不敢拒絕，從太子到十四阿哥，全都應了約，十三阿哥再看三阿哥不順眼，也只從鼻子裡哼出一聲。

康熙很是滿意，太子船上那些事，被他碰個正著，上一回他狠狠發落了那勾壞了兒子的奴才，可兒子已經在那個門道裡上了心，要扳回來也不是那麼容易。

若是太子的年紀再輕一些，康熙還能為他找一個「貪嘴嘗鮮」的藉口，可將屆不惑之年的人，兒子都已經娶了親不說，眼看就要當瑪法了，康熙再想偏著他，也找不出理由來。

康熙已經五十五、六歲了，太后也快七十歲，保養再得當，經歷了幾次變遷心情起落，身子也跟著不好了。一到大暑大寒，就覺得身子不如原來好，才有些秋涼，乾清宮就要早早燒上地龍，才泛上點暑氣，四下就都擺上了冰盆。

康熙愈覺得自己老邁，就愈是心急，原先怎麼看怎麼好的兒子，竟是愈來愈讓人無法託付，等他走了，這個兒子真能擔得起國家大事？他對太子的感情愈是濃厚，就愈是禁不得這樣的消磨；失望的情緒愈濃，投到其他兒子身上的目光就愈多。

三阿哥趁這個機會也邀了兄弟們一起宴飲，他宅子裡的名頭雖多，山水景緻卻不如圓明園，便把日子訂得更近一些，不讓自家風景被胤禛那邊壓下去。

散了會，十三與十四同胤禛挨在一處，十三又從鼻子裡哼出一聲。「瞧他那樣，急急地把日子定下來，顯見是沒什麼拿得出手的，把咱們叫到一處去，難道要跟他那些食客一樣吟個詩、對個聯句不成？」

十四輕笑一聲，他同十三愈熟，愈是覺得十三比胤禛更對他的脾氣，兩人一同跑馬射箭，靠船停泊時還去岸上鬥酒喝，加上年紀本就相仿，有了胤禛居中牽線，自然要好起來。

十四知道他的心病，他也看不上三阿哥那酸文假醋的樣子，樂了一聲就說：「這你才要高興，等大家去了四哥那裡，才知道什麼是真好。」

兩人勾腰搭背的樣子讓胤禛勾起了嘴角，他假意搖頭。「教人瞧見了像什麼樣子，都是當阿瑪的人了，還跟十五、六歲沒分別。」

十四聞言，朝他皺了皺鼻子。

第九十二章　節外生枝

周婷坐在臨窗的炕上寫下宴飲的單子，正猶豫著要不要安排戲班子，翡翠就打了竹簾進來，她屈著膝蓋，忖了忖她的臉色。「主子，大格格院子裡的奴才來報，說是大格格想來給主子請安。」

周婷的手指點在一品鴨子燕窩上頭，她頓了一頓，才撣了撣衣袖。「她身子不好，奴才們怎麼不勸著些？錢嬤嬤呢？」

大格格剛退了親，過了三日那邊人就沒了，到現在也過去一個多月了。

大格格身體不好，周婷就拿這個當藉口，把她隔得遠遠的，她這麼久都沒想著再靠過來，怎麼這時候倒想起來了？

「就是錢嬤嬤報過來的，她雖是教養嬤嬤，可大格格也是主子。」翡翠聽了回報就不耐煩起來，主子這邊有多少事情要忙，身子還不便，那樣一個養不熟的，能少讓主子費些心，她就要燒高香了。

周婷挑了挑眉，掐著指頭算一算日子，嘴角抿了起來，怪不得她要鬧呢，再沒多久就是她的生辰了。往年周婷照顧她，也願意讓胤禛看見她對待庶女的用心，通常早早就開始安排起宴會的事情。

不單邀請其他阿哥府裡的格格們，還要把娘家的女孩也請過來，場面雖然不大，卻是給足了她臉面，今年卻到現在還沒風聲傳過去，怪不得她要鬧起來。

周婷根本懶得動，她正懷著身子，就是大格格到胤禛跟前去哭訴，她也能推託一句「精力不濟」，再說，府裡犯不著辦上兩場宴會，康熙跟眾阿哥們到圓明園來玩那天既是家宴，自然攏了家眷，幾個孩子湊在一塊，整一桌像樣的宴席也就行了。

周婷打定了主意不再給大格格體面，指了指翡翠。「妳去瞧瞧，叫她好好休養著。若她問起生辰的事，就告訴她，府裡正趕著要辦宴，到時候整個宴席的菜都會為她送過去。」

翡翠明白過來，應了一聲，轉身往那邊院子過去，周婷則繼續跟碧玉對起菜單。「可有些夏天吃起來爽口，看起來又清涼的菜式？那幾位油膩的吃得多了，許愛這些小菜呢。」

碧玉輕聲一笑。「要不然，主食上桌前先上個小蓮蓬荷葉湯，拿雞湯吊了味，再加麵進去，既是湯水又是麵食，倒開胃。」

「這倒不錯，冷菜可有什麼好的？這一回可是各家的爺們都到齊了，紅、黃、白、綠、紫幾樣都給配齊了，才顯得出功夫來。」周婷囑咐道。

「那就雞髓筍吧，拿烏雞脯子同玉指筍一同炒了，放涼了吃。」碧玉話音還沒落，珊瑚又捧了瑪瑙碟子進來。

周婷怕熱，又不能再喝綠豆湯或酸梅湯，只拿了冰塊放在鮮果汁裡頭，鎮得有些涼意了，再舀進瑪瑙碗裡食用。一勺子還沒嚥進去呢，冰心就從大格格屋裡過來了。

冰心一進屋子，就跪下來行禮。「給福晉請安。」

周婷沈了氣。「怎的，翡翠跟妳走岔了路？」

冰心聽了，脖子一縮。她知道福晉不喜歡大格格了，可好歹是十五歲生辰，一點意思都不露，倒教她們主子日日夜夜掛著心。

大格格那幾分聰明勁全放在這些小事上頭，這回死了未婚夫，倒清醒起來了。她是想乖順幾年，可她的親事一天沒有著落，她就一天不能安分。

原先戴嬤嬤為了讓她念著周婷的好，一直在她耳邊叨念蒙古是怎樣怎樣的苦地方、能夠留在京裡出嫁的宗室女有多麼不容易，這全是胤禛與周婷的恩德，她得感念在心。

聽一、兩回，大格格還記得周婷的好，聽得多了，她就覺得稀鬆平常起來，總歸婚事已經定了，那是她死了額娘以後、討好阿瑪得來的，嫡母再大能大得過阿瑪去嗎？可直到如今，這些話才算對她起了影響，再不訂親，她就要嫁到蒙古去了！

宗室女十六、七歲左右定下封號，再由皇上指婚，就能發嫁了。大格格從沒覺得自己的狀況像現在這麼黯淡，身邊的錢嬤嬤不像戴嬤嬤那般事事指點她，只看牢了錢跟鑰匙，萬事隨她的吩咐。

大格格是真的感到害怕，她連一般的稻米都嚥不進去，哪裡能嚥得進草原上的風沙？

日子一天近過一天，想鬧卻又沒理由，她想起那拉氏藉著弘昭的洗三禮把她推出去交際的那一回，還想用那個老法子，只求能在人前顯出來。

冰心期期艾艾地開了口：「我們主子說，這些日子一直臥病在床，倒勞了福晉為她費心，如今她身子也好了，想幫著福晉理理事，也好分擔一些。」

這個周婷倒沒想到，原來大格格是存了這個心思，想來她也知道生辰宴是不會再有了，竟想起這麼一齣來！她笑了笑。「妳們主子為我著想，妳怎不為她想想？身子才剛好，要是忙亂起來又耗了精神，再病著怎麼辦？都說冬病夏養，叫她好好歇著就是，我這裡不缺她一個幫手。」

冰心臉上端著笑，肚裡直尷尬。「奴才也是這麼勸，只是咱們格格一片孝心，起了這個心思，就定要幫福晉辦兩樁事，才算是報了您的恩德呢。」

「妳告訴她，好好歇著，養好身子就算是報了我的恩德了。」周婷想都不想一口回絕，銀勺子磕在瑪瑙碗上哐啷一聲輕響，她轉頭看向碧玉。「灶上剛煨的雞湯給大格格端一碗去。」

冰心知道周婷在趕人了，她也沒有別的辦法，只能跟在碧玉後頭拎了食盒回去。她一路走，一路打算，早年放出去的山茶跟茉莉都已經嫁了人，她的年紀比大格格還大一些，叫阿瑪跟額娘來請求讓她出去配人，也是一條出路。

翡翠隔沒多久就回來了，皺著一張臉。「主子不知道，大格格扯著奴才的袖子哭呢，那架勢，恨不得就要為了福晉上戰場打仗去了。」

周婷噗哧一聲笑了出來。「又渾說起來。」

才剛說完，胤禛就進來了，他打了手勢不許妻子起來，自己走到盆邊絞了毛巾擦臉。「福雅那邊又鬧騰了？」

大格格知道那拉氏這邊行不通，以為胤禛那裡有用，誰知道胤禛早就習慣把事情交給周婷，自然要先問過她，才好定奪。

周婷微微一笑。「這孩子心實，一定要幫我理事，她身子還沒養過來，我才沒許她，想是求到你那裡去了？」

這麼大的園子，一個院子裡十幾二十個人，真要牢牢看住也不容易。大格格往前頭報信，周婷並不攔，只想讓她看看，如今哪一個人還能依著她。

「再說，這時她也不好張揚，我還想著趁宴客那日，給她整桌宴席，就當過了生辰。」京裡哪家不知道大格格退婚是因為男方病死了，這時候張揚起來，可不落人口舌？

胤禛捋了袖子擦手，聽了反而笑一句。「她心裡想的可不是這些，妳不必理會，再一年或許就有旨意下來了。」說著又皺起眉頭。「那日也別叫她出來，只叫福敏、福慧跟弘時、弘昭帶著弘田請安吧。」

大格格自從被拒之後，錢嬤嬤每日都看著她或是讀書、或是繡花，到了時辰就叫她歇下，既不讓她串門子，也不讓她傷春悲秋，把她看得牢牢的，底下那些幫她轉了一回話的小丫頭全都被打發去做更低等的活，她的院子裡一下子就安靜下來。

倒是福敏與福慧被周婷帶在身邊，拿這場家宴練習，先用眼睛學習怎麼理家事。定下了菜單、酒單，就是安排專人管理，兩個小丫頭挨在周婷身邊，聽她細說這裡頭的道理。

「天子設六府，這個妳們應該讀過了，可知道是哪六府？」周婷問道。

臨窗的炕上能瞧見外頭的金絲梅、金絲柳，福敏跟福慧把臉靠在她懷裡應她：「司土、司木、司水、司草、司器、司貨。」

她們兩個剛學了《禮記》，一聽周婷問，立刻答了出來。周婷微微一笑，指著單子告訴她們：「天子設六職，每家也都有這六職，咱們辦宴也是一樣，缺了哪一塊都不行。湖裡要泊船，草木花朵要修剪，新鮮果菜、魚肉也要採買，就是碟子跟盤子，每個人用的也不一樣。」

夏日本就是花木繁盛的時節，園子建了好些時候，花木早就連成一片，只稍稍修了枝條，就是一園風景。

湖邊泊了船隻，走水路往亭臺水榭去，一路落花垂柳，波光瀲灩。周婷猶豫幾番，還是叫了戲班子，更特地點了一齣武戲《大鬧天宮》給弘時跟弘昭這樣的孩子們看。孩子們只有年節裡才能看見這齣戲，弘昭喜歡毛猴子在上頭翻跟斗，一聽見有戲看，他就跟猴子似地在炕上翻了個跟斗，一頭撞進周婷懷裡，嚇得翡翠失手砸了個瑪瑙杯。

胤禛正巧回來瞧見了，板著臉把弘昭拎到牆邊，對著他講了小半個時辰的道理，講得弘昭垮著一張臉，圓眼睛眯成了細眼睛，肩膀一抖一抖地撒嬌給他額娘看。

弘昭平日也跟了弘時的騎射師父學了幾招拳腳，周婷一直覺得小孩子骨頭軟，學了這個怕長不高，可滿人子弟都得學，沒個像樣的騎射功夫，往後跟著圍獵時會拿不出手來。再說弘昭要接胤禛的班，每回秋獮，皇帝都得先射三箭，他要是不練，以後可有苦頭吃。想到這裡，周婷這才不再拘了他跟著弘時去拉弓。

弘昭運動量大，又在田裡跑了那麼些時候，日頭最盛時也不許小太監幫他打傘。周婷知道有奴才看著，不會把他累著了，也就由著他去。說是他種的菜，其實他不過在田邊上跑跑，興頭起了挖挖土，出出主意，那些翻地、犁田的活，下人們早早就做完了。

周婷樂意讓弘昭多出去跑跳，現在的孩子存活率太低，動得多，起碼體質會比較強。等到弘田大一些，正好跟在弘昭屁股後面一起玩，大的帶著小的，幾個孩子都更開朗活潑。

「到了家宴那一日，在你叔伯面前不許淘氣！」胤禛不放話，弘昭就不敢動，垂著手聽訓。

福敏與福慧滿臉不忍，看著弘昭就跟看著挨訓的雪團一樣。雪團是她們養的狗，牠打爛了屋子裡的花瓶，就是這樣被粉晶拎了毛訓斥的。於是她們一邊一個抓住了胤禛的胳膊，軟聲求道：「阿瑪，酸梅湯不會碰傷小弟弟的。」

胤禛一聽這話就露了個笑臉出來，弘昭眼睛一轉，大聲說道：「小弟弟可乖了，我跟他玩。」說得周婷止不住笑，弘昭見父母臉色都好看了，才覥著臉。「我在皇瑪法面前可以淘氣！」

胤禛跟周婷都知道康熙吃那一套，於是一句都不說，算是默許了他。弘昭馬上又高興起來，扳著指頭算他地裡的那些收成，一會兒說可以打糕給皇瑪法吃，一會兒又怕捉的活魚不夠大，像小大人似地忙亂著。

他一個人在那裡嘀咕時，福敏與福慧已經跟著周婷把座位都排好了，因是家宴，設座只按著年紀來，三阿哥坐在太子下首，胤禛在另一邊挨著康熙。

酒單跟菜單按照各人好惡羅列出來，每桌除了專門侍候酒食的，還有引路領座位的。周婷上上下下打點一番，把事情準備齊全，便等著康熙、眾阿哥及家眷過來。

到了約定的日子，胤禛在門前迎接兄弟，眾人站齊了向康熙請安，誰知道康熙竟把隆科多也帶來了。

佟家自來與太子不對盤，一開始是因為索額圖，後來就是掐急了眼，就算索額圖死了，兩邊也不可能握手言和了。原本康熙為了隆科多家裡那件事有些不喜歡他，但傳到康熙耳裡的都已經經過美化，因此就算他心中有疙瘩，佟家人在他心裡的地位仍然很高。

這一回隆科多踩下了太子黨的托合齊，跟太子狠嗆了一回，康熙正有處理太子黨人的心思，隆科多這個舉動算是得了他的眼，抬一個、壓一個原就是他用慣了的手段，沒把太子的面子狠削一回，卻也把隆科多提了上來，按照小道消息，隆科多這個只領一等侍衛閒職的人就要升官了。

他若是自己來了也罷，偏偏還把兒子給帶了過來，若是帶嫡出長子倒還看得過去，畢竟算起來跟胤禛連著親，孝懿皇后是隆科多的姊姊，這個孩子也能叫胤禛一聲表哥了。

可他帶來的，竟是寵妾李四兒所出的庶子玉柱，除了康熙，在座哪個不知道佟家門裡那些骯髒事，看著隆科多的眼神都不對勁。五阿哥、七阿哥都寵愛側福晉，可誰也沒那樣對待嫡妻，那簡直就是打妻家的臉。

康熙也知道隆科多寵這個兒子，他不知道這當中的彎彎繞繞，只以為是當阿瑪的更寵小兒子，這才帶了他出來。康熙對自己的母家向來寬容，又正是抬舉隆科多、打壓太子勢力的時候，便也睜一隻眼閉一隻眼，人既然帶了過來，就沒有趕他走的道理。

胤禛這一世同隆科多並不親近，也知道他身上藏的那些事，不管什麼時候，只要一捅到康熙跟前去，隆科多這輩子都翻不了身。為了個女子忤逆親生額娘，這件事放到康熙面前，非一頓削到底不可。

他如今也不必借助佟家勢力，自然不再用心結交，原本佟國維就更看好胤禩，如今這一門人更是全倒向胤禩那邊。胤禛手中捏著隆科多的把柄，眼見佟家人蹦躂得起勁，他就是不動聲色。一根繩上的蚱蜢，拿火燒著了哪一個，另幾個都沒後路，既然他們綁得緊，就讓他們一起上火。

太子陰著的一張臉在轉到玉柱身上時頓了頓。十幾歲的少年正是雌雄難辨，李四兒能被隆科多一眼相中，從岳父身邊搶過來，自然也有一副好顏色。生子肖母，玉柱細皮嫩肉、齒白唇紅的模樣，還真把太子的目光給抓住了。

隆科多是被李四兒逼著帶玉柱過來的，他就要成親領差了。現在隆科多身上只有一個一等侍衛的閒職，家裡的叔伯們全都噁心玉柱的來歷，不願為了他的事走關係、通門路。一樣是隆科多的兒子，嫡子岳興阿因為母親赫舍里氏的關係，早早就被祖父佟國維帶在身邊，如今已經領了二等侍衛的差，還是佟國維親自鋪的路。

李四兒眼紅不已，這才逼著隆科多把玉柱領出來見世面，好歹在康熙跟前露個臉，以後鋪路也更方便些，萬萬沒想到玉柱就這麼入了太子的眼。

太子正在氣頭上，隆科多踩了托合齊，等於斷了他一隻手，托合齊可是步軍統領、九門提督，有了他，太子就有了眼睛、耳朵和手腳，他要是從這職務被踩了下去，太子就再也調配不了八旗步軍了。

心裡的惱恨在見到玉柱時找到了發洩的出口，太子垂了眼簾，一路都沒給隆科多一個好臉，坐著船時，眼睛就往玉柱身上淡淡一瞥。少年興高采烈，兀自不覺，拿了柳條抽水面上的綠頭鴨子，渾然不覺自己已經被人給盯上了。

胤禛這裡的宴席散了的第二天，玉柱就失蹤了。原還以為小孩子貪新鮮跑出去玩了，一問之下才知道，竟是連身邊跟著的小廝都一起不見了，也沒人回來報個信。

李四兒急得火燒房子，隆科多卻以為兒子是去尋歡。滿人官員不許逛青樓花街，可哪裡都少不了這些東西，他自己是男人，以為兒子是被哪個朋友勾了去，見識了不一樣的女人，正樂著呢！

直到李四兒從枕頭底下摸出一根嵌了寶石的皮鞭子狠狠抽在隆科多身上，那「啪」的一聲，直抽得李四兒身邊的丫頭閉了眼。一屋子人趕緊退出去，正要闔上門，就聽見隆科多混著舒暢的一聲痛叫，還有那句低聲下氣的：「心肝兒，不氣，要不妳再抽一鞭子？」

李四兒抬起手來又是一鞭。「賤德行！今天要是不把人給找我回來，姑奶奶我扒了你的皮！」

隆科多吃了兩鞭子，反倒通身舒暢，暈陶陶地帶了手下去找人，可這一找，才真的急了起來。

找遍了花街、茶樓，連那種賣男人的地方都去了，就是不見玉柱的蹤影，隆科多急得直打轉，只好求到佟國維跟前去。

佟國維眼皮都沒抬，直接回絕了，隆科多沒辦法跟他老子硬來，只好照實告訴李四兒。李四兒急得沒地方泄火，拿了鞭子就跑進隆科多元配的屋子裡去，對著她的身子死勁抽了個來回。

隆科多還要心疼李四兒，他撫了李四兒的手，放在手心裡搓揉。「這勁道留著用到我身上多好……」

他看也不看縮在牆角直發抖的髮妻一眼，捧著李四兒的手回到正屋，為她揉肩、拍背，口中許她。「我已經託人去找，他那麼大一個人，還能丟了不成？定是玩迷了眼，等回來了我教訓他！」

李四兒眼睛一瞪，用力掐住隆科多的耳朵。「要死了你，你敢動他，看我教訓你！」

第九十三章　佟家醜事

隆科多剛把李四兒搶回來時，佟家上下都覺得他是貪圖一時的新鮮勁，等膩了就會把她丟開，把人送回岳父家。一個通房丫頭，對這些爺們來說不過就是個玩意兒，可誰知道就是這個「玩意兒」，差點把佟家掀翻了天。

佟家到如今還是一大家子人住在一處，隔著東、西兩府，一邊是佟國綱一系，一邊是佟國維一系，兩家出點什麼事，彼此都知道得很清楚。

隆科多剛把李四兒弄來時，他的嫡福晉赫舍里氏簡直羞於見人，在妯娌之間頭都抬不起來，她性子綿軟，說好聽些是賢慧，說白了就是膽怯。非但逆不了丈夫的性子，還要跑去李四兒的屋裡安慰她，覺得丈夫硬生生把她搶過來，是讓她受了委屈的，好茶好湯地供著不說，娘家那邊還要她打點禮物去賠笑臉。

之後李四兒屋子裡時不時傳出砸東西、挨打挨罵的聲音，把赫舍里氏驚得夜裡睡不著覺。她每天一早都掛著眼下的青黑去向婆婆請安，不知吃了多少埋怨和明裡暗裡的譏笑。

婆婆跟公公覺得是她攏不住男人的心，沒為隆科多找個可心的人兒來伺候，竟讓他把手伸到岳父家，丟了他們家的臉；妯娌之間則是笑她沒臉沒皮，連娘家阿瑪的通房丫頭都拿來討好丈夫；下人們傳得就更難聽了，什麼事情骯髒就拿什麼說嘴，府裡這些風言風語等於是把她的臉往泥地裡踩。

赫舍里氏性子再軟也要臉面，成天受氣之下，一挨不過就立刻病了。她病了，李四兒跟隆科多卻不消停，只要隆科多在家，就是整日待在李四兒的屋子裡，大白天的也不知道收斂，叫得跟貓兒鬧春一樣，一院子都能聽見動靜，連別院的丫頭跟婆子也繞道走，再不往他們院前經過。

起先不過是打爛了一點東西，總歸赫舍里氏管著隆科多的私庫，拿銀子出來填補進去，不走公帳也能少些折騰跟白眼，到後來竟是丫頭過來稟報，說李四兒睡的雕花床柱子斷了。

赫舍里氏青白著一張臉，以為李四兒遭到丈夫毒打，平日臉上雖瞧不出傷來，也暗暗給了她好些傷藥，此時聽見這麼大的動靜，趕緊往她屋子趕過去。眼見竟沒個丫頭守門，她便自己掀了簾子進去，誰知就看見自己的丈夫渾身赤裸被綁在床柱上頭。

李四兒手中拿著羊皮鞭子，身上只裹了一層紗，屋內拉上厚厚的簾子，點著四、五盞蠟燭，照得人眼暈。李四兒見她進來了，勾了紅唇露出個笑來，一手把鞭子往隆科多身上抽過去。

赫舍里氏腿一軟，坐在地上咳得暈厥了過去，跟在後面的丫頭驚呼一聲扶住她，瞪大了眼看著面前那兩個人。隆科多跟李四兒的好事被撞破，那個丫頭之後是生是死沒人知道，只是再也沒露過面。

赫舍里氏醒過來以後就縮在房裡，再不敢出門，連娘家都不敢回了，然而他們兩個卻愈來愈放肆，反正也已經被瞧見，乾脆不瞞著她，當著她的面就能摟到一處去，說出一些她這輩子都不曾聽過的污言穢語。

赫舍里氏是被規規矩矩教養長大的，哪裡見過這樣的陣仗，被一個小妾爬到正妻頭上，還這樣明目張膽！她不敢往娘家哭訴，只好往婆婆面前告狀，老夫人一聽這事，倒是想為她出頭，誰知才把隆科多叫過來罵了兩句，就被他一句話頂了回來，氣得臥在床上起不了身。

佟國維大發脾氣，隆科多卻是嚐了鮮以後再也丟不開，誰敢動李四兒，他就剝誰的皮。他母親房裡派過來的教養嬤嬤，才剛教了李四兒一句「為妾之道」，就被他在大冬天剝得只留下裡衣，扔到井邊去，叫下人輪番往她身上潑冷水，那個嬤嬤就在井臺邊上一頭撞死了。

死個奴才，難道還能拿親兒子去賠命？佟國維自然只有把事情壓下來，不讓人傳到外頭去。佟老夫人起不了床，赫舍里氏的兒子就被佟國維抱到身邊養著，其餘的事只好關起門來，再不管他。

他們也不是沒想過辦法，既然隆科多怎麼也瞧不上家裡為他娶的老婆，那也不能進了李四兒這種女人的迷魂陣出不來，那些小門小戶中的姑娘也有教養好的，娶進來當個二房也不是不行。

誰知道那教養好的隆科多一個也瞧不上，撲在李四兒身上起不來，除了當差，就是日日夜夜跟她廝混。好不容易有個紅帶子覺羅氏家的女兒，家世夠，人也不錯，才進門沒兩天，就被李四兒活生生折騰死了，死的時候身上沒有一處皮肉是好的，還被假裝成上吊自殺。

就是這件事讓康熙發了火，把隆科多身上的職務摘了個大半，只留下一個閒職。佟國維雖把事情給平了下去，卻也想叫兒子趁這個機會收收心思，都到了這個年紀，不應該如此胡鬧。

按照佟國維的脾氣，把李四兒弄死，斷了兒子的念頭也就罷了，可是隆科多派人把李四兒看得緊緊的，掉一根頭髮都不行，更別說是把人給弄死。一家子僵持了這麼些年，都已經變成習慣了，隆科多住的院子在佟家人眼裡就像長在府裡的爛瘡，大家只當作瞧不見。

關了門，李四兒就是太太、夫人，哪一個也大不過她，赫舍里氏被挪進了小屋子裡，一開始還能準時吃飯，到後來權力都捏在李四兒手中，吃的、用的東西，連下人都不如。

只是李四兒在隆科多面前再受寵愛，出了院門卻沒人認她，她為隆科多生下的孩子，也不能按嫡子算。這麼些年她早就被隆科多慣壞了，一心覺得自己的女兒、兒子就該配上最好的。她的女兒還有門第不低卻已式微的人家，為了幾車嫁妝肯娶她回去，可兒子要娶個門第高的女孩，卻是困難。

玉柱的年紀按理也該說親了，卻一拖再拖，李四兒覺得自己實在對不起兒子，可正房不死，她無論如何都不能出頭，因此憋足了勁，三天兩頭地折騰赫舍里氏，可她明明人都已經半瘋了，卻死撐著一口氣不肯死。

這邊正房沒弄死，那邊兒子又不見了，氣得李四兒下手失了輕重，狠狠幾鞭子把隆科多抽得滿身紅痕，連耳邊都帶出一道血痕來。李四兒要他親自去找兒子，他就帶著這些痕跡出門，一面覺得舒暢，一面找起兒子來。

此時的玉柱，正被關在郊外的莊子裡，他赤條條地被剝成一隻白羊，手腳遭到綑綁，兩腿被迫抬得高高的，正被人拿著抹了油的玉勢開道。

玉柱沒經過此道，頭一回痛得暈了過去，那幫他抹香膏的人還啞笑一聲。「這麼緊，可不能把主子侍候舒服了。」一面說還一面吩咐人。「換個大的，再幫他鬆一鬆。」

他一開始還能破口大罵，把自個兒的來歷跟出身說得一清二楚，詛咒發誓要把這些人全都剝皮，不但沒人理他，在他說到「佟家」時，身後那人竟還輕聲笑了出來。

玉柱看不見他們的臉，聽見這聲音卻從心底涼了個透。人家根本不堵他的嘴，也不怕他叫嚷，只把他身上的毛剃乾淨，再撲上粉。

往日那些狐朋狗友湊在一起時，也有人嘗過這個，玉柱知道這是倌館裡頭進新人時，先把通道給鬆一鬆的手續，好讓客人容易進些。玉柱雖沒試過，卻一直心動得很，哪裡想得到有朝一日自己成了被開道的那個，他兩隻手死死抓緊身下的床單，咬牙忍著不出聲。

屋子裡燃了香，他一點掙扎的力氣都沒有，身上還起了尷尬的反應，那道啞聲又響了起來。「嘖，瞧著樣子，才兩回就得了趣，生來就是幹這個的。」

這話把玉柱說得想死的心都有了，這幾日他們天天只讓他喝湯，灌腸、洗胃一整套弄下來，就沒消停過。玉柱知道他們是什麼意思，就像家裡買回來給他逗趣的貓狗，也要這樣從裡到外弄乾淨了，才能送到他面前來，可他如今興許還不如那些貓狗。

等他渾身上下都乾淨了之後，就被蒙上眼睛、換了衣服，被人攙扶著去了一間新屋子。屋裡有新鮮的水仙花香，不是水仙香餅燃出來的味道，這個時節還能養得活水仙的人家，京裡屈指可數。

玉柱知道做這事的肯定是佟家的仇人，雖然那兩個調理他的人話不多，漏出來的幾句也能讓人知道他們的主人很有來頭。

忽然一陣金玉聲起，玉柱剛要站起來，就聞見了酒菜香氣。他身子無力，眼睛又看不見，卻是一聞到這個香味，肚子就響了起來。連著幾天只進流質食物，沒碰一點實心的東西，正在長身體的年紀，哪裡忍得住？

到了這個地步，玉柱竟還慶幸起來，若不是個有身分的人，怕髒了手，恐怕對方快活完之後，他就會被就地掩埋，佟家再有勢力，難道還能一寸寸把京城的地翻開來找？

他也不敢問這人是誰，只覺唇上一涼，嘴裡就被塞進了一顆葡萄，甜得直沁心肺。那人見他吃得急，哼笑一聲，跟著手就摸上了他的脖子。

手上厚厚一層繭，那厚厚的硬塊磨著玉柱的脖子，一點點往他腦後去，摸到辮子根，還用食指一遍又一遍地刮著他的後頸。玉柱嘴裡咬著葡萄，身上起了一層雞皮疙瘩，等那隻大手掐了他的腰往下去的時候，他嘴裡又被塞進一顆葡萄。

這回不是讓他吃的，玉柱只覺得耳中噴進一口熱氣，那人淡淡一聲說著：「咬開。」就開始解他的扣子。

葡萄淡青色的汁液順著下巴流下來，玉柱只覺得嘴唇一熱，就被那人含住了。他這些天日日都要經過「那件事」幾回，一開始是痛，後來是抗拒，再後來他的身體就有了反應，每次弄的時候也不痛了。

那兩人手藝很好，一進一出很快讓他得了趣，但他們只從後邊來，還沒人像對女人似地親他。玉柱喉嚨口被扣著，嘴唇被迫微微張開，那人身上的龍涎香撲面而來，直鑽進他的鼻子裡，舌頭上則是淡淡的酒香。

他才剛被摸了兩把，就興奮起來，對方悶笑聲一起，玉柱臉上就整個燒紅了。他已經控制不了自己，也不知道是因為屋子裡點的助性香，還是因為這幾天雖然被人玩弄，卻不讓他到頂點，慾望攢了那麼些時候，這會兒一被撩撥，全部湧了上來。

很快就寬衣解帶起來，玉柱的眼睛還被蒙著，身體卻敏感到了極點，那一下下的撫摸刺激他蜷起身來，伸出手自己撫摸起自己。

床單上很快噴上了白色汁液，玉柱此時又聽見那人說：「這麼快就不行了？」

那人一面說，玉柱就一面感覺到自己後面頂進了一個東西來，又燙又硬又教他興奮，兩手一撐就把自己撐起來迎合那人。

只聽身後滿意的一個笑聲，那人獎賞似地拍了拍他的屁股，腰一挺往裡面深深探進去。

玉柱剛才發洩過的慾望又硬了起來，他悶哼了一聲昂起頭，身子不住地擺動，倒把後頭那人給逗樂了。「這麼喜歡這個？」不等玉柱回答就往他身子裡撞了幾下，把他整個人翻過來頂在床沿上出出進進。

玉柱喘到不行，身後那人卻力氣奇大，一會兒搬弄他的手，一會兒搬弄他的腿，壓著他硬來了三回。玉柱迷迷糊糊的，只知道自己一回又一回地達到頂點，聲音都叫啞了，而那最後一下，就直接教他暈了過去。

事情是在圓明園家宴之後發生的，周婷略有耳聞，這天她進宮請安，在太后抱怨完自己不能去圓明園之後，妯娌之間也談起幾句。

憑太后的身分，去誰園子裡玩都不合適，正巧宮妃們不好主動開口提及隆科多兒子的事，既然太后自己講到圓明園，玉柱失蹤又算京中一件大事，讓太后知道也沒什麼。

太后聽了，就問佟妃：「你們家那個孩子可尋著了？」

佟妃暗惱，家裡有一個扯後腿的，被人惦記著也是沒辦法，只好端著得體的笑，回道：「多謝老祖宗記掛著，要我說，不過是孩子貪玩，哪就這麼急，過兩日也該回來了。」

太后就說：「不當爹娘的哪裡知道父母心，這是著急呢，是該叫人好好找一找的。」

說到這裡，話題算是揭了過去，沒人肯往下接了。在座沒孩子的不是一個、兩個，就是太后自己也沒生育過，她這是一竿子打翻了一船人。

雖然旁人只把這個當成一件稀罕的事在聊，周婷卻是繃緊了神經。

佟家這麼大的家業，找個人還能找不著？京城裡什麼最要緊？自然是「安全」。今天能弄丟一個勛貴，明天就能丟阿哥了，不過是沒人拿這件事參一本罷了，不然九門提督恐怕要換人。

弘昭在家宴那日得了康熙一番稱讚，除了當日吃的，還送了兩筐蔬菜進宮，由康熙分送給太后與幾個妃子，除了太后，德妃那裡得到的自然最多。

弘昭小小出了一回風頭，更往這上頭鑽研，周婷卻拘了他在屋裡寫大字，等陽光散了才許他往採菊堂去，這些活動再能鍛鍊身體，課業也不能丟下。

弘昭自己雖然有小書房，卻還是喜歡待在周婷這裡寫字，一個大開間，隔了幾道竹簾子，他一抬頭就能看見額娘坐在窗邊教姊姊們做針線，伴著弘昍唸《弟子規》的聲音，翹著嘴角寫字。

一室寧靜忽然間被弘時給打破，他一路小跑著進來，一屁股坐到那拉氏身邊，興高采烈地說：「額娘！皇瑪法要去巡塞，三伯家的弘晟也要去，我能不能去？」

今年的巡塞因為南巡行程延遲的關係，比往年的日子晚了不少。家宴那天來了不少孩子，這可比在宮裡吃宴席要歡樂得多，在圓明園裡可沒宮中那麼大的規矩，幾個男孩子叫奴才牽著跑了一回馬，再去鈎魚釣蝦，沒幾句話就親近起來。

弘晟已經十二歲，跟著巡塞也是尋常事，周婷聞言一笑。「竟連哥哥都不叫了，你才多大，弘晟下回大挑都要娶媳婦領差事了，輪得著他，可不一定輪得著你。」

弘時剛鼓了臉要說話，弘田就拍著巴掌站起來，奶聲奶氣地重複著那拉氏的話。「娶媳婦！」

一屋子丫頭都笑起來，福敏抱過他刮他的鼻子，福慧笑得扔了手上的針，把弘昭也給叫了過來。

「誰娶媳婦了？」胤禛掀了簾子進來，神色輕鬆，興致甚高地問了一句。

弘田才剛會說話，嘮叨得很，嘴裡立刻嘰嘰咕咕地說起話來，最後用力點點頭，指了弘時說：「娶媳婦！」這三字倒是清清楚楚的。

這就把弘時鬧了個大紅臉，他已經知道娶媳婦的意思了，站起來支支吾吾說不出話，還是周婷為他解圍。她站起來跟進內室去為胤禛換上家常衣裳，順口說了一句：「弘時想跟著去草甸子上頭呢。」

這一回胤禛也要跟去巡塞，周婷正想著要怎麼安排人跟去，若是弘時能跟著也不錯，他是半大的孩子，正是該由阿瑪看著的時候。

誰知胤禛擦了臉，走出去就說：「這回弘時不能跟，皇阿瑪點了弘昭去，下一回再輪弘時吧。」

弘時一聽就垮下了臉，倒是弘昭樂了起來，高興地又要在炕上打滾，可看了那拉氏一眼，他又硬生生忍住，揮空了幾個拳頭繞過去挨住胤禛。「那阿瑪帶我騎馬？放風箏？」

周婷笑盈盈地看著胤禛點了頭，走過去摸摸弘時的肩。「下回再輪著咱們弘時。」弘時嘆了口氣，點點頭。

這些事情說完，就是兩人談正事的時間，福敏與福慧拿繡筐子去了隔間的書房，只留下弘田還在原地玩耍。

周婷拿玻璃盞舀了蜜鹵子汁送到胤禛手裡，問道：「佟家那個還沒消息嗎？」

胤禛接過來一口喝完，把玻璃盞一擱，輕笑了一聲。「佟家這回可要丟大臉了。」除了撐著城防的，哪裡還有人能把事做得這麼悄無聲息？別說在京裡，就是外省，要找一個人也容易得很，可到現在卻一點風聲都不透。他竟沒早點把事情往「那個人」身上想，實在是日子過得太舒心，骨頭都生鏽了。

康熙巡塞的起程日期就在眼前，胤禛估算玉柱就要被放回去了，他淡淡一笑，握住妻子的手。「總歸就是這兩天的事，妳把東西備一備，弘昭的打點得仔細些，他年紀太小了。」說著抬手摸了摸她的耳垂。

周婷穿了一身天青碧的衫子，耳上掛了兩只碧色欲滴的翠玉豆莢，更襯得膚白如雪。胤禛光摸還不夠，側了身過去吻一下，就貼著她的耳朵說道：「妳放心，有兒子跟著我，就是個小耳報神，等回來了，妳細細問他，我可有做壞事。」

周婷面上飛紅，輕哼一聲。「我哪裡就想這個了。」

「那妳想了什麼？」胤禛把她耳上那個翠玉豆莢拿下來，張口就要含住她的耳垂。周婷把頭一偏，窩在胤禛懷裡，盯著他寶藍色菖綢的褲子，手指不經意地刮了一下，那裡頭的東西就起來了。

胤禛只聽見妻子緩緩吐氣，口中一股甜膩膩的香氣，噴在他耳廓上，抹了蔻油的那隻手輕點紅唇。「我想的，是這個呢。」

這話讓胤禛身下一緊，喉結一動，眼睛熱辣辣的，看得周婷悶在他懷裡輕笑。弘田本是一個人在玩七巧板，不知怎麼就回了頭，張著一雙烏溜溜的眼睛盯住胤禛，讓他不敢繼續動作。

胤禛只好強壓下火氣，捏了捏她的下唇。「瞧我夜裡怎麼折騰妳。」

佟家不見了一個庶子，隆科多著急上火，其他人卻沒什麼反應。玉柱的阿瑪跟額娘是那副模樣，有身分的孩子哪裡願意同他來往？要麼就是看中佟家的權勢，想要攀上關係得點好處，要麼就是跟他一樣紈袴，混在一處不事生產。

這種人出去幾天不回來也是常事，誰都沒放在心上，隆科多卻被李四兒拿鞭子逼得快上吊，全然不顧地利用自己一等侍衛的職權報給康熙知道。

康熙倒是問了兩句，他跟佟家人思路一樣，先問佟國維：「可是孩子貪玩了？」

佟國維覺得這是兒子小題大作，竟拿這些小事去煩皇上，簡直丟他的臉，趕緊向康熙請罪。

難道這不成材的兒子還指望他這個老父為了個佟家庶子親自去請九門提督找人不成？其實佟家也不是沒往這方面使過力，然而，托合齊才被隆科多擠兌過，人家自然答得敷衍。畢竟京裡到處都是這種浪蕩子，真要一個個去找，那他也別幹正事，天天幫人找孩子算了。

銀子撒了出去，人卻沒能找著，等到玉柱失蹤的第六天清晨，佟家後巷裡來了一輛馬車，因是下人進出的後門，也沒人立刻警戒起來，等到中午那馬車還沒人來牽走，守後門的人就去掀了簾子一瞧。

他們佟家的寶貝少爺玉柱，兩隻腿就這樣露在外面，身上只蓋了一層黑綢被子，赤著身子躺在裡頭。

這下子佟家可炸開了鍋，李四兒聽了奴才的話出來一看，差點昏厥過去，她鞭子也用不了，直接賞了身邊奴才一個大耳刮子。「快把人抬進來！」幸好是在後巷，要真是停在門口，那佟家一輩子的臉面都給丟盡了。

玉柱這樣怎麼也得請個大夫來，李四兒掀了綢子一看，哪裡還不明白發生了什麼事？她撲在兒子身上心疼地大聲叫喚，遣了奴才把玉柱抬回房間，再把隆科多從宮裡叫回來。

隆科多正在當差，硬是跟人調了班趕回來，一見兒子身上全是一點一點的紅痕，頭暈目眩差點沒站穩。他比李四兒有見識許多，把人全趕了出去，只留下心腹在屋子裡。

隆科多親自掀開綢子把兒子翻過身去，細細查看，愈看心裡愈火。人是沒受什麼傷，身上還抹了一層上好的玫瑰露，皮膚泛著光，乍看上去跟個姑娘沒什麼分別。

李四兒一見到隆科多，就跟狗看到骨頭似的，上前拎住他的耳朵。「還不叫人請太醫去！」她的寶貝蛋這會兒還不清醒，顯然是讓人下了藥了。

隆科多卻攔住了她。「心肝，這可不能請太醫，玉柱還沒說親，要是傳出去，哪還有好人家敢跟他結親呢？」

照李四兒的脾氣，聽了這話非抽上隆科多一鞭子不可，這會兒卻是噙了淚咬著牙。「哪個天打五雷轟頂的東西幹出這事，你還不趕緊把人找出來，剝了他的皮！」

隆科多一想到這件事就氣得頭冒青煙，只等兒子醒過來指認「凶手」，他就拎著刀殺上門去。誰知到了夜裡，玉柱人是醒了，卻不願意說一句話，只是拉過被子蒙住頭，隱隱從裡面傳出哭聲。

玉柱哭得上氣不接下氣，他是真不知道那人是誰，心中又是羞又是愧，卻沒有一點怨恨，被李四兒急問了兩句，竟還巴望著他的阿瑪能把那個人給找出來，好跟他見上一面。

到底不是什麼體面的事，佟家壓了下來，卻還是有風聲傳出去，下人們抬他的時候動靜太大，外頭總歸有幾個瞧見的，口耳相傳之下，事情就變了個樣子。

玉柱這回徹底抬不起頭了，要是兩人私下相好，倒是風流韻事，可他顯見是被人給強迫的，那人吃完還把他送了回來，又算什麼？

他把自己關在屋子裡不出來，李四兒急得天天守著他也沒用，只好拎著隆科多的耳朵，逼他一定要幫兒子出這口氣。

一直一聲不響的佟國維把兒子叫過來狠罵一頓，薑還是老的辣，隆科多沒想到的事，他卻想到了。能把事情做得這麼乾淨俐落、不留一點痕跡的人，除了太子，還能是誰？

佟國維在心中記下這筆帳，卻不能叫隆科多橫著來，只拘著他不讓他尋仇，又下了狠話：「那一位，如今還動不起。」

第九十四章　營地暗通

起程前一天夜裡，周婷同胤禛自有一番纏綿。胤禛這一去，回來時周婷身子正顯懷，要讓胤禛一個人旱上兩個月，也該先給他嚐足了甜頭才是。

屋子裡的玻璃燈罩上一層薄紗，帳子中懸了顆夜明珠，紗帳掩著半明半暗的珠光，映得一室曖昧。

周婷肚子還沒顯出來，腰雖不如之前那樣纖細，胸卻不止長大一點，她用亮紗裹著胸前兩團綿軟噴香的脂膏，輕移一步就微微打顫，順著半開的領口往裡窺伺，就是緊緊擠在一起、裹出深溝的酥胸。

胤禛一聲粗氣才剛吐出來，周婷身上罩著的玫瑰紅披帛就順著肩膀滑了下去，她身上抹著磨細了的珍珠貝母粉，燈火流轉，原本就白皙的肌膚瑩瑩燁燁，泛著淡淡的光華。她身上的罩衣還沒解呢，胤禛的眼裡就燃起了兩團火。

現在周婷的身子仍在初期，兩人都不敢放縱，既不能走下面那條道，就在別的地方想足了花樣。胤禛眼睛雖在著火，內心卻一點都不急，在她身上嚐過了百般滋味，哪一回不教他深陷其中，要了一回，就又想著下一回。

周婷挨過去伏在胤禛身上，大腿根磨蹭著那愈來愈燙的東西，紅唇在他下巴不住輕舔，又軟又暖，胤禛還沒嚐夠這滋味，她就動手解了他的褲帶。

兩人好久都沒享受這種緩慢細緻的愛撫了，那急切的渴求雖也滿足了胤禛的需要，但他本質上還是更喜歡這樣靡麗的情挑，一點點燈、一些些影、一縷縷香，整個融合起來就成了現在這讓他欲罷不能的場面。

他一見玻璃燈上罩了紗，就知道夜裡定有這麼一齣，心裡也不是不期待，等真的嚐到了，卻比他想的還要好。

周婷一面解他身上的扣子，一面吻他，手指在他胸口打轉。她還是頭一回在燈下做這事，兩人雖胡鬧得夠多了，卻從來沒嘗試過這個。

胤禛不是沒有過這種渴望，他想在燈下好好看著她來一回，周婷卻不輕易讓他得償，這回褲帶還沒解下來之前，他就激動得不能自已。

周婷有些羞赧，這方面她還真是個生手，她低低往那昂著頭的慾望輕吹一口氣，胤禛喉頭不禁逸出一聲悶哼。他兩隻手抓著床沿，光是從他的角度看過去，那軟唇、那酥胸就教他把持不住。

周婷張開檀口，伸出舌尖在頂端刮了一下，胤禛合上眼睛，身體劇烈震動了一下。那輕巧的小舌緊緊裹住他，細緻地舔過每一寸，胤禛受不住這樣的刺激，兩隻手搭在周婷身上，緊緊扣住她的肩膀往她嘴裡送。他一面動一面喘著粗氣，明明想要忍得更久，卻沒幾下就全撒了出去。

胤禛躺在羅漢床上喘氣，周婷把帕子團起來，嚥了一口茶才湊到胤禛身邊靠著。她嘴裡還有淡淡的氣味，混著茉莉花煮出來的水有種難言的香膩。

胤禛閉上眼睛平復氣息，只聽見妻子說：「你許過我，那裡頭的東西，全是我的。」還在喘氣的胤禛心口一熱，一睜眼，就見妻子一雙眼睛泛著水光，盈盈脈脈滿含情意，他翻個身虛壓住她，手掌撫在她臉上，細細刮過眉毛、眼睛，吮著她的嘴唇，一句話都說不出來。

第二天弘昭早早就起床，穿好了衣裳就來敲周婷的門。翡翠跟珊瑚攔住他，他還噘起嘴，不高興地嘀咕：「阿瑪賴床！額娘賴床！」

屋子裡的兩人早早就醒了，還睡在羅漢床上，赤著身子貼在一處，撒開來的頭髮纏在一起，分不清誰是誰的，聽見弘昭叫門也不起來，反而貼得更緊。

胤禛昨夜沒能回答那拉氏的話，這會兒就執了她的手放在嘴邊含住指尖。「說多少回妳也不信，咱們且往後瞧吧。」

兩句話把周婷的淚說了出來，等送他們倆出門時，她的眼眶還是紅的。

弘昭穿了四開裾，也不肯讓胤禛抱，自己站在那邊仰著細脖子皺起小眉頭。「額娘別惦記我。」一面說一面還搖頭晃腦地背起詩來。「棄捐勿復道，努力加餐飯！」

周婷一巴掌輕拍在他的光腦門上，胤禛忍住笑。「這倒真是我要說的，若是覺得苦悶，叫福敏跟福慧多陪伴妳，想吃什麼都吩咐人去辦，別想著守規矩……」

他還待再說，外頭等的人已經低了頭，周婷推了推他。「你要說的我都知道，快些去吧，別讓皇阿瑪等，路上多照顧弘昭，他骨頭軟，不許他騎在馬上不下來……」

兩人正相互交代呢，弘昭重重嘆了口氣，做了個鬼臉。這回胤禛跟周婷都撐不住了，原先的離情倒被笑容給掩了過去。

胤禛拎著兒子往馬上跨，弘昭轉過身來朝著他們揮手。弘時原還彆扭，此時見他要走，吸了鼻子快步上去。「聽額娘的話，你太小別老跑馬！記得寫信給我！」

胤禛跟著回了頭，難得朝弘時露出了個笑臉。他待女兒百依百順，對兒子卻少有如此放鬆的時候，弘昭知道阿瑪心裡疼他，弘時卻總隔了些什麼，此時他見胤禛對他笑，連抽鼻子都忘了，怔怔地站了一會兒，也跟著笑起來。

因為康熙親自點名弘昭隨駕，起程後他就把他叫進御用的馬車裡。弘昭那車怎麼會有康熙的大，他坐著等康熙看完奏章，一雙眼睛不停溜來溜去。康熙一抬眼見他這模樣，差點笑出來，他咳了一聲，弘昭趕緊坐正身子，目不轉睛地盯著膝蓋。

他這麼活潑倒教康熙喜歡，放下奏章逗起他來。「怎沒跟你阿瑪去跑馬？」

在弘昭面前，胤禛很有當阿瑪的樣子，眼睛都不錯一下地盯著，這樣騎起馬來怎麼會痛快？弘昭騎著小馬跑了兩步就回到車裡，拿出周婷為他準備的風箏，叫小太監在外面放了起來，自己則坐在車上扯著線。就是這樣而已，胤禛還怕他從車裡掉出來，指了幾個奴才在下頭隨時待命。

康熙見弘昭哭喪著一張小臉，垮著肩膀的樣子，愈發忍不住。「這樣，你跟著皇瑪法去跑馬，你阿瑪便不敢再多管了。」

弘昭的眼睛都亮起來了，他喜孜孜地點頭，興高采烈地騎在特地為他備的馬上面。

胤禛還是不放心，康熙就瞪他一眼。「像什麼樣子。」眼睛在瞪他，嘴角卻翹起來，他把胤禛趕得遠遠的，自己卻遣人前後跟著弘昭。

太陽很大，照得弘昭一張小臉紅撲撲的，馬鞭子揮得急，身下的馬卻性子溫馴，再怎麼抽也是小跑。弘昭晃著腦袋跑了一會兒，康熙就叫人把他帶進帳子裡，賞了一碗酸梅湯。

瑪瑙碗裡的冰珠子打轉，弘昭臉上一紅，小口小口抿著喝，康熙見他禮儀不錯，點了點頭，心情大好地說：「你跟著你阿瑪恐受了拘束，白日只管在皇瑪法這兒，夜裡再去尋你阿瑪。」

弘昭聽了，開心地笑了。

胤禛牽了馬繩，身邊跟著十三跟十四，這兩個已經賽了一回馬，跑得滿身大汗，這會兒剛歇下來。他們倆前後一跑，倒瞧見了最近的話題人物，於是一左一右挨著胤禛，壓低了聲音。「佟家那個，怎麼也隨隊了？」

太子的手還沒法子伸到佟家裡去，但玉柱總不可能一輩子不出門，他先是在家裡躺了兩天，纏著隆科多把人找出來，隆科多卻怕兒子去跟太子拚命，瞞得風雨不透。玉柱在家裡打聽不到消息，就去尋過去那些朋友，雖說遮遮掩掩的，也被胤禛的人盯上了。

少年人沈不住氣，說的跟心裡想的不一樣，明眼人一眼就瞧了出來。他嘴上說著要尋那人，卻不見有多憤恨，甚至還藏了一點羞意。下頭來稟報狀況的，不敢把這些亂七八糟的事說給胤禛聽，他也沒往那方面去想，卻存了挑撥佟家跟太子關係的心。

轉了幾道彎，胤禛把事實隱隱約約透露了幾句給玉柱，他果然就說要跟著隆科多出來巡塞。李四兒過去就對兒子有求必應，此時就是玉柱說要天上的月亮，李四兒也要抽著隆科多去摘過來，更何況是巡塞這樣的小事。只要把玉柱往勛貴子弟裡頭一放，根本不惹人的眼，等佟國維知道這事的時候，他們已經起程。這次因為出發日期較晚，因此沿途都在趕路，佟國維就是想追，也追不上了，就是追得上，他又要用什麼理由勸退自己的兒子跟孫子?!

太子擄了玉柱這件事，胤禛既然知道了，就不打算放過這個機會。康熙心頭有兩個牽掛，一個是太子，另一個就是母家，當時他千方百計想叫太子跟佟家親近起來，偏偏有一個索額圖插在當中，如今雖沒有那念想，也希望兒子能跟自己的母家和睦相處，等他百年之後，總要有人繼續支撐母家不倒才是。

胤禛就是知道康熙這點意思，才要把皮扯破給他看。佟家與太子要和睦相處是再不可能，隆科多那個性子，要是知道自己的寶貝蛋被人壓在身下，又該如何?他需要的就是尋個時機，把事情攤開來給人看。

隆科多起程之前得了李四兒的吩咐，叫他好好照顧兒子，於是一路上帶著他舒散筋骨，跑一下馬。

玉柱的身分本就尷尬，之前那事一出，在京裡要說一門親就更困難了。好事不出門，壞事傳千里，李四兒跟隆科多的糊塗事，原本就少有人不知道，可李四兒的眼睛偏偏生在頭頂上，不是高門第的不要，不是嫡女不要，這才把玉柱拖到十三、四歲都還沒說親。

這樣的出身，就算姓佟，高門大戶也不將玉柱放在眼裡，媒人上門為他說親，他們不把媒人趕出去就已經很客氣了，怎麼還會應下來？李四兒因為兒女的親事，不知得罪了京裡多少人家，如今玉柱出了這事，回絕親事的人直接把媒人從頭到腳看一回，什麼話都不用說，只要笑兩聲，人家也會自己紅了臉，摸摸鼻子回去，有刻薄一些的，還要多問一句「府上公子可好些了」。

氣得李四兒直罵娘，佟家院子裡也沒人敢去觸她的霉頭，隆科多再寵愛她，也怕她把事情給嚷嚷出去。這事情到底是不是太子親自做的還不知道，要是被她嚷給玉柱聽，教他知道後，該如何處理？

佟家本來就存著倒太子的心，如今有這件事打底，更要把他拉下馬來才行，康熙百年之後，誰坐那個位置，都比太子來得好。

隆科多差人把玉柱看得緊緊的，連馬都不許他多騎，玉柱暗地裡不知道被那些勛貴人家的子弟笑了多少回，更有人直說他「那裡」沒休養好，這才不能上馬，要不然哪有這個年紀的男孩子還在坐馬車呢？

玉柱心中存了事，也不同他們起紛爭，他阿瑪越是拘著他，他愈是覺得家裡已經知道了這件事，那個摟著他溫存的人真的就是穿著鴉青色綢衫、坐在馬上遙遙眺望風景的太子。

玉柱本來不過想要遠遠瞧他一眼，他知道自家的身分，就算此事是真的，他也不可能把太子怎麼樣，可誰知就是這一眼，他就又生出要湊過去跟太子說說話的心思。玉柱覺得哪怕是聽一句太子的聲音也好，總該確定到底是不是他。

隆科多的人盯得緊，玉柱一路上都沒找到機會，等到在溫泉邊紮營時，他才趁別人都去喝酒泡溫泉時，從帳篷裡溜了出來。太子的營帳自然緊挨著皇上，那裡守衛最嚴，玉柱根本不能靠近，只能遠遠看著，等到眼睛都發疼了，還沒能瞧見有身形像太子的人。

沒等著太子，倒等來了尋子的隆科多，他見到玉柱，以為他是來尋仇的，一巴掌就拍在他腦門上，拎著他的衣領把他扯回帳篷。

隆科多看著玉柱，眼睛都瞪紅了，卻只拍了拍他的肩膀，說不出安慰的話來。對著李四兒他還能賭咒發誓，面對玉柱還真不知道該說什麼才好。自從出了那件事，他這當阿瑪的，還真沒跟兒子談起過這些，難道要寬慰他一句「春夢了無痕」？

玉柱垮著腦袋不敢看隆科多，囁嚅著說不出話來，但他卻沒死心，連著晃了兩天想盡辦法要靠近太子，卻不能如願。

胤禛得了回報，覺得很是詫異，玉柱這樣哪裡像是尋仇，怎麼都像是戲詞中那些才子佳人相約後花園的橋段。胤禛表面看起來平和，對玉柱的輕視卻深入骨子裡，隆科多帶玉柱來圓明園那一回，因為康熙說是家宴，玉柱竟跟弘昭與弘明幾個論起了輩分來。

胤禛是一點點疏遠了跟隆科多的關係的，但他待佟家人倒仍有一份優待在，畢竟那是孝懿皇后的娘家，總還留了情分。可這個輩分一論，弘昭與弘田竟比玉柱小了一輩，幾個阿哥因為這樣臉色都不好看，而胤禛臉上雖然看不出來，心裡卻十分憤怒，他的兒子竟要應酬一個奸生子！

此事周婷並不知情，下頭的奴才見情況不對，把話題給岔了過去，就連康熙也沒再接著往下說，隆科多卻喜孜孜地端了舅舅的架子，還真以為胤禛叫了他幾聲舅舅，他就真能擺出長輩的款了。

胤禛正想著這件事，弘昭就洗完澡，赤著腳踩在毯子上，爬上床張著兩腿躺在他身邊。他連跑了兩天馬還不夠，到了第三天，康熙也不許他騎馬了，把他拘在車裡寫字。他見弘昭一個小小的人兒竟然坐得定，筆力雖還不到，寫出來的字卻已經有了架子，對他的喜歡又多了一層。

康熙學識淵博，自然喜歡好學的小孩子，弘昭被周婷養得對什麼都好奇，有些「為什麼」從他嘴裡問了出來，周婷不能回答，就找能答他的人回，胤禛都被問倒過許多次，今天他就問康熙：「為什麼天上的雲會跟著馬車一起動？」

這樣說了兩句話，一老一小就讀起書來了，弘昭基礎打得不錯，康熙問的幾句都能答得上來，算著他的年紀點了點頭，打算提前叫他到宮中讀書。

康熙也不是日日有空把弘昭叫過去的，不過在御輦裡頭聽見他一邊跑馬一邊大呼小叫，才把他叫進來賞一個冰碗，寫一幅字以後又把他送了回去。

饒是這樣已經教人眼熱，胤禛拍一拍兒子的肚子，弘昭一翻身就把腿架到胤禛的大腿上，軟軟的小腳丫子磨著他阿瑪的肌肉，嘆了一口氣。「十四叔說等我身上的肉不是軟呼呼而是硬邦邦時，騎馬就不會疼了。」說著眨巴眨巴眼睛。「我什麼時候能硬邦邦？像額娘說的，菜也吃、肉也吃，一天一個蛋、兩碗牛乳？」

胤禛勾起了嘴角，摸摸弘昭的腦袋。「你今天可寫信給你額娘了？」

弘昭日日都有新鮮事，他頭一回出遠門，看見什麼都覺得稀奇，他拍了拍腦袋坐起來。「我忘了，這就去寫。」說著就扭著小身子下床，在胤禛的案頭鋪上信紙，拿紫毫筆沾了墨寫起信來，寫一句就往床上看一眼。

託識字木頭卡片的福，弘昭認得許多常用字，信裡無非是說些他又跑了幾圈馬、看十三叔跟十四叔比了一回箭，拉拉雜雜一大堆，連康熙賞他的蘋果也寫出來，信的結尾則是「我和阿瑪都想額娘了」。他瞧瞧胤禛，再瞧瞧自己握筆的手，咬了筆桿子加上一句：「都想黑了。」

這樣走了十幾二十天，即將要到草甸子見蒙古台吉之前，玉柱總算跟太子打上了照面。胤禛不好做得太明，只叫人私下指點玉柱去找胤禩。

胤禩跟佟家人本來關係就好，照顧一下玉柱也是平常，隆科多的態度曖昧，向來是胤禩爭取的對象，既有了這個捷徑，就沒有不走的道理。胤禩把玉柱召到帳篷裡去，給些吃食再表示一下親切，他見玉柱魂不附體的樣子，也不覺得奇怪。

胤禛能想到，胤禩也猜到幾分真相，但他不點破，跟胤禛存了一樣的心思，將來哪天捅破，就能讓佟家死心塌地反太子。

玉柱到胤禩帳篷裡去了兩回，每次離開都是由胤禩身邊的太監送回去的，他塞了個上好的鼻煙壺，那小太監還以為他是真的想要見識見識太子的風範，便把帳子的方位細細說給他聽，末了又得了兩塊銀錁子。

這次總算讓玉柱瞅準了機會。出巡在外有許多事要做，小太監送了玉柱兩回，見他熟了路，等到有事情走不開時，就叫他自己回去。玉柱點頭應下，行出幾步以後見那小太監走遠了，扭頭就往太子帳篷那邊去。

合該是他的運氣，剛被巡邏的侍衛攔住問話，那邊太子就帶著人走了過來。玉柱張著嘴說不出話來，怔怔聽著太子吩咐人把弓箭拿出來，接著把頭一扭，眼睛掃到自己身上。

漫天餘暉下，玉柱的目光鎖在太子身上抽不回來，不必細聽，他已經知道「那個人」就站在自己面前。此時見太子正瞧著他，突然手足無措起來，一張臉脹得通紅，跟還沒全落下去的夕陽變成同一個顏色。

太子也認出了玉柱，玩味地挑了挑眉頭，瞧他那個樣子，應該是認出了自己，便站在那邊朝著玉柱微微頷首。

侍衛見太子似乎認識玉柱，自然放行，玉柱的腳步都挪不動了，見「那個人」朝他點頭，腿似乎不是自己的，就那樣邁了出去，一顆心怦怦直跳。

太子既然敢做，就不怕惹事，見玉柱走過來，和藹地問了一聲：「你這是跟著你阿瑪出來玩？」

這一句平常的話，就教玉柱魂都丟了，他低頭盯著太子垂著的手，猜想他手上那些厚厚的繭子是因為拉弓還是因為寫字磨出來的。

太子見識多，玉柱這副模樣哪裡瞞得住他。他原本是打算把人弄過來調教一番，根本沒想過要親自上陣，那日去找他，不過是一時興起，誰知這少年竟對他念念不忘。

一個人熱情不如兩個人索取得趣，太子路上帶著女人，卻不帶男人，自己送上門的肥肉，豈有不吃的道理？他眼睛往玉柱全身上下一掃，又是一聲輕笑。

太子轉頭領了人往他帳篷去，玉柱只知道傻傻地跟著，到了帳篷裡，他還一副懵懂的模樣。太子見了，用手指勾住他的下巴。「食髓知味了，嗯？」

玉柱面色通紅、兩腿發顫，這才瞧見帳篷裡沒有別人，朝思暮想的人就在自己身邊，頓時暈陶陶的，不知今夕是何夕。

兩個人都不說話，直接動作起來。也不知道夕陽是怎麼落下去的，玉柱只知道他回去時，月亮都掛在天上了。

隆科多還以為兒子又跑去御帳前了，尋了兩回沒尋著，知道兒子回來以後便去找他。玉柱只說是跟勛貴子弟一同喝酒，而他身上又的確有酒氣，隆科多便沒懷疑，還很高興兒子臉上總算又有了笑影，笑了兩聲就出去了。

有了一回，就有第二回，太子沒拿玉柱當一回事，玉柱卻是真的上了心。他每天都跑到樹下等太子，雖不是天天雲雨，卻也讓太子玩弄了兩、三回。玉柱愈來愈覺得有滋味，見不著太子時，一顆心就跟貓在抓似的，貼在床上一整夜都睡不著覺。

這一來二去，營地中哪裡有秘密可言，玉柱這個愣頭小子根本不知道遮掩，他昂頭盼望的模樣，是個人都能瞧得出端倪來，如今只是還瞞著康熙跟隆科多罷了。

連十三跟十四都知道了，每回瞧見太子，背過身就擠眉弄眼，胤禛舉手做拳放到身前咳了一聲，瞪了兩個弟弟一眼，不讓他們在人前顯露出來。他心裡默默算著日子，得在見蒙古台吉之前把事情給捅出來，隆科多那裡，該有人去知會一聲了。

第九十五章　東窗事發

與玉柱有過幾回以後，太子那邊就冷了下來，他無非是出門在外找個樂子而已，可玉柱黏得那麼緊，倒讓太子詫異。新鮮也嚐夠了，折了佟家的面子就成，再鬧下去，皇阿瑪就會知道了，因此他讓玉柱白白等了兩天，再沒叫人把他帶進自己帳子裡。

玉柱就像抹遊魂似地在營地外圍晃蕩，他本來就相貌精緻，太陽下一照，滿面緋紅。營地中葷素不忌的大有人在，眼見太子不召見他，心思就活動起來。

康熙的隊伍還沒到，卻陸陸續續有已經到達的台吉們先過來請安，大夥兒自然要宴飲一番，太子就更沒工夫搭理玉柱了。他身邊的太監把有人糾纏玉柱的事漏了一句出來，見太子沒什麼反應，那太監也不再說起。

玉柱現在的狀況，放到女人身上來說，就是失了寵，除了心裡苦悶，還不肯相信，硬要找機會想問一問太子。兩人接觸得多了，也會說些話，太子還握了他的手寫過一闋詞，在這草甸子上頭，還尋了刻詩的瓷枕頭來逗他開心，怎麼說不理就不理了呢？

一個甩開了手，一個卻放不下，玉柱苦苦等待，到底教隆科多看出異樣來了。他好命姓「佟」，長到這麼大從來沒使過什麼計謀，上頭一直有老子頂著，老子要是頂不住，總歸還有康熙，是以肚皮裡這點心竅就全用在李四兒身上，對這種事還真是少了根筋。

他見兒子不對勁，狠狠訓了隨行侍候的人，可那人哪裡敢把事情報給他聽？兩邊他都得罪不起，而且還一個願打、一個願挨，玉柱是自己趕著被太子睡的，除了捏著鼻子認下，還能怎麼辦？反正勸也勸了，真勸不住，難道還能綁了他？

這一日，玉柱又從他的帳子裡頭溜了出來，康熙正在跟科爾沁台吉喝酒，太子自然要陪飲，木架子上拿松枝子串著羊肉烤，熱油滴在松枝上噼哩啪啦作響，炸出火星子來，月亮都掛到天邊了，帳子裡的宴席還沒散。

玉柱藉著熱鬧偷溜到營地中，他來回這麼多次，守衛早就認識他了，見玉柱往太子帳子裡去，也不攔著他，只是彼此使了個眼色，竊笑一回。

守門的小太監得了玉柱許多好處，見是他來了，除了殷勤問安，又備上了茶水。這件事一天沒扯破，那這一位就是主子的人，不能失了禮數。

玉柱這一等，就等到了下半夜。太子是被人扶著回來的，康熙不喜多飲，蒙古人卻豪爽，幸好他們的杯子大小固定，否則像蒙古人那樣一大碗一大碗喝下去，再海量也得頭暈。太子有些迷濛，還沒聽清楚小太監的回報，就瞧見了玉柱。

太子渾身酒氣卻沒喝多，不過是託醉回來休息，為了後頭的比箭存點精力，他見玉柱紅著一張臉站到他面前，打出一個酒嗝，還沒等他吩咐呢，溫水已經先遞了過來。

太子睇了玉柱一眼，知道要是不把話說開，他就不明白什麼叫「好聚好散」。他本來能讓佟家更丟人一些的，最後還是手下留情，沒讓他渾身光溜溜地被拋到大街上去。

在這門道裡沈浸那麼些年，那些個逢場作戲的他見得多了，怎麼也想不到這個被擄來的少年竟真的對他動了心。太子眼神一黯，也沒伸手去接杯子，就著玉柱的手把水喝了個乾淨。

玉柱也是被人侍候著長大的，做起這些事卻順手極了，又是揉肩又是拍背，太子被他服侍得舒適，燈下瞧他那張眉目精緻的臉，借著酒意伸手一勾，將他摟到懷裡。

玉柱瞪大了眼，迷迷糊糊就被扯到了床上。

這兩天正是胤禛收網的時候，緊盯著玉柱的人往帳子外頭一站，打了個手勢，胤禛就勾起嘴角，朝那人輕輕點了點頭。

弘昭在胤禛身邊腦袋一點一點地打著瞌睡，胤禛把兒子抱起來，對著上首的康熙示意了一下，康熙見弘昭趴在胤禛懷裡張著嘴巴流口水，忍笑許了。

胤禛一路抱著弘昭回帳篷，才剛把他放下來，就吩咐蘇培盛去準備蜂蜜水讓他解解酒。小孩子貪嘴，見大人喝酒饞得慌，竟趁胤禛不注意時偷偷喝了一杯。剛開始人還清醒得很，說了他養的雞崽子一會兒，被胤禛摸了兩下腦袋，就閉上眼睡著了。

胤禛坐在帳子裡，也不急著回去，定了神等事情鬧出來，果然不出一會兒工夫，外頭就鬧哄哄的，傳出兩聲尖叫，但很快就沒了聲音。

他站起來撣撣衣裳，吩咐蘇培盛留下來陪弘昭，自己則出了帳篷往大帳裡去，還沒走到帳前，十三就叫住了他。「四哥，那事鬧出來了，皇阿瑪正在生氣。」

胤禛裝出皺眉的樣子，兩眼一掃。「十四呢？跑哪兒去了？」

胤祥壓低了聲音湊過去。「他正在調派人手呢，那邊鬧得不成樣子，太子……被隆科多打了，皇阿瑪已經把隆科多拘了起來……」

胤禛挑了挑眉頭，他真沒料到隆科多竟敢動手。「太子傷著了沒？」

胤祥面色古怪，像是想笑又像是鄙夷，他清了清喉嚨才說：「他喝得太醉，刀都沒出鞘，至於『那一位』，外傷是沒有，就不知道有沒有內傷。」

話說得太過促狹，胤禛的臉色不禁跟著一鬆，接著又皺了皺眉。「營防也太鬆懈，這一路過去，竟沒人攔？」

說到這個，胤祥更樂了，差一點就笑了出來。「這可是三哥負責的，這會兒哪一個都脫不了干係。」

胤禛指使人去的時候，隆科多正在跟人拚酒，出來解手時，被一個穿著太監服的人拉住了，那人壓低了帽簷，瞧不見臉，隆科多正要喝斥，就聽那小太監尖著嗓子說：「玉柱少爺被太子拉進帳子裡了。」

此話一出，隆科多腦袋一片空白，才剛反應過來，那小太監已經跑得沒了影。他來不及思索話裡不對勁的地方，心頭的火就竄了起來，一雙眼睛瞪得通紅，摸了摸身上的佩刀，搖搖晃往太子的帳篷趕去。

守營的見隆科多喝成這樣，勸了兩句，他卻一句話都不發，認準了太子的帳篷，就往那裡過去。

小太監一見有人來，伸手就攔，隆科多見有人攔他，也不出聲，直接一刀砸在小太監臉上，鼻梁都給砸斷了，還被他一腳踹到一邊。

其他人一陣驚叫，他們認出那是隆科多，趕緊飛奔過去報給康熙聽。巡營的侍衛們才剛來過，太子自己樂了，好心放身邊人休息，除了侍候的太監，這會兒身邊真沒人了。

隆科多掀了帳子就直直往床邊去，玉柱正叫得興起，聽在他耳朵裡，就是太子正在欺負他的兒子，當下血沖腦門，心裡也沒了體統尊卑，手一揮，刀就拍在太子背上。

兩人正趴在床上，玉柱的膝蓋抵著床沿，隆科多這一下誰都沒料到，事情也不能繼續進行下去了。

太子功夫不錯，他反手推了隆科多一把，勃然大怒。「放肆！」

玉柱正樂著，冷不防見到這個狀況，嚇得說不出話來，只知道趴在床上發抖。太子衣衫整齊，他卻剝得乾乾淨淨，正縮在床上找衣服呢，那邊康熙就帶著人來了。

隆科多手中拿著刀，糊裡糊塗地根本沒出鞘，幸好沒出鞘，否則這一刀拍下去，就算佟家是康熙母家，也逃不掉發配寧古塔的命運。康熙也飲了酒，此時被怒火一激，差點站不穩身子，他狠狠捏了梁九功的手，抖著嘴唇好半天說不出話來。

這事也不必細看了，正當他準備忍下這口氣把這事揭過去的時候，隆科多又犯了渾，跪下來請康熙為他兒子做主。

既然事情已經鬧了出來，不如鬧得大一些，隆科多這會兒酒醒了大半，摸著刀心裡直打鼓，索性把事情攤開來，總歸雙方都有錯，這以下犯上的罪名說不定還擱不到他頭上來。

康熙眯著眼，狠狠瞪了隆科多一眼，太子瞅了瞅床上的玉柱，往康熙面前一跪。「兒子本是喝了酒回來休息，這人卻恬不知恥，摸到了兒子床上，這裡裡外外的人全都瞧見了，何來綁人這一說？」

兩人在康熙面前就嗆上了，康熙面色難看地揮手把人叫進來詢問，那小太監臉上都是血，抖抖縮縮地回話：「是來了好些時候，特地等著主子，奴才還幫他上了茶。」他說話都是含含混混的，幾個守營門的也出來作證，玉柱根本就是自己進來的。

隆科多兀自不信，嚷嚷著這些全是太子的人，說話算不得準。康熙沈著臉，眼風掃到玉柱身上，冷笑一聲，指了人堵住他的嘴，再找一間營房把這對父子關了起來。

太子背上挨的那一下不輕，康熙不肯留下來，只叫太醫過來，他回到帳篷，看見在原地等候的胤禛跟胤祥，揮了揮手，一句話都說不出來。太子那邊還沒看完診，康熙帳子裡就急急叫起太醫。

這回隨隊的太醫中，胤禛特地把唐仲斌塞了進去。他還沒到那個位分，為上位看病輪不著他，像是康熙的病，他連看藥方都不行。

只是帶出來的藥材每一種都有固定數量，唐仲斌又心細，這兩天受了胤禛的提點，時時都在注意藥材用量，因此不用問院判，他也把藥方湊出了七、八成。唐仲斌不敢立刻就報到胤禛那邊去，等又過了一些時候，胤禛藉口弘昭著了暑氣，大大方方把唐仲斌叫到帳子裡看診，這才知道了康熙的病症。

康熙一向保養得好，身體底子就擺在那裡，說不好，也是這兩年一樁接一樁地出事，才漸漸不行了，就連胤禛，都沒想到這病來得如此急速。

太子正躺在床上，真傷假傷且不論，康熙火氣已經全沖著佟家去了。不管兒子做得有多不對，隆科多敢拿刀進帳子，康熙就忍不了，只是現在先把消息壓下來，想待回京再處置。

胤禛叩著桌子想了一回，決定按兵不動。事情是太子先起的頭，他推波助瀾到這裡已經夠了，再多做手腳，未免落人口實。於是裝作不知情，除了在康熙面前問藥，帶著弘昭過去探望康熙與太子之外，並不似三阿哥胤祉那樣為了營防奔上奔下。

這天弘昭捧了蜜糖果子，正等待康熙把藥喝完了遞過去，就見他合上了眼又打開來，指了胤禛。「老四，等到地方，營防就由你來布置吧。」

太子肩背上那一記傷得甚重，就連後頭的狩獵都沒有參與，原先用的那張弓都拉不開了。不管他是不是有意作態，康熙吃他這一套，原本只是叫太醫過去，再等了兩天太子還不能下床，康熙便親自去看他的傷處。

胤禛陪著他一同過去，雖沒進帳，卻也隱隱聽見太子對著康熙辯白，無非是「喝多了」這樣的藉口。不論之前康熙是不是真的相信，見了那紫紅色一長道的傷口，無疑教他多信了幾分。太子的身手他知道，除了大阿哥，其餘兒子裡頭還沒有功夫比他更強的，若不是喝醉了，哪裡能被隆科多打個正著？

想到這個，康熙就又生氣起來，幸好隆科多也喝多了，不然那一刀拍下去，可不要了太子的命？康熙再偏袒佟家，但跟太子比起來，也還是更重視太子幾分。太子是他從小帶到大的，小時候苦練功夫，身上受了傷，康熙也要心疼半天，如今見了這麼深的傷處，自然眉心緊鎖、心中隱怒。

他也顧不得隆科多說的那事是不是太子做下的，總歸他想要太子的性命是真，佟家還能得到優容，隆科多這一系卻是斷不能容。

康熙寬慰了太子兩句，就出了帳子，胤禛跟在他身後，遠遠走出幾步，就見康熙回過頭來，面色難看地說道：「這事，就由你來處置吧。」

胤禛心中一凜，嘴唇一抖正要開口回絕，哪知康熙揮了揮手，打量著胤禛的臉色，竟微笑著點了點頭。「所以我才將此事交給你，用心地辦。」

交給誰都不如交給胤禛更讓他放心，胤禛在他眼裡一直是個重情義的人，佟家跟他那層關係，他不會不考慮進去。隆科多雖犯了罪，這件事卻不能明著來，到底是醜事一樁，怎麼好嚷開來。

胤禛垂了頭，肅手答道：「定不辜負皇阿瑪相託。」

再沒人比他更了解康熙有多麼看重佟家，兩害相權取其輕，隆科多只能變成棄子，而且這事還不能沾上佟國維，更不能把太子扯進去，他略一思忖，就想到了辦法。

哪家勛貴屁股後頭沒一本爛帳，只看上頭是不是要把這爛帳攤開來罷了。隆科多本身就不是什麼善類，再加上一個李四兒，兩人滿頭都是小辮子，伸手就能抓起一大把來。胤禛本來能挑別的事來處置，但既然要捎帶上玉柱，那就不必再費力尋別的，只要把李四兒的事挑出來，叫個御史參他一本，就夠他受的了。

胤禛得了康熙授意，卻不急著在草甸子上辦。什麼事都分輕重緩急，布置營防的事就在眼前了，這些事情他前世已經過許多回，略一思索就把名單定了下來，他摟著弘昭寫單子，時不時與兒子分說一回。

弘昭年紀還小，哪裡聽得懂這些，只不過聽一回，心裡有個印象罷了。胤禛也不急，他的時間還長著呢，皇阿瑪看起來雖不好，其實還能撐好幾年，弘昭能慢慢長大。

又叫弘昭背了一回書，胤禛就由十四那邊的小太監把他帶出去玩了。弘昭愈往帳子外面走，腳步就愈輕快，他自己揹了箭筒走得雄赳赳、氣昂昂，到了地方就拉筋伸腿，有模有樣地練起箭來。

胤禛自己的兒子這次沒能跟過來，就把這個姪子當成親生的那樣疼。胤禛把弘昭頂在肩膀上，叫他騎在自己頭頸上往遠處看那些散養開來活動的蒙古馬，告訴他矮的、腳短些的才跑得快，兩人正說得熱鬧，那邊弘晳過來了。

太子的兒子弘晳已經娶親領了差事，算是大人了，平日很得康熙疼愛，突然冒出一個弘昭來，倒讓他有些不適應，卻不好跟小孩子爭鋒。太子出了那件事，外邊的人不知道，裡頭卻沒人不曉得原委。弘晳臉上有些掛不住，見弘昭笑呵呵的模樣，走過去朝胤禎行了個禮。「十四叔。」

弘昭趕緊從胤禎背上下來，喊了一聲哥哥，弘晳卻瞧也沒瞧他一眼，逕自走過去了。胤禎氣得臉色發青，瞪著弘晳的背影皺起了眉頭，當著他的面給他親姪子難看，太子這個兒子還真是有能耐啊！

弘昭偏過腦袋，憂心地看了看弘晳的背影，仰了脖子問胤禎。「弘晳哥哥是不是眼睛不好？」

胤禎還沒回答，他就點了點頭，煞有介事地說：「今天皇瑪法再賞我蘋果，就把那個給他，那東西對眼睛好。」

胤禎挑高了眉毛，差一點噴笑出聲，他摸摸弘昭的腦袋。「你記得跟皇瑪法多要一份，他若知道你想著哥哥，肯定要多一份給你，就不必捨出你那一份了。」

弘昭眼睛一亮，覺得這是個好辦法，等見著康熙時特地抓了個蘋果咬進嘴裡，惹得康熙笑他。「每日幾個還不夠？」

弘昭老老實實把事情說出來，康熙笑容一滯，跟胤禎一樣摸了摸他的頭。「既是眼睛不好，自然該多吃明目的東西。」

說著就轉頭吩咐魏珠，賜了枸杞明目茶給弘皙「叫他好好清清眼睛」，又單賞了一碟蜜糖果子給弘昭，誇獎他小小年紀就知道為哥哥著想。

胤禛寫信給周婷時把這件事也說了，很是得意的樣子，對弘昭這一招滿意極了。

周婷捏了信紙就笑，她坐到桌前，叫福敏磨墨寫信給胤禛，還是一些家常話，還特地提醒弘昭，皇瑪法給他東西吃，他也要孝敬皇瑪法。

福敏與福慧學理家事也有一些時候了，拿了信一瞧，就知道弘皙是故意的。福慧氣紅了眼睛，當著她額娘的面不敢說，私底下就同福敏一處哼聲道：「瞧我過年宴時怎麼招呼咱們這位新嫂嫂！」

弘皙才剛成婚，他媳婦正是新嫁娘，福慧要是在這麼多人面前給她下絆子，她還真下不了臺。

福敏正磨墨寫字，最後一筆收住了，才把筆交給粉晶洗淨。她擦了手，慢悠悠地走到福慧身邊，拍拍她的手。「妳著急什麼，那位新嫂嫂連滿語都說不溜，給她下絆子又有什麼意思？」

說著，福敏抬手把綢帕子遞給粉晶，耳邊微微搖晃的米珠，襯得她的黑眼睛微微發亮。她嘴角露出一個笑來。「秋後算帳，且不急呢。」

周婷不知道自己這兩個鬼靈精的女兒竊竊私語些什麼，只叫白糖糕接手弘昭過去的工作，對著她的肚子唸《三字經》，等到《三字經》唸完，《弟子規》也唸了大半的時候，巡塞的隊伍回來了。

第九十六章　順水人情

才剛初秋，周婷還是畏熱，穿了一身軟銀輕羅百合裙站在院子門口等胤禛，弘昭像匹小馬駒似地歡蹦到周婷面前，周婷上下一打量，眼眶都紅了。才沒多久，弘昭就長高了許多，人也瘦了。周婷捏了捏他的臉。「果真是想額娘想黑的？不是跑馬跑黑的？」

弘昭呵呵傻笑，小心翼翼地摸了摸她的肚子。「我不在，弘田給唸的《三字經》靠不靠譜呀？」

一直扯著周婷裙子、站在後頭的弘田瞪大了眼睛。「靠譜！」

福慧走過去彈了弘昭的腦門一下。「阿瑪呢？怎的不見？」

「皇瑪法那裡還要宴飲呢，百官要迎，阿瑪差人先把我送了回來。」他一面說，一面走到弘時跟前。「三哥，我為你帶了牛角做的弓，很不容易得呢。」

兩個男孩子很快說到了一處，弘昭還惦記著他田裡的東西，被周婷點了點鼻子。「這一身臭汗，快去洗了，屋裡備了酸梅湯呢。」

胤禛是去宴飲了不假，更要緊的卻是把隆科多的事辦了。佟家已經得了消息，佟國維這會兒正在乾清宮裡等著請罪呢。他心裡不是不恨，家裡得了消息以後就把李四兒看管起來，只知道兒子得罪了太子，還以為是玉柱的事被發現了，隆科多在口頭上討了些便宜，等進了京，才有人報到他跟前，隆科多竟是打了太子。

佟國維很久沒進過兒子的院子，這回帶了人去捆李四兒，這才看見兒子院子裡頭有多麼不堪，李四兒竟是下人們嘴裡的主子，而妻子娘家的姪女赫舍里氏被關在一間小屋子裡，丫頭扶她出來時，佟國維差點沒能認出來。赫舍里氏頭髮灰了一半，張著口半個字也說不出來，人瘦得皮包骨，哪裡還有當初妻子作媒時說她好生養的圓潤樣子?!

知道這件事情交給胤禛辦，佟國維還鬆了口氣，巴望雍親王能看在孝懿皇后的面子上，饒了隆科多一條命，誰知他還沒來得及向康熙請罪，胤禛的摺子就送到了康熙案頭。

佟國維忖著康熙的臉色，就知道自己這個兒子留不得了，他咬牙拿眼尾餘光狠狠瞪了胤禛一回，卻被接下來康熙的話給怔得膝蓋一彎跪了下去。

「原以為他是不忠，竟還不孝不悌，罔顧人倫！」康熙這一段話吐出來，氣得牙齒都在打顫。

佟國維壓低了腦袋，此時也只能說：「奴才疏於管教，罪該萬死。」

「怪不得他敢對太子用刀，」康熙怒極反笑。「下賤的東西！」

佟國維頓時背脊發涼，頭都不敢抬起來，他知道康熙口中的下賤東西說的是玉柱，脹紅了一張臉，悔恨當時沒發落李四兒，不然怎麼也不會走到今天這一步。

胤禛卻在此時為佟家求情。「此事干係在李氏身上。」說著目光往佟國維身上溜了一圈。「定是受了李氏蠱惑才至於此。」

康熙沈了臉，眼睛定定盯著奏章，幾乎要把那不長的幾頁紙盯出個洞來。隆科多是再不能留了，他看著壓彎了腰的佟國維，揉了揉眉心。他在一日，還能留隆科多一條命，等他身子不濟，第一個不能留的就是隆科多，如此才算是保全了佟家。

康熙長長吐出一口氣。「李氏發配寧古塔，予披甲人為奴，所出子女永世不得錄用。至於隆科多，本家看管。」

這已經是佟國維意想不到的了，他趕緊磕頭謝恩，剛要抬起頭來，就聽見康熙冷然道：「朕再不想見到此人，若聽見一點消息，就不只看管了。」

太子對這樣的結果很不滿意，他攥緊了拳頭微瞇著眼，冷笑一聲，把身邊侍候著的小太監嚇得瑟縮著脖子發抖。佟家一門就算能容，隆科多也應當死，誰知道皇阿瑪竟留了他一命！

太子沈著臉端坐在案前，一個下午合著眼睛不說不動。他前些年性子暴虐，到如今這些侍候的人們也是時常更換，他們見他樣子不對，趕緊往毓慶宮後殿去尋太子妃。

太子妃正臨著窗看女兒繡花扎針，聽見人來報，眉毛抬都沒抬，臉上笑容不變，撣了撣袍子輕撫女兒的手。「妳阿瑪生著氣呢，我去瞧瞧，這花兒扎得好，就按這個針法來。」

三格格抬起頭，尖下巴微微一翹，憂心地看了太子妃一眼，到底低下了頭。「叫百果跟著額娘過去吧！」百果是三格格身邊的大丫頭，她的意思再明白不過，就怕她阿瑪生氣遷怒了額娘。

太子妃聽了笑意更深，她站起來揉了揉女兒的肩頭，朝她點點頭。「叫她跟在後頭便是。」說著領了人往前殿去。

太子與佟家一事，外邊不知道，裡面卻傳得沸沸揚揚，太子妃早就勒令宮人無事不可出毓慶宮大門，不得傳消息、不能亂嚼舌根，若經發現，一律送到慎行司去。

她面上雖笑，心裡卻苦。丈夫一天比一天靠不住了，已經有一院子的姬妾，卻還行止奢靡，比過去變本加厲，要了這個，還要那個。她明白胤礽早已經不如當初那樣受康熙寵愛，還如此奢華無度，被有心人瞧在眼裡，一抓就是一頭小辮子。

她也曾經苦勸過他，可胤礽這樣的人哪裡會聽一介婦人勸告，她說得愈多，他就離得愈遠，轉而去寵那些新來的。

毓慶宮長而窄，陽光很少能照進來，太子妃一面走，一面瞧著簷下陰涼地裡生出來的一片青苔。她微微顫了顫眼皮，成婚這麼久以來，這院子是愈來愈窄了。

太子妃進去書房時，見一地的筆墨，硯臺更砸在地面上，濺了滿地的墨點。她抬腿邁了過去，指了太監把地上的織金地毯換了。「先別送去浣衣局，拿馬毛細刷了墨漬再送去。」

太子如剛才那樣端坐著，似乎發怒的人不是他。他聽見太子妃的話，懶洋洋地抬一抬眉。「怎的，如今還要瞧浣衣局的臉色了？」

太子妃揮了揮手，宮人們全退了出去。夫妻兩人，一個坐在案前，一個站在磚地上。

她斂了笑容，遙遙看著面目模糊的丈夫。「何苦鬧出來，兩面難看呢？前頭的事我不懂，也不想懂、不想打聽，院子裡這些婦孺一心希望爺好，爺就算不為了女人，也該為孩子著想。」說到最後低了聲音。「咱們如今比不得過去了。」

太子聽了又要發怒，手高高地抬起來，太子妃卻不聞不動，定定地瞧著他，瞧得他頹喪地把手垂了回去，臉上似喜非喜地露了半個笑。「是不如過去了。」若是在過去，皇阿瑪再看重佟家，也不會輕饒了隆科多。

太子妃輕輕合上眼，再睜開來時已沒了隱隱水光，平靜一如往常，她心裡明白自己的丈夫正一步步地往咸安宮去。那地方曾拘過他們一家子，雖然出來了，咸安宮裡的霉味、濕味卻似沾在身上，再也揮不去。她知道他們早晚又要過去，只盼親生女兒能早早出宮，嫁得遠一些，不為父母操心。

太子嘴唇微微一動，眼裡光芒瞬變，皺起了眉頭，露出一抹狠絕神色。

太子妃轉身準備離去，小太監打了竹簾子垂著頭，她站在門邊沒有立刻出去，微微側了身子。「爺叫弘晳收斂著些，皇阿瑪那裡送了明目茶來。」

十八阿哥的事到底給康熙留下了陰影，太子的無動於衷深深教他害怕起來，惟恐弘晳這個孫子也變成太子那樣。稚子哪有心機，康熙見弘昭不是一、兩回，知道他性子如何，他的說法在康熙眼中就是一片赤子心腸，他當日雖送茶提點了弘晳一回，卻還不放心，今天又送了枸杞明目茶來。

那些知道內情的，全都躲在屋子裡偷笑，弘晳的生母側福晉李佳氏好幾日不曾在太子妃面前談起兒子跟媳婦來，她往日可不似這些天這麼安靜守分，請安時不是摸著髮釵說是兒子孝敬的，就是撫著身上的袍子說是兒媳婦做的。

太子妃一向懶得搭理她，弘晳雖不是養在她名下，她卻是正經的嫡母，這個兒媳婦若真敢這樣行事，她又怎會選定她給弘晳做福晉？

太子也不知聽見沒有，可站在廊下的奴才都聽在耳中，小動作雖不敢，卻有好幾道眼神飛來飛去，不出半日，各處都該知道太子妃的態度了。

太子妃心中嘆息，臉上卻還是八風不動的樣子，等回到屋子，見到翹首等待她的女兒，才鬆開臉色一笑，抬手捋了捋頭髮，問女兒：「花兒扎得怎麼樣了？」

康熙想要低調，太子也不想張揚，可外頭的隆科多卻不肯就這樣被看管起來。康熙旨意一下，佟國維感恩戴德，無奈隆科多並不買帳，聽見要把李四兒發往寧古塔去，立刻就瘋魔起來。

佟國維拿繩子綁住他，又在他嘴裡塞了東西堵著，才把他一路安靜地帶回家去。外頭不知道的人還以為佟家出了什麼事，竟大開中門讓馬車進去，還猜測是不是萬歲爺去了佟家。

佟國維有苦說不出，一進屋子就瞧見孫子岳興阿跪伏在地上，椅子上縮著他的生母赫舍里氏。佟老夫人只知道流淚，這個姪女現在看起來比她還老，話都不會說了，硬要她發聲，也只是在喉嚨口發出不知道意義的聲響。
進了屋子以後，就有人為隆科多掏出嘴裡的帕子，他顧不得跪在地上的長子，直嚷：
「別教他們領了她去，她受不了這個苦！」
岳興阿十指緊緊掐進肉裡，抬眸一瞬滿滿都是殺意，佟國維不是沒察覺，卻只能無奈地搖頭苦笑。兒子這條命能留幾年是幾年，可長孫卻得留下來支撐佟家，若是太子上位，恐怕會叫他大義滅親。
佟國維這半日就像老了十歲，背都彎了起來，他揮揮手吩咐管家：「收拾幾個像樣的東西送過去給雍親王。」說著又看向兒子。「她不去，就是咱們一家子去，你過去撒瘋我不管你，如今大家就得一併嚥了這苦果。若再有個好歹，我活刮了你，再提頭去跟萬歲爺請罪。」
隆科多仍舊不肯，當著眾人的面不提，背了身卻叫下人買個跟李四兒差不多模樣的人進來，用藥啞了她的嘴，穿戴好了等人來提。
岳興阿一直盯著隆科多的院子，知道這事以後卻隱忍不發，待官差來提人時，當面握著那婦人的手交給官差。她手上厚厚一層繭子，不必說話那官差也知道這不是富貴人家出來的，氣得隆科多當場差點從兒子身上咬下一塊肉來。
佟國維趕緊摸出紅封塞過去給官差，一面命人去搜，最後從原先赫舍里氏住的小屋子裡找著了正在吃燕窩粥的李四兒，立刻要人剝了她身上的綾羅綢緞，送到官差面前。

李四兒破口大罵，嘴裡不住叫著隆科多的諱名，可佟國維早已叫人綁住兒子跟玉柱，任憑李四兒怎麼叫都沒用。

官差見李四兒這麼悍，一把扯住她的頭髮拖著就走，李四兒殺豬似地叫了一聲，聽得隆科多兩眼充血，咬著布條嗚嗚出聲，卻沒有一點辦法，只能眼睜睜看著李四兒被帶走。

惠容這回生了個兒子，雖比預定的日子早生不少，孩子卻很健康。十三回來時她剛好出了月子，兩人好得似蜜裡調油，直把她院子裡的側室都擠到後頭去，整個人容光煥發。

惠容在寧壽宮裡見到那拉氏，親熱地搭著她的手。「四嫂好些天不來瞧我了。」

「妳可有那個工夫？」周婷打趣她一句，靠到椅子邊，剛要坐下，寧壽宮裡的宮人就遞了個腰枕過來。

惠容臉上一紅，記得那拉氏說過懷了身子也不是不能親熱，正要調侃她，卻不好意思說出來，只把眼睛錯開，卻正好瞧見邁進門的太子妃。

兩個人站起來行了禮，等太子妃走開了，惠容才壓低了聲音道：「那事鬧得難看呢。」

周婷眨了眨眼。她當然知道，佟家送了兩屏一般高的珊瑚檀香木座屏來，她分給福敏與福慧一人一件，存在庫裡頭。兩尺高的珊瑚就很難得了，這一出手就是一對，顯見佟家富貴。雖說馮九如跑了這些年的船，也尋了不少稀罕東西添進周婷的私庫，要找出這麼高的珊瑚並不難，但佟家送的是難得的品相好、顏色正。

周婷捏了塊糕，拿帕子托了咬上一口。惠容遠遠打量了太子妃一眼，忍不住輕嘆。「她倒真是待得住呢。」

周婷一側頭，就見太子妃像個沒事的人一般，正在跟幾位母妃說話，舉止行動沒有一點失格的地方，也跟著嘆了一聲，怪不得康熙把她讚了又讚。

惠容跟著又嘆一聲，接著快活地說道：「那個妾可算被發落了，我幾個姊姊們來瞧我的時候差點唸佛。」

李四兒行事張揚不是一日、兩日，惠容嫁得好，幾個姊姊嫁的人也不俗，李四兒還沒敢扠著腰往皇子福晉面前湊，但平日的紅白事卻是由她一手操持，惠容在京中的姊姊們就是不受她的氣，也被她那派頭噁心得夠嗆，這回探望她的時候自然拍手稱快。

小妾騎到正室頭上，還穿著大紅色往一票正室面前站，在這些正頭夫人眼裡本來就是不能容忍的事，出了這一個，往後規矩、體統又該怎麼算？原是畏懼佟家的勢力，到了如今，總算齊齊吐了一口氣。

「那地方，她到不到得了，猶未可知呢。」周婷嚼了個核桃仁。「這還沒完，佟家的亂子且有得瞧！」

此番巡塞本來就因南巡而延誤行程，又發生了佟家與太子的事，康熙實在沒心情久待，來回都在趕路，待在草甸子上的時間根本不長，但弘昭緊跟在胤禛身邊兩個月，兩人愈來愈親近。胤禛其實話不少，只不過平常一直很克制自己，但對老婆跟孩子卻不必收斂，一路上不知跟弘昭說了多少事情，因此弘昭一見到額娘，就跟竹筒倒豆子一樣全倒了出來，窩在她身邊嘰嘰咕咕講個沒完。

兒子連著幾日都要跟周婷睡在一處，胤禛沒辦法，只好等他睡著了，再把他抱出去，自己則在小書房裡看一會兒奏摺。

周婷拿了象牙扇子為弘昭送風，自己卻不一會兒就沁出汗來，額上的髮絲微濕，貼住了鬢角，周婷掏出帕子拭了一回還是覺得熱，便坐起來飲一口蜜水。她隔著屏風，隱隱瞧見胤禛的側影，放下杯子後趿了鞋走過去。

胤禛抬頭見到她，放柔了神色。「怎的不睡？兩個小子吵著妳了？」

周婷嗔他一眼，抬手摸了摸肚皮，四個多月還不怎麼顯懷，福敏與福慧卻咬定了是個弟弟。她們已經說準了兩回，胤禛信得很，覺得這回裡頭還是個小子。

「小孩子火性大，弘昭熱得跟塊燒紅了的炭似的，我可挨不住了。」周婷懷孕本就怕熱，勉強跟弘昭挨在一處，過一會兒就熱得受不了。

胤禛伸手把她拉過來，讓她挨著自己坐下，頭枕到他肩上，接著拿起牙扇為她送風。周婷罩了件丁香色的素面寢衣，一頭烏髮綰在腦後，素著的臉龐在燈下瑩潤泛光，胤禛幫她打了幾下扇，就把臉貼過去，咬住她的嘴唇在口裡含著。

兩人一陣子沒親近，一碰上就跟著了火一樣，從貼著的皮膚上泛起熱度，一層層把人撩撥起來。周婷輕哼一聲，舌頭跟胤禛愈纏愈緊，兩人停下來微微喘氣，胤禛的手就乘隙伸進衣裳裡一手掂住一個，往中間攏了攏。

他的大拇指在峰頂上畫了個圈，周婷正是敏感的時候，哪裡受得住這個，身子一軟整個癱在他懷裡，股間正抵住胤禛的滾燙。兩人甜蜜蜜地對視了一眼，胤禛剛要掀起她寢衣下面細白綾的裙子，就聽見門邊一聲含含混混的呼喚：「阿瑪，額娘。」

弘昭閉著眼靠著雕花木門，兩隻手揉著眼睛，周婷急急應了一聲，趕緊把衣裳整好，胤禛咬了一回牙，到底把手抽回去，卻轉而縮到妻子身後，在她豐潤的腿間掐了一把。

周婷低哼一聲，清了清喉嚨。「弘昭是不是熱醒了？」

弘昭赤著腳踩在地毯上走到他額娘身邊，巴住她的腿就要往上爬，胤禛虎著一張臉，拎了他的衣裳把他拖到自己身邊。「像什麼樣子，你額娘懷著小弟弟呢。」

弘昭張大嘴巴打了個哈欠，腦袋一歪靠在胤禛身上，小聲地說：「我夢見在跑馬呢，皇瑪法答應送我一匹小馬的。」

康熙是答應過，可這會兒恐怕已經忘了，胤禛摸了摸他的頭髮。「九月初你就進宮讀書了，到時見到皇瑪法，向他討就是了。」

周婷訝異地看著胤禛，她知道弘時沒能進宮讀書，就是因為胤禛把名額留給弘昭，可弘昭明年才四歲整，如今送過去實在太早了。

她眼底風情尚未褪去，兩頰跟上了一層薄胭脂似地染著紅暈，胤禛一隻手拉著弘昭，另一隻手就撫到她背上去，兩人在兒子瞧不見的地方握了手相互摩挲。「皇阿瑪仔細問過弘昭的功課，既跟得上宮裡的進度，還是進宮更好一些，上書房裡都是些大儒，弘昭能學的東西更多。」

周婷點了點頭。「橫豎也教了這些年的規矩，大方向是不會錯的，進了宮可別給以前的師父丟臉。」

弘昭點點頭，眼睛又瞇了起來，胤禛把他抱起來走到內室安頓，周婷坐在椅子上揀了胤禛打開來的信件，一眼就掃到了「年羹堯」。

她把那信件放回原處，胤禛哄了弘昭入睡，回來時就瞧見妻子正在為這些信件分類，他走上前去握住她的手。「別做這些耗精神的事。」

周婷微微一笑。「白天睡得多，現下走了睏，倒睡不著了，不如幫你把這些理乾淨，你看起來也便宜些。」她一面說一面分揀。「佟家送來的幾件東西，我把那對座屏給了福敏跟福慧，其他的就先擱著，看看什麼派得上用處。」

胤禛應了一聲，朝著她的耳朵吹氣。「明天叫弘昭回自己屋裡睡，哪有這麼大的男孩還跟阿瑪與額娘一處睡的。」

周婷忍了笑嗔他一眼，可她心裡還念著剛才瞧見的信，於是扯了話題說：「今天去宮中請安，聽起惠容說佟家那事，如今怎樣了？」

胤禛皺起了眉頭。「妳懷著身子呢，聽這些骯髒事做什麼。」說著撫了她的肚子。「被他聽到了可怎麼好。」

「你現在開始教他道理不就得了，聽這些未必只有壞處。」周婷點點他的胸膛。「養不教，父之過，這會兒佟家可急紅了眼吧。」

胤禛嗤笑一聲。「生出這樣的兒子，禍害全家，皇阿瑪也頭疼呢，太子本就與佟家水火不容，如今出了這樣的事，總要爭出一個長短來。」

周婷倏地抬頭。「佟家這是要……」

胤禛叩了叩桌面，眼睛盯著燭花，目光有一瞬間的閃爍。「左不過如此，本來他們就沒少出力，一家子幾個或明或暗地站在胤禩那一邊，如今胤禩有了嫡子，太子又做出這種事，兩邊非死拚到底不可。」

周婷咬了咬嘴唇。「老八的心思又活起來了？你原就是不偏不靠，他們兩股力量絞在一處，你這裡可有需要幫忙的？」她心念一轉，垂下眼簾開了口。「若實在不行，把年氏挪回來，總歸園子裡地方大，跟看在莊子裡頭也沒什麼分別。」

與其讓胤禛自己辦，倒不如她來開口，總歸這個年氏已經被胤禛厭惡到底了，整個圓明園的下人全捏在她的手，年氏又有「刻薄下人」的名聲傳在外頭，她好幾回想要送消息回年家，都被攔了下來，周婷還真不懼她。只是若可藉著把年氏帶到圓明園這個舉動拉攏年家，那自己犧牲一點也不要緊。

哪知她還沒抬眼就被胤禛敲了敲頭。「年家於我可有可無，不過是被大阿哥的事拖累了，才讓她這樣進了門，倒把妳累著了，還害福敏與福慧生了那場病。」

說了這幾句，胤禛耳朵有些泛紅。「年羹堯在四川沒人幫襯，舉步維艱。四川連著紅苗，事情哪這麼容易辦，這才送了信過來，想攀個親戚叫我幫他一把呢。」

他知道妻子在分揀信件時瞧見了，也不點破，三言兩語把事情分說清楚，話音還沒落，兩隻手就又撫上了她的胸脯。「裡頭也是白綾子的？」

周婷身體還沒消下去的躁熱又升了起來，她兩隻手推了一回，就任由他搓揉起來，細喘著氣伏在他懷裡。「小心弘昭聽見。」

「給我一點下酒菜吧，總不好讓我這樣乾瞪著眼睛、餓肚子。」胤禛摸索著解開她繫在腰後的絲帶，一把扯了出來，拎在手裡細瞧白絹上面繡的三色丁香花。「上回那亮紗的好，妳多做兩件。」

說著張了嘴湊過去，就在書房的座椅上壓著周婷，胤禛在她胸脯上持續動作，手指跟著在下面揉，周婷愈喘愈急，兩隻手巴著他的肩膀，咬了他的辮子梢，嘴裡嚶嚶出聲。

胤禛嚐完了下酒菜，仍覺不足，捉了她的兩隻手摸到自己身下，眼睛掃著那露出半邊的雪脯，嘴巴貼在她耳邊。「喊出來才舒暢。」

周婷怕弘昭聽見，死死咬住辮子梢，任胤禛的手在下面怎麼捉弄，她都不出聲，此時腿間突然一滑，那東西抵了進來。

到這地步哪裡還忍得住，胤禛往裡面頂了頂，嘆出一口氣來。兩人偷偷摸摸倒比在帳子裡翻浪更得趣，磨了足足有一刻鐘。胤禛到底忍了一陣子，這已經是極限了，他粗喘著氣靠著周婷，兩人黏呼呼地摟在一起。

說好是下酒菜的，一不小心卻吃出了興頭，周婷還陷在餘韻裡，瞇著眼睛感覺有人把她抱起來放到床上，火熱的身子隨之挨了上來，她翻個身，兩人就這樣摟抱著睡了過去。

第九十七章　太子逼宮

胤禛把自己的態度說得明白，周婷卻要搞清楚來龍去脈，她第二天就招娘家大嫂西林覺羅氏過來說話。

那拉一家子姪輩裡有好幾個在御前行走，雖然不過是二、三等的，但在這樣老一輩隨天子入關的人家中卻也難得。星輝的副都統，眼看著也要調成正的，裡頭少不了胤禛的幫襯，既然有人在朝中，事情一問就明白了。

年羹堯年紀輕輕就坐到巡撫的位置上，能力很不錯，要不然康熙也不會同意他去四川。四川那裡苗人雜處、性情不一，年羹堯甫一過去，應該先蟄伏，把情況摸清楚了再動作，可他卻急功近利，新官到任就想燒起三把火，剛到任沒三天就下令官員丈量土地。

這在百姓眼中就是清算錢糧的前奏，引得民心不喜，雖未大亂，卻也有幾十人跟官府對著幹。年羹堯年輕氣盛，跟總督殷泰頗為不睦，年羹堯那封信就是跟胤禛通關係的。

周婷挑了挑眉頭，事情她知道了就行，年家站不起來，對她只有好處。她笑著送走了西林覺羅氏，還沒歇下，翡翠就掀了簾子進來。「前頭小張子來報，說爺今天要歇在宮裡，問主子有什麼話要帶。」

周婷一怔，康熙才回來，又不是春耕又不是夏澇，怎麼倒忙起來了？她指派了丫頭收拾東西，又帶了一匣子薄荷膏、冰片粉之類的常用藥，跟著吩咐翡翠：「叫小張子每日過來報一聲爺的起居。」

前兩天小張子還能日日出宮一趟把胤禛吃穿些什麼、見了些什麼人報給周婷聽，到第三日，周婷等了一整天，小張子也沒能出宮來。她差了人去問，竟是連宮門口都進不去了，各家妯娌都收到旨意，停止請安。

惠容與怡寧全來了，急得像是沒頭的蒼蠅亂轉，她們平日跟丈夫關係再好，胤祥與胤禛也不會把上頭的事告訴她們。周婷原本猜測或許是佟家同太子又起了爭執，可宮門都關上，就不是爭執這麼簡單了。

她一面安撫兒女，一面派人往娘家去問消息，這一問才知道，幾個輪班的姪子全都在宮裡沒能出來。

惠容急得哭起來，怡寧倒比她更穩得住，她拉住那拉氏的手。「若不行，我阿瑪還在，倒有些老朋友能問一問，總要知道出了什麼事，咱們才好應對。」說著抖了抖嘴唇。「上一回，就是『那位』下來，也沒關宮門吶……」

她口中的「那位」，指的就是太子，太子被廢時都沒關宮門，現在到底是出了什麼嚴重的事？

周婷壓住她的手。「我們爺進宮前倒跟我說過一些，許是佟家與那一位又有齷齪。老爺子最恨這個，咱們可不能先亂起來。上一回八阿哥沒討著好，咱們既然幫不上忙，更不能添亂才是。」

她們兩個平時就聽周婷的，此時自然還是跟著她走，於是定了心神應下，回去管束好下人，看嚴了門戶。

到了第五天，德妃的人送了消息出來，說是康熙病倒了，太子與一眾阿哥正在跟前侍疾，叫周婷看好孩子，不要急亂。

周婷原指望德妃能再送口信出來，可等了幾天，除了有旗人上門探問消息，德妃的人再沒有來過，京城裡的風都似吹不動了。周婷知道的比惠容跟怡寧多得多，自然更穩得住，可即使是這樣，一顆心也還發慌。

惠容與怡寧那邊日日都遣了人來互通消息，可再問也還是那些老調，不過是「不知道情況不可妄動」、「這個時候切不得留把柄給人」。

表面上雖然風平浪靜，私底下卻是暗潮洶湧，各家大門雖沒開幾回，後門卻不斷有人進出，似圓明園這樣處在郊外的，人員來往更扎人眼。那些旗民來了幾回，就被周婷下令不得亂竄，非但不許往這裡走，各處也不可串聯起來，免得為宮裡的胤禛添亂。

周婷這裡穩得住，八阿哥府裡卻炸開了鍋，宜薇寶貝得跟眼珠子似的兒子病了，差人進宮送了好幾回消息，胤禩人沒回來不說，硬是連隻言片語都沒有。宜薇急紅了眼，丈夫跟兒子都是她的命根子，只要一個有了好歹，她都活不下去，這回兩個一起出事，她卻沒個人好探問。

九福晉與十福晉平日就跟木頭疙瘩一樣，遇上事情還攤著兩隻手找宜薇討辦法，宜薇使了人往外家安親王府去，卻是一問三不知。

實在無計可施，宜薇只好拉下臉來派金桂往圓明園走了一遭，周婷卻什麼也不能吐露，只說些場面話便把金桂打發走了。第二天，就傳來宜薇遞牌子進宮被攔了回來的消息。

妯娌之中沒有不心焦的，十二阿哥的福晉富察氏倒是跟周婷通了聲氣，她那一家子在朝得用的更多，她遣人到圓明園送了一匣子點心，周婷一打開來就見那酥皮小餅上頭個個都印了「平安」兩個紅字。

周婷記下這份情，其餘的也不多問，只給那個報信的人一個上等紅封。這時候除了十三跟十四，還有人肯靠過來，周婷倒先放了一半的心。富察家既然能打聽到阿哥們平安的消息，自然也知道些別的，十二阿哥的福晉平日看起來不顯山、不露水，是個溫吞人兒，關鍵時候倒會選邊站。

只要胤禛平安，周婷就不那麼擔憂了，她比自己想像的還要相信胤禛的能力，他既然能在諸兄弟間愈爬愈往上，太子一事又高瞻遠矚地早早料著了，那麼只要他在，圓明園就立得穩穩的，再有風雨也不懼。

又過一日，那拉家送了消息過來，只有一句──「步軍統領換了人」。周婷喝了三杯蜜水，才把這消息嚥了下去。托合齊是太子的人，隆科多與他爭這個位置爭了許久，本來康熙都要換人了，若不是出了玉柱的事，興許這會兒隆科多已經走馬上任了。

在與佟家的事情上，太子贏了一場，之前托合齊的位置雖沒穩下來，卻也不會立刻更換，然而這時候卻出了調令，這是否表示康熙出手要教訓太子了？

一廢太子時她正懷著弘田，兩個女兒不懂事，就更別提弘昭了，她既要顧大的又要顧小的，虛熬著精神撐到胤禛回來。如今幾個小的也能派得上用場了，福敏與福慧她們再小也是生在宗室裡的，胤禛的書房從不禁止她們倆進去，東摸西摸之下竟也知道一些事，曉得阿瑪不在是出大事了，全挨在周婷身邊圍著她，不是請教針線就是學看帳冊，半點也不讓她閒下來。

福敏捏線配色給周婷看，嘴裡扯著：「上回瞧見三伯家的姊姊穿了件蔥綠繡著纏枝寶瓶妝花紋的衣裳，我喜歡那個花色，等換季了就做一件天青的。」

周婷知道女兒的用意，抬手摟住她的肩膀。「家裡也就罷了，去宮裡可不興穿得那麼素，妳若喜歡，就做件石榴紅的，兩件換著穿。」

福慧從碧玉手中接過托盤親自端了芋泥蒸糕進來，她揀了一個放在小碟子裡，遞到她額娘跟前。「廚房剛送過來的，額娘嚐一嚐吧，聞著就香甜呢。」

周婷知道這幾日福敏與福慧兩個天天盯著碧玉，她每頓飯用了多少、什麼菜多用了幾口、什麼點心膩得慌，都瞞不過去。她摸摸臉頰也知道自己瘦了一圈，雖然知道自己該為了腹中的孩子多吃一些，卻怎麼都沒有胃口，送進嘴裡的東西都跟嚼木頭渣子似的。

既是女兒的心意，周婷吃不下也要吃，她含在嘴裡把芋泥含化了才嚥下去，點頭道：「這東西倒不甜膩，明天叫廚房再進些上來。」

福慧聽了，就抿了嘴笑咪咪地點頭。

弘田正翻著識字的木頭卡片，聽見有吃的，跑過來爬到炕上，抬著手等翡翠幫他擦手，他拿小銀籤子叉了一塊糕送進嘴裡，一邊吃一邊仰著小臉問：「阿瑪怎麼還不回家？」

周婷剛要跟他解釋，福慧已經虎了張臉對著弟弟，從衣領拎住他走到屏風外頭，彈著腦門教訓他。弘田紅著眼睛，捂住額頭不說話，可憐兮兮地跑回周婷身邊，指著自己的額頭。「起包包了。」

周婷張手抱住弘田，為他揉吹。「你阿瑪在宮裡給皇瑪法當差呢，等你大了也要進宮當差。」

弘田含住手指伏在周婷懷裡鬧彆扭，福敏把他抱過去拍拍背，福慧刮著臉皮笑他。「白糖糕，軟兮兮。」

弘昭進門就見姊姊與弟弟正在嬉鬧，周婷鬆開眉頭瞧著他們，弘昭也知道最近周婷情緒不佳，見他們笑鬧，也跟著咧開了嘴。

跟著胤禛這些日子裡，弘昭曉事極快，他在御前待了些時候，即使胤禛不許下人在他面前說起佟家跟太子的骯髒事，他也能聽見一些風聲。胤禛跟胤祥那裡的奴才可沒被這麼吩咐過，弘昭就算是個主子，也還是個小人兒，奴才們在他面前不似在正主面前那般謹慎，說著說著就漏了訊息出來。

弘昭回來還學給周婷聽，問她什麼是「好男風」，被周婷狠狠教訓一回，罰寫十張大字，連他身邊的小廝都換了兩個。

弘昭一進來，弘田就趕緊從福敏手中溜了下來，他等弘昭向周婷請安問好之後，捂著頭叫他：「四哥。」接著扁了扁嘴。「姊姊打我。」

弘昭自己也沒少挨過福慧打，聽見弘田告狀，有模有樣地咳了一聲。「定是你淘氣了。」

這是他被福慧收拾過，找胤禛告狀時，胤禛回他的話。周婷一聽就想起來，才剛要張口笑，又忍不住掛心起丈夫來。

福敏見額娘攏起眉頭，就知道她又擔心了起來。再解事，她們也還不懂狀況有多麼凶險，只知道家裡氣氛不對，想盡辦法要讓周婷高興起來。

福敏坐過去挨著她額娘的胳膊，把臉埋在她裙子裡。「額娘，咱們去院子裡頭打鞦韆吧，曬曬太陽，對小弟弟好。」

平常周婷每天都要帶孩子們去院子裡散散心，可這回自從胤禛進宮，她有好些日子懶怠不願動彈，就是福敏與福慧的院子，她都不曾去過。

周婷滿懷歉意地朝福敏一笑。「也好，額娘坐到水榭裡頭，看妳跟妹妹玩鞦韆。」說著又吩咐翡翠。「去瞧瞧三阿哥下學了沒有，叫他也過來，大家一處樂一樂。」

周婷才帶他們在水榭裡坐定，翡翠就領了個人過來，她站定屈膝道：「瑪瑙姊姊來給主子請安呢。」說著往旁邊一閃身，露出婦人裝扮的瑪瑙來。

「給主子請安。」她剛要彎下腰去，就被翡翠托住手。

瑪瑙正大著肚子，好些時候沒來園子裡了，周婷乍一見她，差點辨不出來。她從上到下打量瑪瑙一眼，見她衣飾清爽，很有當家少奶奶的樣子，身邊還跟了垂著腦袋的小丫頭，笑著指了翡翠。「還不給看座，上些點心果子來。」

接著轉頭對瑪瑙說道：「怎麼這時候過來？肚子這麼大了，可不能再坐車行路，該在家裡待著才是。」

瑪瑙笑得一臉甜意，撫了撫肚子。「這也不是頭胎，我們爺還著急呢，可再怎麼樣都該來主子這裡。」

珊瑚跟蜜蠟看著瑪瑙，一臉豔羨。原先到周婷這裡侍候時就知道福晉待人寬厚，身邊的大丫頭都嫁得不錯，做了當家少奶奶不說，身邊還有侍候的丫頭。

這回她們見著瑪瑙，更加殷勤，不一會兒就端了糖蒸酥酪上來。「主子同瑪瑙姊姊一人一份。」

瑪瑙剛要推辭，周婷就擺了手。「在我身邊時哪日不用一碗，怎的客氣起來了。」

說得瑪瑙紅了臉。「倒不是拘束，主子這裡就跟我的娘家一樣，只是我前頭補得夠多，我們爺說不能再吃這些了，免得孩子太大，不好生。」

「這倒是正理，不如拿些果仁上來，核桃跟松子吃了補腦，生下來的孩子聰明。」周婷想到瑪瑙此時定是來送消息的，御前當差的走不開，似唐仲斌這樣的醫上卻不一定得留在太醫院裡。

瑪瑙掩了嘴笑。「我們爺也這麼說呢，我侍候主子時也瞧在眼裡，他還說主子女科上頭倒知道得多。」

兩人說了一會兒話，周婷便找藉口把一屋子丫頭都差了出去，瑪瑙這才壓低了聲音。「萬歲爺想是不大好了。」

唐仲斌在太醫院裡回不來，託人把髒了的衣裳送回家好讓丫頭洗曬。原先他回來時就說過草甸子上的事，再進宮就留了個心眼，跟瑪瑙兩個說好了，若是出了事他回不來，就找人帶髒衣裳出來，要是上頭繡了竹子的，那就是事情不大好的意思。這次送回家的正是繡有竹子的，瑪瑙這才急著差人套了車送她到圓明園來。

周婷一怔，這話瑪瑙就是不說，她也猜得出幾分。頭一回廢太子時康熙可沒像現在這樣又是關宮門又是停止請安的，不只是步軍統領跟一些副職的被撤換，京城裡頭巡視的官兵也多了起來。

既沒傳出別的訊息來，那就是太子處於下風。如今康熙不好了，那御前除了胤禛，其他人還真爭不過他。周婷從心底舒出一口氣來，安排珊瑚跟著瑪瑙回去，一有什麼事情就叫珊瑚回來報信，也不用瑪瑙親自跑一趟了。

連著七、八天沒有消息，到第八天夜裡，周婷才瞇了眼睛，就聽見有人在拍院門，她披著衣裳起來，丫頭跟婆子點了燈打開門，這才發現是胤禛。

胤禛滿眼血絲地站在外面，見了周婷，扯出一個笑來。「原想去書房歇下，想想還是來了妳這裡。」

周婷鼻子一抽就要掉淚，趕緊差人去端吃食，蘇培盛在後頭緊接了一聲：「爺好幾日不曾好好用飯，煮軟和些的來。」

周婷搭了胤禛的手，他一回屋就癱坐在炕上不動，翡翠捧著銅盆，周婷絞了毛巾為他擦臉擦手。胤禛身上一股藥味，周婷平時一點異味都聞不得，此時全不在意了。她坐在榻上為他脫了靴子，等麵送上來了，胤禛卻瞇著眼睛撐不開眼皮，他知道妻子靠了過來，伸手握住她的手。

周婷反握住他的手坐在他身邊，這時候也不急著問事情經過了，她幫他解開襟口扣得緊緊的扣子，摟住他的肩膀，拍了拍他的胸口。

胤禛湊過來在她髮間狠嗅了一口。「太子逼宮，皇阿瑪吐了血。」只說了這一句，就在周婷身邊打起鼾來。

那幾天到底怎麼一個凶險法，胤禛除了這一句，再不多說，他倒頭蒙被睡了一夜，第二天清早醒了過來，瞧見妻子正靠在自己身旁，便執了她的手捏在掌心裡摩挲。

周婷這幾天都沒安穩睡上一覺，這一夜睡得極沈，被胤禛摩挲了半天都沒醒過來，她睫毛顫動兩下，往胤禛身邊蹭過去，眼睛就是睜不開。

胤禛低笑一聲，抬手摟住她，大掌揉著她的肩頭，藉著晨光細看她的臉。煎熬了這麼些天，妻子的臉色不似過去那般瑩潤，臉色黃黃的，眼睛下面泛著淡淡的青，睡了這麼長的一覺，才顯得有些紅潤。

他心裡一動，湊過去用嘴唇貼在她眼簾上，周婷這才醒轉，掀掀眼皮露出一個笑來，她肚皮微凸，側身已有些不便。

胤禛托著她的頭，胳膊給她當枕頭，大掌在她背脊上回來輕撫，輕聲問道：「怕不怕？」

周婷笑意更盛，一手放在肚子上，一手搭住胤禛的肩。「說不怕，那是假的，可我知道你定然能周全下來，倒是幾個孩子，經了這一回，倒似小大人了。」

胤禛笑起來眼角已經有了細紋，昨天夜裡點著燈瞧不出來，晨光中他下巴上泛青的鬍渣卻清清楚楚的，周婷用指腹在上頭刮磨，麻麻癢癢的。「這幾日你都守在皇阿瑪病榻前？」

「我們幾個輪班來，皇阿瑪看起來凶險，後頭又緩了過來，後頭兩日人已經清醒了，我離不開。」胤禛細細分說給她聽。「我現在跟十三還有十四輪換著出宮，有他們在，我才能安心睡上一覺。」

康熙瞧起來是好了，可會不會再犯，誰都不知道。康熙身邊除了近臣，少不了這些成年的兒子們，他們幾乎是剛知道這事就在心裡排好班表，各派都要錯開來，才能制衡。

周婷彎眉一皺，把十二阿哥示好的意思透露給胤禛聽。「我琢磨著那邊是不好這麼直接，這才叫弟妹同我交際，你看，要不要補一份禮過去？」

除了周婷這裡，惠容與怡寧那裡也都各得了一匣子印著「平安」的餅，宜薇那處還真不好說，不過看她著急的模樣，富察氏恐怕沒往她那邊遞消息過去。

胤禛挑了挑眉頭。「這倒不奇怪，他的親舅舅下了大獄，正等著皇阿瑪辦呢。妳看著交際就是，皇阿瑪既然安好，就只當是尋常走親戚罷了。」

上一世他一直潔身自好到了最後，明明是皇阿瑪的兒子，跟富察家也是繞著彎子的親戚，卻就是不去動這一門關係，混得還不如妻子家裡的姻親。

胤禛不是沒察覺到十二有這個心思，卻沒想到他會挑這個時候靠過來。胤禛轉著扳指扺起了嘴角，托合齊是胤礽的親舅舅，這一回犯事的人裡頭就有他。

太子眼看就要倒了，胤礽這個兩面不靠的人，恐怕也動起心思來。他頭上雖沒打著太子黨的旗號，卻有個犯了逆謀罪的舅舅，怪不得這麼急著示好，這是在找靠山呢！

周婷一聽就明白過來，微微斂了眉頭。「是該謹慎才是，這一回又要告太廟了吧？」周婷明白現在不宜高調，愈是跟平時一樣穩得住，愈是幫胤禛加分。她知道康熙是個很長壽的皇帝，就算太子多行不義被康熙解決掉，胤禛要上位還有得熬。

「太子一門被拘禁在宮中，這一回佟家的功勞可不小。」胤禛語氣裡帶著嘲諷，兩人都清醒過來，便坐起身來說話，胤禛還在周婷腰後加了個枕頭讓她靠著。「隆科多只落了個『本家看管』的處罰，太子心裡自然忿恨，托合齊那幾個湊在一處，教皇阿瑪起了疑心，事情就是佟家捅上去的。」

佟國維在太子身上折了隆科多這個兒子，新仇加上舊恨，都數不清是這兩邊第幾次結仇了，若真是太子上位，佟家再無翻身之日。佟國維可以捨掉一個兒子，但他不能眼看著整個家族就這麼沒落下去。

東山的老虎吃人，西山的老虎難道就吃素？要論根基，兩邊還真能對上。索額圖在的時候，佟家不敵，如今索額圖墳上的草都該有半個人高了，還有什麼好怕的，挽上袖子就開始捉太子的錯處。

太子原先穩得很，明珠找了許多錯處全沒傷他分毫，但太子遭廢的時候，康熙最忌諱的全被攤到眼前來了。自古帝王皆如是，哪一個不想著長生，把位置坐得牢牢的呢？在那一刻，太子不是康熙最疼愛的兒子，而是他權力的爭奪者。

佟國維深知這一點，既然太子來了一手陰的，他自然不會來明的，暗地裡教人盯了托合齊的梢，沒錯也要尋出錯來，哪怕叫御史參他一本，先把他從步軍統領的位置上拉下來，折掉太子一條胳膊都好。

誰知道托合齊竟跟耿額、齊世武兩人聚首密談，一個步軍統領，加上一個兵部尚書跟一個刑部尚書，三人湊到一塊，還能有什麼事要說？佟國維就這麼報了上去，話裡話外還沒提到太子，只說有人要行不法事。康熙當了這麼多年皇帝，對此類事情最為敏感，結果還真教他尋到些隻言片語，明白太子這是有了逼宮的意思。

康熙再想不到他最看重、最疼愛的兒子竟想把他趕下臺，當即噴出一口血來。薑是老的辣，康熙怒氣攻心，也依舊把事情一樁樁安排下去，他密召幾個兒子進宮，提了佟國維的次子當步軍統領。他不是不知道佟家的私心，但這時候比較起來，佟家人還是比其他那些可靠得多。

皇上病了的事情瞞不下去，當時在場的除了太監，還有好幾個官員，佟國維眼看這件事把康熙氣得吐血，惴惴不安，深怕他就這麼撒手去了，反倒是幫太子開了路，於是趕緊請醫問藥，片刻不離，直到胤禩奉了湯藥上來，康熙這才想起來，佟家是八阿哥黨。

這一個個兒子突然都變成繞在床前的虎狼，康熙硬生生忍住喉嚨口湧上來的腥甜，混沌的目光掃到胤禛，停留在他臉上。康熙手伸過去指著他，胤禛上前一步，握住康熙的手，只覺得這能拉開十二力弓的手無力得叫人心悸。

胤禩臉色驟變，端了藥碗的手差一點沒能穩住，十三與十四看在眼裡，默不作聲。

胤禛附耳過去，才聽見康熙抖著聲音吩咐的內容，他點了點頭，一面拍著康熙的手安慰。「皇阿瑪放心。」

他自己也當了十多年的皇帝，略一思索，就把康熙沒想到的事補足了。胤禛安排了幾個人輪流換班守在康熙身邊，名字一個個點過去，有的兄弟低了頭，有的昂著首。

康熙聽他安排得當，這才微微點了點頭，就著胤禩的手把藥喝盡了。到了這個地步，旁人還有什麼不明白的，康熙寵愛小兒子是真，可他更相信哪一個，再清楚不過。

康熙雖沒明著開口，但意思就是叫胤禛督辦事務，他把人排好了，康熙又點了頭，胤禩跟佟家想再插一手進來，也沒那麼容易了。

第九十八章　國事家事

康熙生病的事情，太后那裡起先還瞞著，只說康熙因為忙碌而耽擱了一、兩日的請安，可朝上再有事忙亂，也不是平三藩、打噶爾丹，那時在外頭都沒停過請安信呢，更別說現在人還在京裡頭，就隔了幾道宮牆而已。

太后再老也還沒糊塗，等了兩天以後自己就琢磨出問題來，她是經過大事的，總有些眼力，她拉了拉佟妃的手。「妳可別瞞我，到底是出了什麼事呀？」

佟妃在太后面前強笑了兩天，早就繃不住了。她原就不及她姊姊孝懿皇后穩得住，再說這回的事還與她的娘家有關，聽太后一問，眼圈立刻就紅了。

接下來眾妃子又是亂紛紛地勸，榮妃久不管事，惠妃避嫌都來不及，更不敢沾手。宜妃跟德妃兩人揣著自己的小心思合計了一回，便奉太后去看還在病榻上躺著沒醒過來的康熙。

其實她們心裡也急，雖說有了成年的兒子，跟那些無子的嬪妃不同，不用指望著康熙過日子，可再有兒子，也不能沒了丈夫。康熙是她們的天，萬一有個好歹，真讓太子登上寶位，胤禛還好，反正沒扯破臉，胤禟卻是鐵了心跟著胤禩，哪還能有好果子吃呢？

女人們往康熙榻前一站，別人還須忍住，太后第一個忍不住了，她這一哭不要緊，人竟暈了過去，幸而當時康熙喝了藥正在沈睡，不然太醫非得急死不可。

胤禛反倒跟胤禩還有胤禟商量好，叫他們各自去親額娘那裡安撫，可別讓後宮亂了起來。胤禩勉強對著他點頭，臉皮像二月封凍的河面似地扯不出彎來，倒是一直不大跟胤禛親近的胤禟爽快地點頭應下，惹得十三挑了挑眉毛，而十四則尋了個機會對胤禛說明情況。

九胖子胤禟做得最出彩的就是生意，雖然如此，他為人卻並不奸滑，上回太子那件事，因胤禛伸了一回援手，他背地裡竟還讚了兩句。

胤禛摸著腦門把這話告訴胤禛，他早知道了，只是一直不好意思跟胤禛說起。「倒跟八哥很不相同。」

胤禩雖沒像大阿哥似地對太子落井下石，卻也抱著膀子不插手，就怕惹著一身騷。

胤禛早年跟胤禩混的時候還小，不像現在這樣成婚領差了，年紀大了再一想，八哥其實真不如自己親哥哥。弘明的例子就在跟前，他哪一天不板著臉把兒子訓一頓，可八哥待他卻只有稱讚，小時候覺得親哥哥待他太凶，哪裡像八哥那麼溫和，現在一想，正是自己的親哥哥才會板起臉訓斥他，真心為了他好。

胤禛眼睛一掃，就瞧出胤禛的心思來，動了動眉毛。「如今知道了？」

胤禛扭過臉去不想承認，胤禛就從鼻子裡哼出一聲。「你還不如弘昭呢。」

康熙沒清醒之前，整個京城就跟一池封凍的湖水似的，攪都攪不動；等康熙醒過來，這一塊冰又化成了水，一下子從冬天又回到秋日。

皇家的事情琢磨不清楚，前幾日京裡這些勛貴們還縮著腦袋，如今竟又變回往日的模樣，雖還沒到街上溜鳥走馬的地步，卻也開始恢復交際了。周婷在寧壽宮裡見到的那些一品、二品命婦，一個個瞧不出一點異樣，除了多朝著周婷笑幾回，還真瞧不出胤禛如今是皇位的熱門人選。

康熙既然無恙，一切又重新開始運轉，太醫不再輪三班待在宮裡，皇子們則輪流回家休息跟安撫妻兒，宮妃們面上雖不顯，可心裡哪一個不是鬆了口氣。

前些日子宮中安靜得出奇，太監跟宮女們的腳步都不敢響，就怕弄出聲來讓主子尋到理由發脾氣，如今算是能聽到一些人聲了。

宮門重開，皇子福晉與命婦們理應恢復請安，寧壽宮卻辭了這些虛禮，只說太后病著需要靜養，差命婦們在正殿前頭行了禮就各自出宮去。

命婦們能走，孫媳婦卻得侍疾床前，似周婷這樣懷著身子的，雖不必端湯奉藥，可正經婆婆都在前面站著呢，她還能躲懶不成？

這些日子胤禛照舊忙得不見人影，偶爾回來也只在周婷這裡小憩，兩人再沒能像那天一樣挨在一處親暱地說說話。

胤禛在忙，周婷也閒不下來，挺著五個月的肚子在寧壽宮裡一待就是一天，雖有德妃照看著，時不時叫她歇一歇，可她哪裡能在這時候鬆懈下來，前頭九十九都拜了，還差這最後一哆嗦嗎？

太后年輕時在草原上待過，身體底子好，可再硬朗也是七十歲左右的人，這回她是被康熙給嚇著了，一倒下去就再沒能起床。

康熙是孝順的人，他自己剛能下榻走幾步路，就急著要到寧壽宮裡去看太后，胤禛幾個攔了一回，他還不高興地發起脾氣。

兩邊都病著，兒子在前頭侍奉康熙，兒媳婦在後頭照看老太太。妯娌之中如今就只有周婷一個人有身子，偏偏撞上了這事，就是太后親自發話叫她去歇息，她也不能在這個時候疏忽。

太后跟前宮人們倒是機靈，掐著時間送些吃食過來給四福晉，周婷好處照給，點心卻不大敢用。寧壽宮小廚房灶上熬著藥，也不知是不是她懷孕了鼻子敏感，老覺得那點心碟子上頭也浸著一股藥味。

太后生病跟尋常小宮嬪生病可不一樣，她們就是有太醫診過脈、開了藥方，也不許自己在宮裡熬藥，只因為怕薰著主位。是以她們用的藥都在太醫院中煎好，再差小太監送到各自房裡，除非主子給妳這個體面，或是病得重了得特地挪到一間宮室養病，才能在自己宮裡熬藥。夏日還好，冬天那藥送過來都凍成冰碗了，還得生灶再熱才成，因此宮人們一旦生病，多半都是靠自己熬過來的。

德妃心疼這個兒媳婦，握住她的手。「妳還懷著身子，略微偷個懶也沒什麼，橫豎我在這裡，也好幫妳遮掩，若是累了，只管去偏殿中歇一會兒。」說著瞧了瑞草一眼。

瑞草上前托住周婷的手。「四福晉跟奴才過去就是了。」

周婷腳上換了最舒服的軟底鞋，身上也不戴首飾，身邊跟著的翡翠尋到機會就給她揉腿，饒是這樣，她一天回去都再難邁一步路，小腿腫得跟蘿蔔似的，被德妃這麼一說，就光明正大地去了偏殿，早有小宮女撤了香爐，為她在椅子上加了厚厚的靠墊。

瑞草笑咪咪地從袖子裡拿出個布包來，裡頭整整齊齊摞了四塊核桃糕，上頭厚厚的蜜糖亮晶晶地泛著光，周婷一聞見那味道就餓了。

瑞草彎了彎眼睛。「這是咱們主子一大清早吩咐小廚房做的，再乾淨不過了，知道四福晉愛甜的，特地多加了一層蜜乳，可甜呢。」

周婷內心一陣感動，德妃待她真是沒話說，她拿帕子托了糕點混著溫水一口氣全吃了。點心做得小，說是厚厚的四塊，加起來也沒多少，只是剛好墊了個肚子。

每日她回去時都是又乏又餓，偏偏還吃不下去，前頭三胎她人都圓潤了，這一胎已五個月，穿上旗袍卻跟沒身子似的。

偏偏這不年不節的，外省竟提前送了年節的禮品過來，同往年相比，不僅數量多了，品質也提高了不少。周婷撐著精神細點入庫，一份份禮單子細細收好，福敏與福慧再能幹也還是孩子，這些事她都得親自來。

天已經漸漸涼快下來了，周婷懷著孩子怕熱，回來通常早早沐浴梳洗，到了夜裡就躺在羅漢床上叫翡翠幫她揉腿鬆筋。

這天周婷是半坐半躺著讓丫頭幫她換衣裳的，她眼睛累得都要睜不開了。翡翠拿了玉滾珠輕輕來回著為她按腿，珊瑚與蜜蠟兩個則解開裙子褪下褲子來，往周婷身上罩了層軟毯。

周婷習慣亮亮堂堂的，就是夜裡，屋子裡的燈也點得足。蜜蠟收拾了衣褲擱下來準備送洗，卻一眼就瞧見上頭銅板大小的一塊紅，這下可不得了，她拿著褻褲的兩隻手頓時直發抖。

珊瑚見她這樣，頭往前一湊，兩人驚慌地對望了一眼，不敢聲張給周婷聽，過去扯了翡翠的袖子，指了褲子上那抹紅給她看。

翡翠手一頓，又按原先的節奏滾動起玉滾珠來。

胤禛這些時候再不得空，也時常問起妻子的起居，他一進宮輪值就是兩天，走的時候特地吩咐她們要「好好照顧福晉」，可這回他人才剛進宮，福晉就出了這種事。

翡翠咬著嘴唇，又幫周婷揉了一會兒腿，她的手一面動，一面打量起珊瑚跟蜜蠟兩個，見珊瑚比蜜蠟沈穩一些，便朝她努了努嘴。

珊瑚蹲了身子接過翡翠手中的玉滾珠，捏緊玉滾珠的把手推送起來，而周婷實在是乏了，兩人力道雖有差別，也沒把她吵醒，她靠著枕頭緩緩吐氣，顯然是睡得沈了。

康熙病著不易挪動，一眾嬪妃們全在皇城之中，太醫院的院判跟院正都在宮裡頭，今天正輪到胤禛為康熙守夜、侍奉湯藥。

家裡主事的人都不在，翡翠知道福晉這是累壞了，五個多月的身子，萬一有個什麼好歹，可怎麼才好?!她在門口踩著自己的影子轉了兩圈，牙一咬、眉毛一擰，就冒著秋雨往前頭去。

周婷有什麼事情都不愛吩咐太監去辦，身邊平常就沒跟著內監，等懷了孕，這種身上有殘缺的更不能往她身邊湊了。胤禛走的時候留了小張子下來，叫他兩頭傳話、問事情，翡翠此時不找他還能找誰，也顧不得儀態了，出了門就拎著裙角一陣小跑，後頭小丫頭們打傘的打傘、提燈的提燈，幾個人疾步往前院去。

細細密密的雨絲打在翡翠臉上，她把事情說完，才抽手抹了把臉，小張子聽了，趕緊拿著胤禛的印信進宮。

佟家人當了步軍統領，佟國維原本更看重八阿哥，如今看康熙的態度，也有意跟胤禛修一修舊好，攀一下孝懿皇后在世時的那份交情。因此守門的侍衛見了胤禛的印信，很是客氣地開了門，還特地叫人領小張子往宮裡頭去。

這一路上小張子幾乎靠著兩條腿，都已經宵禁了，難道還敢在皇城裡跑馬不成？因此到了地方，就是上氣不接下氣。

內監不是男人，宮中嬪妃有什麼也都不顧忌他們，聽了小張子的稟報，當下把周婷綢褲上頭見了紅的事回報給胤禛聽。

今夜跟他一處輪班的是九阿哥胤禟，若是老八或老十，胤禛或許還得換個人來才能脫身，然而胤禟在這裡，胤禛卻並不過分擔心。

太子頭一回被廢時，那一票兄弟裡頭，只有胤禟為他說話，他跟十四又有些幼時的情分在，背著人時也稱讚胤禛幾回。康熙傳諭諸皇子，以及王公大臣的那句「四阿哥性量過人，深知大義」教胤禟點了好幾回頭，以己度人，他也知胤禛能為太子做那些事，實屬不易。

胤禛回身把事情一說，胤禟就擺了擺手。「四哥快去，皇阿瑪這裡有我。」

胤禛原先看胤禟這個胖子並不順眼，平日那點好臉不過是維持大家的顏面，對著這麼個跟老八生在一起的磐石，他向來懶得交際。可上回聽了胤禛那些話，他不禁生了些得意出來，上輩子老九可沒如今這麼順眼，會有這種轉變，還真是讓他意想不到。胤禛朝胤禟點一點頭，轉身便往雨幕裡去。

周婷睡得正酣，胤禛也不叫人點燈，伸手比劃著叫下人們不要高聲，翡翠跟珊瑚幾個都縮著脖子壓著步伐放下帳子，把周婷的身子蓋得嚴嚴實實，只露出一點手腕來，上頭覆了層軟布，好讓太醫摸脈。

太醫就著那一點燭光眯了眼睛由翡翠領進來，胤禛就立在床邊等著，那太醫搭了脈，捏著鬍子鬆開眉毛。「並無……」

才吐了兩個字，胤禛就做了個噤聲動作，那太醫嚥了下面的話，跟著胤禛去了通間的書房，這才開口：「福晉是連日勞累，這些年雖將養得好，可原來的底子卻是虧過的，這才把舊疾引了出來，只需好好調養著就是。既能睡又不腹痛，就安然無事，先服下補身藥，再用保胎丸即可。」

這說的就是原先那拉氏那一場舊病，胤禛擰著眉，胸口泛出絲絲疼痛。他打發走太醫，掀了帳子坐在床邊。

周婷往一邊睡久了，膀子就會痠痛，夜裡常要胤禛幫她翻身，此時她感覺有人在身邊，動了動胳膊。胤禛見狀抬手施力，一隻手揉她的肩膀，一隻手摟住她，見她在夢裡蹙了眉，又鬆開些力道。

碧玉早早就用砂鍋燉湯水，周婷晚膳沒用便睡下，半夜就給餓醒了。她嘴巴一抿，感覺有人躺在自己身邊，眼皮都還沒掀開來，就聽見胤禛問她：「餓了？」

胤禛特地往太后跟前為周婷告假，太后人還躺在床上，話是說給幾位主位聽的。佟妃一向有意與胤禛親近，佟家雖沒立時就改了原先的心思，卻也露出幾分緩和關係的意味，除了宜薇生產那次，她還愁著沒機會再與那拉氏親近，如今聽了這情況，哪裡還有不應的？

德妃坐在屏風後頭一聽就急了，奈何許多人在場，她不好問得太細，聽說那拉氏並無大礙仍不放心，囑咐胤禛叫太醫日日去摸一回脈，還賜了好些藥材下去。

她當著妃嬪跟皇子福晉們的面，嘆了一聲。「她懷著身子，挨不了辛苦，我常叫她歇著，她偏不肯，都是孝順的緣故。」

佟妃接過了話頭。「是該叫她好好歇著，為皇家開枝散葉就是大功勞了。」說著她遞了個眼色給身邊的大宮女。「我這裡有早年求來的觀音，給了她吧。」

德妃是周婷的正經婆婆，她賜了藥材下去，佟妃才好開這個口。

等東西送到了圓明園，周婷命翡翠登記造冊時，才瞧見那座手掌高的牙雕觀音。這個大小倒不新鮮，奇在雕功，半開半合的蓮花座上站了個雕得纖毫畢現的送子觀音，手中托了荷葉，捲曲的葉面裡伸出一隻嬰兒的小腳。

周婷一見就喜歡上了，叫珊瑚尋了個檀木底座出來，把觀音擺在博古架上，邊上放的則是富察氏送來的山水盆景。

胤禛從外頭進來時，周婷正懶洋洋地靠在大迎枕上臨窗曬太陽，白糖糕則坐在她身邊玩弘昭的舊玩具。

胤禛見妻子人還有些懨懨的，氣色卻已好了許多，嘴邊勾出一抹笑意。太醫都說她是累著了，他不禁愧疚自己沒早些想好託辭，讓她好好歇一歇。

他伸手捋了捋她額前的碎髮。「還是得好生養著才行，原先那一場病到底虧了底子，妳再不許操勞，有什麼事情叫下頭人辦了就是。」

「哪能甩手，我不過動動嘴皮子。」周婷攏了攏身上柳青色芙蓉滿開的披帛。「原想著你在前頭忙皇阿瑪的事，我在後頭也好跟你有個照應，如今你只要多往母妃那邊跑兩趟，就說母妃憂心我，要我多歇歇便是。」

胤禛難得嘆了口氣。「我原就不欲妳多勞累，可家裡卻沒個能替了妳的人。」

這話音才落，周婷細細的彎眉蹙了起來，鼻子裡哼出一聲。「多進個人才是多一分勞累呢。」

胤禛很少見到她表達得這麼直接，失笑道：「我哪是那個意思，只等兩個女兒能理事了，或是弘時跟弘昭娶了親，總歸有個人好幫幫妳。」

周婷抿了抿嘴巴，差點就讓笑意露了出來，趕緊板了臉扭過身去，待胤禛扶了她的肩膀，她才轉過來。「我正煩著，誰叫你在這上頭招惹我！」說著嘴巴一努，下巴點了點炕桌上頭的信。

胤禛拿過來亮了亮封，瞧見上頭那個「年」字就皺了眉。「怎的，我不理他，就把關係通到妳這裡來了？」

周婷斜了他一眼。「你瞧瞧上頭寫了什麼，這是把王府當成正經親戚在走動呢。」年氏不過是側室，放到五阿哥家裡或許是能當一半的家，可在周婷這裡，她比個小格格還不如。

宋氏自李氏的喪事過後就一直待在屋子裡，等到他們闔家搬至圓明園，把那些妾扔在府裡，就連進個針線這樣的事都輪不到她了。幾個小格格更不必說，沒了寵愛，好歹日子過得舒坦。

可年氏呢？單把她發配在莊子上頭，派人緊緊看著，一步都不叫她擅動，就已經夠瞧的了，年節請安更沒她的分。年家倒是按時送四時節禮過來，周婷也差人送去，年氏想要回送卻不能，除了周婷，闔府的女人都沒有正經走親戚的資格。

這信遞到周婷跟前時，翡翠還啐了一口。「哪門子的親戚，真把自己當牌位上的人了。」

周婷原是幾天前接到信的，當時一陣忙亂無暇理會，此時正好拿出來給胤禛看，合該年氏沒個好運，偏偏撞在兩人都最煩亂的時候。

信是年羹堯的繼妻蘇氏寫的，雖是寫給周婷，提的卻是年氏的事，遮遮掩掩地寫了一頁紙，才問起過年時能不能過來拜望。

「眼看年羹堯在四川待不下去，想往咱們這邊通通關係，也平常得很。」胤禛隨手把那信紙擱在桌上。

上一世有胤禛在朝中相幫，年羹堯跟四川總督殷泰再不對盤，殷泰也不敢有大動作，這回殷泰眼見胤禛並不關照年羹堯，年羹堯又是那副恃才傲物的模樣，不整他整誰？

年遐齡官當得再大也已經退休，人走茶涼，門生舊故再有當大官的，手也伸不進四川，原本是想叫兒子避風頭順便過去探路，如今差點頂戴不保。四阿哥這幾年顯山露水，一回二回下來竟成了皇位競爭的黑馬，此時不靠過來，難道還真等著以後只能攀個裙帶親戚？

然而不管年家怎麼想，胤禛這邊都沒有跟年家攀扯的意思。「等我往四川發函的時候就申斥他一回，他原不是我旗下的，不過是從大哥那邊分了過來，惹出事就想起我來，我偏不幫他收拾。」

既是發函，就要經過各個驛站，年家的臉算是丟了大半個中國了。周婷剛要叫他做事留些情面，就見白糖糕把蘇氏寄過來的信給撕了。

白糖糕平日看的都是木頭卡片上的字，哪裡像撒金紙這麼漂亮，因是寄給周婷的，還特地調了味道，讓翡翠打開了吹了半日才敢送到周婷面前。他見那紙片在太陽底下亮晶閃著，覺得好奇，就伸手把那信紙抓到手裡，用小手去摳紙裡嵌著的金粉，兩邊一施力，那撒金紙就被扯成了兩半，他還因為這扯紙聲而傻呵呵地笑起來了呢。

胤禛大樂，把白糖糕抱起來香了一口，對周婷說道：「都說女兒貼心，咱們白糖糕也不差，你額娘正煩，你就撕了它是不是？」

說得周婷又想樂又想教訓弘田，不禁點著他的鼻子。「可不許這麼淘氣，再撕東西，就不許你上阿瑪的書房。」

胤禛的書房跟周婷的房間只隔著一個堂屋，白糖糕邁邁腿就過去了，胤禛對他又是笑咪咪的，他根本不怕，可還是老老實實地應了。「我乖，我不撕阿瑪的公文。」

周婷看他眨巴著圓眼睛的模樣，不由得心軟，張了手把白糖糕摟過去，捏著他的小鼻子輕輕一扭。「機靈鬼。」

胤禛怕白糖糕壓著妻子的肚子，她才剛摟過去，就被他抱回來。閒話完了就是正事，康熙雖病著，國家也一樣在運轉，宗室女的婚事更是早早就由宗人府備起來，時間到了就上摺子由康熙指一門親。

「福雅那邊也有消息了，看意思是要嫁到科爾沁去，宗人府報了上來，還沒遞到皇阿瑪案前去。」胤禛既在襄理宮務，這些事就繞不過他，更何況他正得聖意，有那愛拍馬屁的抓到機會就要討好他，大格格婚事的摺子一上，立刻報到他跟前來了。

周婷聽到大格格的名字，微微一頓。她真有好些時候不曾想起這個庶女來了，三餐飯食、四季衣裳按著分例送過去，除了年節她還在桌子上現一現身，其他時間彷彿院子裡沒有她這個人。

「她原先訂過一回親，雖給退了，宗人府的牒上也是記了檔。」周婷臉上的笑意淡淡的。「格格們嫁往草原跟落戶在京裡的嫁妝可不一樣，宗人府那頭我差人去提一提，別教他們忘了這件事，倒把原本備好的給送了過來，兩面不相宜。」

宗室女請封有定例，親王庶女為郡君，嫡女才能請封郡主。胤禛前世只有大格格這一個長到出嫁的女兒，平日百般疼愛還不夠，嫁人時宗人府按例請封的郡君還讓他覺得低了，非按著郡主為她請封不可，樣樣比照嫡女的待遇，教宗人府的官員措手不及，趕進趕出地用了五個月的時間，把嫁妝按照郡主的例又辦了一份出來。

現在胤禛卻不想再給大格格這個體面了，不說她平常那些瑣碎的事，若是提了她，福敏與福慧要如何自處？等到她們嫁人時，封號還能跟庶姊一樣不成？不說胤禛自己不願意，就是下頭人再想討好他，有嫡出的在前頭，就不能亂了嫡庶，把一個庶女提到嫡女的位置上來。

胤禛揉著妻子的手。「還是妳想得周到，她到底要出嫁了，風光出門便是。」對大格格再失望，也是自己的女兒，再過一、兩年她就要出嫁了，胤禛還是有厚待她的意思。

周婷斜他一眼。「難不成我還刻薄了她？她那些東西攢了多少年了，指望著你記起來，她還不得再過五年才能出嫁？」

李氏生前攢下來的那些東西，周婷沒想過要留給弘時，原就打算讓大格格跟弘昀兩人一人一半分了，現下弘昀那一份也歸了她，藉口就是她「嫁去草原太辛苦」，正好整個叫她打包帶走，塵歸塵、土歸土，往後這個家裡再沒一點李氏的痕跡。

「我哪裡不清楚妳的個性，妳也沒虧待過她，只是怕妳事情煩亂，福雅又要出嫁，讓妳早些備下罷了。」

周婷也不拆穿胤禛的說詞，大格格出嫁也算是了了她一樁心事，從此家裡這些孩子再沒有什麼不安定的因素了。聽他這麼說，就含笑答道：「凡事都有宗人府呢，咱們不過是多添一份嫁妝，送嫁時再派幾個可靠的跟著也就罷了。」

胤禛點點頭，這件事就算定了下來。

第九十九章 人選明朗

才說完兒女婚事，宮中就派了人到圓明園，胤禛聽見是魏珠親自來，趕緊整了整衣冠。到了正堂，胤禛見魏珠不坐著喝茶，而是站著踱步，知有急事，才皺了眉頭要問，魏珠就行了個禮。「萬歲爺宣您見駕。」

胤禛剛要伸手去扶，魏珠就不著痕跡地動了動嘴皮子。「今天萬歲爺又吐了血。」胤禛口中還說著「公公不必多禮」，心念卻如電轉，一下子就明白了魏珠的意思。他垂了眼簾，斂住眉頭，面上不露一分喜色。「公公知我憂心皇阿瑪的病症，特地告知倒也罷了，可這些話往後再不能說。」

魏珠也算是康熙面前得力的人了，他無非是想跟胤禛賣個好，見他如此應對，心裡跟明鏡似的。像胤禛這麼穩得住，怪不得萬歲爺透出這麼個意思來，他笑了一笑，把這事岔過去。「雍親王請吧，可別教萬歲爺久等。」意思到了就成，不管對方心中到底怎麼想，總得承他這份情。

胤禛著實厭惡這些，他深知康熙還有十年好活，這個奴才卻一副眼看老皇帝不好，就趕著跟新勢力攀交情的作風，直教他噁心。年家如此，貼身近侍也如此，他再想當皇帝，也絕沒有盼望康熙早死的意思在，可在這些人嘴裡、心裡，說不定就巴不得事情變成這樣。

到了乾清宮，竟只有康熙一個人在，佟國維不見倒還罷了，怎的連胤禩幾個也不見了？康熙正坐在床上，身子瘦得只剩一把骨頭，屋裡燒著炭盆，他身上還罩了件貂毛罩衫，人雖清瘦，精神倒還不錯，不像魏珠口中才剛吐了血的樣子。

胤禛上前行完禮，為康熙掖了掖被子，等著康熙開口，誰知他翻著書頁，半日沒有抬頭。胤禛起先站著，後見康熙讀得入了神，便為他續一回溫水，又往炭盆裡加了一回炭。

他這來來回回的當然瞞不過康熙，他眼睛雖在書上，耳朵卻跟著胤禛的腳步來回，等胤禛為他又添了個香餅，小太監正拿乾淨的毛巾給他擦手，康熙才咳嗽一聲清了清喉嚨，頭一回用柔和的神色對著胤禛。「過來坐。」

胤禛還待在孝懿皇后身邊時，也不曾得到這樣的對待，那時康熙滿心滿眼就只有一個太子，他的一點點成績都能得到康熙最大的肯定，排在後面的這幾個弟弟哪一個能越過他去？

胤禛依言坐下，康熙把手裡的書遞了過去，胤禛接過來一掃就知是《史記》，他嘴裡說著：「皇阿瑪好生將養才是，看這些耗精神。」

康熙擺一擺手。「自識字以來，哪日離得了書，我叫你來也不過是為我讀一回書。」說著伸出指頭點住他翻開的那一頁。「就從這裡接著往下讀。」

為康熙讀書的事，胤禛不是頭一回做，可有太子在前頭頂著，平日根本輪不到下面這些弟弟，上一回胤禛為康熙讀書，還是十八阿哥過世，康熙受不住打擊病倒的時候。

康熙自幼時起就養成每日讀書的習慣，若非昏迷失智，他日日離不開書。十八阿哥病逝那段時間他精神不濟，幾個兒子輪著排在他跟前，每人輪流讀書給他聽，似這樣單獨把胤禛叫到身邊，還真是少見。

胤禛雙手接過書來，內心明白皇阿瑪這是又要廢太子了，皇阿瑪遇事愈是冷靜，作出來的決定、手段就愈是強硬。上一世也是如此，第一回廢太子時，皇阿瑪大慟捶床，哭得幾乎喘不過氣來，可這回除了病了一場，並不見有多傷心。

四十七年那一回康熙還過問太子衣食，憐他在咸安宮內缺衣少食，知道胤禛關照太子的生活，對他大加稱讚。而現在，太子被拘已有一旬日，康熙卻不曾過問，連提都沒對胤禛提過。

許是老皇帝對兒子最後的幻想也被太子親手打破了，疼愛了三十多年的兒子竟要反他，這便不是父子，而是敵人了。

胤禛這些天收到的稟報中，就有刑部尚書齊世武受不住關押等待審問的壓力，吐出太子有意在逼宮之後叫皇阿瑪在暢春園當太上皇的意思，可正是這點教康熙徹底灰了心。在他心裡，自己也稱得上是雄才大略了，而被廢的皇帝就算能留下一命，在暢春園中當個聾子、瞎子似的太上皇，跟被拔掉牙齒與爪子的猛虎有什麼分別？

他生平最恨受制於人，既能削三藩、收臺灣、平噶爾丹，下定決心收拾一個自己一手教導出來的兒子，對他來說根本就不算一件事。

康熙這邊吐了血，那邊還能指派佟國維把太子看押起來，刑部尚書、兵部尚書、步軍統領一併下獄，就是最好的證明。皇帝做得久了，對康熙這樣的人而言只會更加強硬而不是走了性子，由人擺布。

這事情到現在還沒有審問，大臣們心裡不是沒嘀咕，卻誰都不敢上摺子探一探意思，佟家都沒發聲，誰敢動作？可大夥兒心裡都明白，不管太子心中有沒有那個意思，佟國維都把這件事給坐實了——太子的確在跟托合齊幾個人密謀逼宮。

若沒佟家那件事逼著，或許太子還能再忍一忍，可隆科多的事一出，他是再也忍不了了。不坐到最高的位置上，這些人眼裡就永遠只有一個康熙，像隆科多這樣應當殺頭的大罪，竟只是交由本家看管，牢騷發著發著，就真的開始有了「取而代之」的念頭。

太子對康熙的感情極深，這才受不了一向把他捧在手心裡當眼珠子看的皇阿瑪，竟會免去傷他的人的重罪，不管這個人是不是姓佟，他都不能隱忍，他埋怨康熙只想到佟家，卻不曾為他考慮。

事已至此，父子倆再不可能回復往日的親密，康熙經過第一次廢太子的紛亂，知道不立太子朝中終無寧日，內心也已經有了考量，卻不想定得太快，他實在是怕了「皇太子」這三個字。

受恩於他幾十年的臣子，都可以因為「皇太子」這頂帽子就生出異心，擁立新主取他代之，那換一個人當太子，結果會不會也是一樣？

胤禛的聲音平穩低緩，就像在為酸梅湯與白糖糕讀書那樣為康熙讀《史記》，康熙的眼睛有些混沌了，他雖像太后那樣戴了玳瑁眼鏡，眼力也已不似年輕獵虎、獵鹿時那般銳利，此時他半眯著眼睛，聽胤禛讀到「父傳子，家天下」。

英雄遲暮，饒是康熙，也不由得想起他死後江山的情狀來，他心頭一動，按住胤禛拿在手裡的書，忽然對他講起古來。「朕記得，二十九年是你去迎佟國綱靈柩回朝。」

胤禛將手擺到膝上。「是兒子同大哥一同去迎的。」

康熙眼中先是欣慰，復又搖頭。「他再不是我的兒子，亦不必稱其大哥。」想起了傷心事，他不由得黯然，頓了一會兒才又開口。

離得這麼近，胤禛清楚地看到自己心目中英明神武的皇阿瑪竟似突然間老了起來，康熙對他點著手指頭。「你這些兄弟裡頭，除了老二，只有你在我膝下長成，幼年時還對你額娘說過你性子跳脫，喜怒不定，誰知竟是愈大愈沈穩了。」

康熙嘴裡的額娘並非德妃，而是孝懿皇后。她將胤禛抱到身邊養到十一歲，前頭的大阿哥、三阿哥全是養在大臣家裡，對康熙來說，這就跟養在自己身邊沒什麼分別了，除了太子，的確是胤禛跟他最為親近。

胤禛垂了腦袋。「兒子幼時教皇阿瑪同額娘操心，如今想在額娘跟前盡孝，也惟有祭奠上香，實是不孝。」

康熙微眯了眼，拍拍他的手。「你如今這般，你兩個額娘都為你高興，我卻不知有何面目於泉下見你烏庫媽媽。」康熙深覺對不住祖母孝莊皇后，拿袖子掩了面，顯是說到了傷心處。

「臣見太子行止違常禮，許是舊疾未癒，皇阿瑪應以為念。」胤禛點破了康熙頭一回為太子找的遮羞布，這等於是為廢除太子又加了一瓢熱油，讓康熙心裡那把火燒得更旺。

康熙果然深深嘆了一口氣，對著胤禛無力地擺了擺手。他接過梁九功遞上的毛巾按住眼睛，出了大阿哥與太子這兩個兒子，康熙也躬省自身，但思量更多的卻是為剩下這些兒子以後的生活打算。不擇一個心性大度、奉孝道、悌兄弟的人繼承大統，難道真要步唐朝李家後塵？

「倒行逆施，不法祖德。」康熙心裡其實已經有了人選，這些兒子當中，他最看重的除了太子，就是胤禛，如今愈看他愈是合適。

胤禛既能保下太子一回，在諸多兒子對太子袖手旁觀時施以援手，那麼他百年之後，胤禛也能保自己兩個逆子安然無虞。

康熙心中雖把胤禛提到第一順位，卻不打算就此立他為太子，正想著容後再看，就聽見梁九功稟報：「十二阿哥求見。」

胤祹如今還是固山貝子，奏報起來就不報爵位，只以排行論，免得他聽見時心裡不舒坦。梁九功能在乾清宮居第一把交椅，並非沒有理由，胤禛在心中默默思量一回，結交他，倒比結交魏珠有用得多。

十二阿哥是為了托合齊的事來向康熙求情的，托合齊是脫不掉死罪了，就因為他是十二阿哥的舅舅，才得到康熙的信任，誰知他會幹出這種事來。保他是不可能，但胤禑卻想保住托合齊的妻女，不讓她們一同論斬。

胤禛見此情境便告退，梁九功送他出門，到了門口，胤禛轉身詢問：「按理不該問公公這些，只是為人子弟者，非問不能安心。」

梁九功趕緊低了腦袋，對胤禛以爵位相稱。「不敢當，雍親王有何吩咐。」

「皇阿瑪可問過二哥衣食？我雖勉力接濟，咸安宮卻是由佟家親自看管，女眷婦孺，怕不能周全，還請公公付著皇阿瑪的情緒，或可一提。」

對太子不聞不問，不是皇阿瑪的性子，上一世皇阿瑪臨去前還殷殷囑咐，要胤禛善待自己的二兒子，可見父子情深，如今就算不提，心中未必不牽掛，他倒不如把事情做在前頭。

梁九功一開始沒有應下，是不知胤禛所問何事，他在康熙身邊待得更久，論起來比太子待在康熙身邊的時間還要長，自然知曉康熙對太子的感情有多濃厚。此時康熙是氣得惱恨了，過後思量起來，未必不會埋怨佟家苛待了兒子，就是每年的小選，大阿哥那邊也不斷賜人過去侍候，更別說是太子了，就是圈禁起來，親王的位置也跑不掉。

此時梁九功終於反應過來，他臉上掛著笑，躬著身子。「雍親王純孝，奴才自當盡心辦到。」

胤禑所求未被康熙允許，甚至還被趕出去。梁九功換了溫水奉到康熙面前，就聽見他端著茶盞問道：「剛送四阿哥出門耽擱許久，說了什麼？」

梁九功的腰彎得更低。「雍親王讓奴才忖著萬歲爺的心性，瞧什麼時候方便，好提一提咸安宮的衣食。」

康熙一怔，這才想到上一回胤禛能伸手援助太子一家，全是因為派他同老大、老八幾個一起守住咸安宮，如今派的，可是佟家的人啊！他立刻放下茶盞吩咐道：「你且去瞧瞧咸安宮衣食如何。」

佟家在索額圖手中折掉了佟國綱，又在太子手裡折掉了隆科多，怎能不恨太子？這個時候不落井下石，難道還等著康熙身子好了，派親兵看管不成？

咸安宮本就是舊宮室，京城向來一雨成秋，沒修葺的地方漏雨不說，殿裡還潮濕滲水，小妾們只好擠在完好的宮室中，床榻都不夠分。

太子妃還好些，只要她家不倒，就是太子問斬了，她的日子也不會難過——或許比如今還更好過些。她只帶了自己的親生女兒三格格住在一間小屋子裡，卻也染了風寒，由三格格親自奉藥。

沒發落下來，她就還是太子妃。請太醫這些事佟家人不敢攔著，這些女人們經過上一回，也自己帶了一些厚衣裳，唯獨吃食是每日送過來的，常是冷的不說，根本就不見葷腥，差的時候甚至拿冷湯泡了飯，拿到小爐子上熱一熱便囫圇吞下去。

挨了這些日子，她們早就慘無人色，若非胤禛時不時設法送些東西進去，這些女人們還撐不了這麼長的時間。

梁九功把事情稟報給康熙以後，就見他靠在枕頭上一語不發，末了摔下手裡的《史記》。

康熙合著眼睛沈了聲。「傳我的口諭，叫雍親王親自調派人手去咸安宮。」

北方的冬天向來乾冷，再加上燒炭取暖，非得在屋子邊角處放上一缸水增加濕氣不可，不然就一屋都是煙味。

主位們的殿裡又不一樣，地方大上許多不說，這種天裡還有專人養魚，德妃屋裡的魚缸是周婷進上來的，四面玻璃上頭浮刻著雕花，裡頭既有山又有草樹，每到冬日就從庫裡拿出來擺放，就是康熙，也愛過來賞玩。

瑞草拿了小碟子托著魚食，用銀勺子一點點撒在水面上投餵，魚食剛落到水上，幾條錦鯉就游過來爭食，甩著尾巴好不歡樂。德妃原本閒來無事每日都要賞玩一番，今天卻沒了心情，她立在窗邊往外瞧，過一會兒就叫小宮人抹一回窗子，把上頭結的白霜擦拭乾淨。

「主子且放寬心坐下吧，那頭有了消息，定會立刻送進宮來。」瑞草將手中的碟子交給身後的小宮人，拿帕子細拭了手，再走到德妃身邊扶住她的胳膊。「四福晉前頭幾胎都穩穩當當，這一回自然也會給主子生個胖阿哥。」

德妃聽了，止不住臉上的笑意。「有了弘昭跟弘田兩個，我再不憂心，能生個男孩自然好，若是女孩，似福敏與福慧這般討人喜歡，更得我的心意呢。」

德妃這些日子過得異常順心，她從年輕時就得康熙寵愛，快三十歲還能生下胤禎，這在宮妃裡可是頭一份。如今她兩個兒子都成器，四位妃子之中她隱隱成了首位，就是總理宮務的佟妃，如今見著她，也客氣得很。

不說別的，剛入冬沒多久時，內務府就把紅螺炭送了過來，從前雖也不敢怠慢她，卻絕非如今這般殷切，還比佟妃那裡早了幾刻。就是永和宮裡侍候的宮人們，走出去也顯得體面，說話的聲、氣都不同。

瑞草扶著德妃坐到炕上，拿了美人錘為她搥腿，她手上施力，嘴裡繼續說些喜氣話：「上回兩位小格格一來，就把主子愛的那對蜜蠟佛手分了過去，這再添一個小格格，咱們殿裡的東西可禁不住這樣淘換。」

一番話把德妃給說笑了，她拿帕子掩了嘴。「我攢下這些東西可不就是分給小輩的？偏妳貧嘴。」

話音才落，外頭就有小太監奔進來，他臉上掛著笑，俐落地行了禮。「主子大喜，四福晉又生了個小阿哥。」

瑞草噗哧一聲笑了出來，偏著臉跟德妃討賞。「這回奴才可是鐵口直斷，主子該賞奴才一個大紅封呢！」

德妃笑得眼睛都瞇了起來，歡喜得不得了，一迭聲吩咐：「快快，趕緊去個人報給萬歲爺聽，備好的東西趕緊賜下去。唉呀，這可是咱們六阿哥了！」她轉回頭又虛點了瑞草一下。「少不了妳們的，備好的錢在宮裡散一散吧。」

康熙聽了消息大喜，特地點了德妃愛吃的菜賜到永和宮，夜裡就到德妃這裡聊起兒女事。「我原就說老四媳婦福相，果然帶福，這都是第三個了！」

再沒哪一個阿哥家裡有三個嫡子了，由不得康熙心中不偏著胤禛，一母所出的三個嫡子呢！

德妃歡喜了一個下午，話從康熙嘴裡說出來又不一樣，她半真半假地發起牢騷：「我倒喜歡姑娘，瞧瞧福敏跟福慧兩個多招人愛。」

康熙聽了，哈哈大笑起來。

胤禛抱著洗乾淨的小嬰兒，笑得合不攏嘴，畢竟有誰會嫌兒子多呢？

福敏與福慧已經有了大姑娘的樣子，看見胤禛抱著弟弟，扯了扯弘時的手，規規矩矩地立在一旁邊等著，弘昭卻拉著弘田，兩人探頭探腦地想要看一看新弟弟。

胤禛剛把六阿哥放進悠車裡，弘田就皺了皺眉。「他怎麼這麼紅？」說著扭頭看向姊姊們。「跟猴屁股似的！」

話才說完，就被弘昭彈了腦門。「胡說，哪裡像猴屁股。」弘昭很有做哥哥的樣子，他背著手皺著眉，仔細看著小弟弟的臉，半晌才說道：「是紅了些，那也該像壽桃才是。」

弘田嘖了一聲，搖頭晃腦地說：「天下最難得者兄弟，我不叫他猴屁股了，就叫壽桃兒好了。」於是六阿哥的花名算是定了下來，就是「壽桃兒」。

福慧再也忍不住，上去一邊拉了一個。「你們倆生下來也一樣紅通通、皺巴巴的，現在倒嫌棄他！」

弘田背著福慧做了個鬼臉，他伸出手指想去戳小嬰兒嫩嫩的小臉蛋，被福敏一把拍開了手。「他才剛哭得這麼大聲，要好好睡呢，誰都不許鬧。福慧再鬧，就去做針線；弘田再鬧，就去背《幼學瓊林》。」

福慧女紅差了一些，最怕這個；弘田剛才賣弄了一句，就吃了排頭。他們兩個暗地裡吐舌頭，縮了手立在悠車邊乾看。

隔一間屋就是周婷的產室，此時裡頭的血腥味還沒散，胤禛留著幾個兒女在後頭吵嚷，獨自進了產室，在周婷身邊坐下，用毛巾為她擦汗。

孕婦不宜吹風，不能開窗散味道，翡翠跟幾個丫頭一人搬了一盆開得正好的臘梅進來，又拿才剛從後院折下來的臘梅花苞擺在琺瑯小爐子裡薰屋子。

周婷也算生產慣了，經了那次落紅，後幾個月胤禛根本不許她動，要身邊的人緊緊盯著她，連園子也不許她逛，只許在院子裡溜個圈，今年他的生辰也沒大辦，單叫了兄弟幾個喝一回酒，連戲班子都沒叫。

這邊周婷還沒醒，那邊宮裡的賞賜已經送到了圓明園，這回還是魏珠來的。這幾個月下來，他待胤禛的態度更多了幾分恭敬，宣讀了單子以後，再把單子合起來奉到胤禛手上。「給雍親王道喜了，萬歲爺聽說又添了個小阿哥，很是高興，今天晚膳多進了一碗燕窩粥呢。」

胤禛滿面喜意，此時也不計較魏珠語氣中巴結討好的意思，從袖子裡摸出個紅封來。「給公公喝茶。」

魏珠連聲「不敢」，隱隱把胤禛當成原來的太子那樣對待。他近身侍候康熙，對他的身體狀態再清楚不過，外面雖看起來大好，卻再也無法跟從前相比。往年這時候他還仗著身子壯在屋裡穿秋衣，這會兒室內明明燒著炭盆，還得多裹一件毛衣裳。

若是之前，魏珠還真要在胤禛面前拿拿喬，如今哪裡敢！他是在御前久混的人，平日當著眾人的面時端著一張臉，單獨見到胤禛時立刻換了一副臉色。

胤禛再不喜歡，也要留體面給康熙身邊的老人，他客客氣氣送魏珠到門口，才又回屋去看小兒子，正好碰上大格格身邊的大丫頭冰心過來送小衣裳，口中還恭恭敬敬地問：「咱們主子想過來瞧瞧福晉同小阿哥呢。」

胤禛神色一頓，正要回絕，福敏已經大大方方叫粉晶把衣裳接了過來。「多謝大姊姊記掛著，額娘才剛睡下，叫她不必掛心，她自個兒身子也不好，這麼冷的天，不必叫人特地走一趟，免得著了寒氣。」

福慧別過臉去，只顧著看壽桃兒。她們原先對大格格倒有幾分親近，經了幾樁事以後就生疏了。

冰心抬眼往弘時那邊張望，他卻跟福敏更親，見冰心不動，他還皺起了眉。「這是為了大姊姊好，妳怎麼不去回。」

到底是自己的女兒，胤禛最後開口說了一句：「禮部已經在擬封號了，叫妳們主子好好養身子，別再做針線傷了眼睛。」

冰心垂了腦袋低頭出去，心中嘆息。大格格原是想著若福晉起不了身，她又辦過弘昭阿哥的洗三禮，這次若接手過去辦，說不準能再得青睞。婚事上頭是沒指望了，封號好聽些也能在夫家站穩腳跟，誰曉得敏格格與慧格格這麼厲害，才這個年紀，不知比主子強了多少。

洗三禮由福敏與福慧接手，她們辦過弘昀的洗三禮，再由翡翠從旁指點，很快就上手了，按遠近親疏把座位排開，又是碗碟又是酒菜，屋子裡回事的人沒空過。

周婷還跟胤禛嘆上一回。「女兒大了，倒能派用處了。」

有人歡喜就有人愁，胤禩府裡的二阿哥病了幾個月還不見好，病情反反覆覆，藥汁沒斷過，一張小臉喝得快跟藥汁一個顏色了，身子就是壯不起來。宜薇連壽桃兒的洗三禮也是匆匆來了又忙忙走了，見著壽桃兒那蹬得有力的腿，心頭直發酸，回去就抱著兒子流淚。

弘旺只是遠遠看著，不敢過去，沒多久就揪了袖子縮回去讀書。胤禩摟住妻子安慰道：「等長大些，身子自然就壯了。」

他也不是不羨慕胤禛一個兒子接著一個兒子出生，卻知道這件事怨不得妻子。苗兒不好，還能長出好秧來？就是弘旺，也是又怕熱又怕冷，摔不得打不得，讀書時間一長，小臉就要泛白，快四歲了還只唸《三字經》。

口中發苦心頭發狠，良妃病了許久，皇阿瑪初時還會去瞧一瞧，之後便不再去，每回胤禩去看她，她都抓著胤禩的手，叫他安分守己，話雖沒說明白，無非就是叫他「認命」。這些話他幼時也常聽，愈聽愈不順耳，如今聽到卻激起了血性。

胤禩骨子裡不肯承認自己比別的兄弟低一頭，聽了良妃的話，一顆心跟被熱油澆了又扔進冰窟窿裡似的，當著生病的母親，他不能拒絕她的叮囑，步伐卻比過去更急、更緊。他知道自己再不能像上回一樣，快卻不能顯眼，他不信等到有「那一日」，誰還敢再拿他的身世說嘴！

第一百章　接班候補

康熙自能下床起就重掌政權，右手浮腫不能寫字，就換左手繼續批摺子，胤禛幾回進言勸他好生將養，他都是當面應下，等摺子送上來時照舊批到深夜，這回他做的第一件事，就是廢太子。

上一回距今還沒過三年，康熙卻不能再忍，他沒直言太子有逼宮之心，只說他狂疾未除，不可將祖宗基業託付於他，才下了詔書，沒隔幾日就告了太廟。

至於托合齊與耿額、齊世武這些主犯，康熙更是沒留半分情面，耿額被判絞刑，齊世武被判用鐵釘釘五體於牆面而死，下旨當日立即行刑。而十二阿哥的親舅舅托合齊，死法雖沒齊世武這般不堪，卻也被判絞刑，家眷妻女發予披甲人為奴。

雷霆雨露皆是君恩，十二阿哥左託關係、右走門道，還是沒能撈出一個人來，康熙正在氣頭上，誰都不願在這個當下去拂逆天子之意，幹這拔龍鬚的蠢事。

前一刻還是皇親國戚，下一刻就成了官奴，十二阿哥往乾清宮求了兩回，康熙都不肯見他，最後還是託到了胤禛這裡。

十二福晉富察氏來看了那拉氏兩回，她逗弄著嬰孩好一會兒，才吐露出來意。「原不該這時候來求四嫂，只我們那位爺撐不住了，差我來探一探四嫂的口風，大人是撈不出來，倒有位外甥女，不知道能不能通融。」

周婷正在坐月子，這一胎懷得比前幾個都艱難，所幸將生產前的幾個月保住了身子，即便如此，身條也不如生白糖糕時那般豐腴，生個孩子倒生得瘦了。

她聽見富察氏的話，挑了挑眉頭。誰不知道十二阿哥自會說話起就跟著蘇麻喇姑唸佛讀經，就是胤禛年輕時，還被康熙說過喜怒不定，十二阿哥那可真是老成穩重，若見人時再帶些笑，就是第二個八阿哥了。

「這些事我向來不問，弘昭的阿瑪是個什麼性子，家裡還有誰不知道，我這話不出口，他就皺眉了。」周婷慢悠悠地應著，手指在小兒子胖嘟嘟的臉上輕輕一戳。

白糖糕上次沒得逞，這次又有樣學樣地把手指伸過去，被周婷輕輕一拍，點了點他的鼻頭。「弟弟太小，等骨頭長硬了，你才能擺弄。」

一番話說得富察氏跟著笑起來。「這不是個娃娃，倒像個物品了，哪有四嫂這樣教孩子的？」

她一面笑一面捋了捋耳邊的碎髮，順著周婷的話往下說：「我也不過白問一回，免得回去了不好對他交代。」說著似笑非笑地打量了周婷一回。

周婷知道她的意思，如今有求胤禛什麼事的，或多或少都有求到她這裡來的時候，她自己也清楚，這說明了外頭的人都知道她這個福晉能當家做主，起碼能在胤禛面前說得上話。

富察氏也不點破，說完那話就不再多提一句托合齊家裡的事，她從丫頭手裡拿了金三事掛件來。「寶銀樓裡出的新樣子，倒比內造的細巧些，掛在手腕上就能聽見響動，小孩子都愛呢。」說著搖了兩下。

壽桃兒聽見米珠碰金子的脆響，睜著黑亮的眼珠到處亂轉，那鈴聲一靠近他，他就咧開嘴笑了起來。富察氏臉上一片柔色，目光盯在他臉上挪不開。

往日看起來不覺得，現在看來，富察氏顯然對自己的丈夫半點心意也無。周婷嘴上謝她，內心了然。妯娌之中對自己丈夫有真心的，屈指可數，特別是沒有嫡出孩子的福晉們，娘家哪個不顯赫，既討不著丈夫的好，也犯不著幫丈夫去討皇家的便宜。

康熙案頭上遞了請封的摺子上去，五阿哥想為他的庶出女兒討個郡主的封號，被康熙以不尊嫡庶的理由駁了回去，還狠狠訓了他一頓。本來嘛，五阿哥家裡又不是只有這一個庶出的女兒，其他幾個可都沒這樣請過封，偏偏是最先進門那個側福晉瓜爾佳氏生的女兒得到他的青睞，本來府內就不樂見，更別說五福晉在這上頭可沒幫忙在太后面前說一句話。

五阿哥是在太后跟前長大的，五福晉很能為丈夫當一回說客，要是太后一高興，康熙說不定就真准了。五福晉卻偏偏眉眼不動，倒把宜妃也連累得臉上無光。

可誰又能說她一句不好呢？眼看著側福晉連生了五個，她自己連個女兒都沒有，為什麼要幫別人的女兒去請封？反正也得不到丈夫一句好話，乾脆裝聾作啞，只當自己是個泥雕的人。

惠容過來看那拉氏時，很為五福晉嘆息，她自己府裡也有個瓜爾佳氏，兩人早已經勢同水火，聽了這麼一樁事，自然站在正妻那邊。她狠狠磨了一回牙，磨得周婷問她：「那一個不是早讓妳給收拾了，怎的又這麼咬牙切齒的？」

惠容臉上一紅。是被她給收拾了，可過去吃的那些虧卻還記在心裡，冷不防想起來，額角還氣得直跳呢。臉上的紅才消下去，她就掖著被角感嘆。「還是四嫂的日子舒坦，這樣乾乾淨淨的，多好。」

周婷回她一個輕笑。「我的日子難道不是掙出來的？」

夜裡胤禛來的時候，周婷就把十二阿哥的請託說給他聽。周婷坐月子期間，胤禛就睡在羅漢床上，屋子裡燒了地龍，褥子又鋪得厚，倒不覺得冷，今天卻偏要跟周婷擠在一張床上。周婷嘴裡還說著話，他就坐了過來，鼻子裡應著聲，腿就伸進被窩了。

周婷坐月子不能洗澡，所幸是冬天，日日拿熱毛巾擦拭幾回也還忍得住，卻不願意跟胤禛挨得這麼近，她推不動他，只好直說：「我身上有味道呢。」

誰知胤禛的鼻子湊了過來。「是好大一股奶味，咱家的六阿哥吃得了這麼多嗎？」

壽桃兒生下來就比弘昭跟弘昍要輕一些，他個子雖小卻很能吃，除了周婷的，偶爾還要吃乳嬤嬤的。

周婷刮了刮他的臉。「又要跟兒子爭食，羞不羞。」嘴裡這樣嗔，身子卻軟下來，任由胤禛托了一邊舔個來回。

即將過年時，康熙又氣病了，托合齊竟等不到行刑，在獄中把自己給吊死了。本來十二阿哥陳情幾回，康熙已有鬆動，這下子咬了牙叫人把托合齊的屍身挫骨揚灰，不准收葬，兒女妻妾盡數發往寧古塔。

這一回的新年過得很是慘澹，雖然努力裝出熱熱鬧鬧的模樣，到底少了太子一大家子人，大臣們也不敢過分喧譁，一頓宴席吃得很是沈悶。

即便如此，新生兒到底帶進一絲喜氣，家宴時向康熙請安，輪到雍親王府時，康熙還特地用手指點了點一字排開的幾個蘿蔔頭，臉上露出滿意的笑容，招了弘昍過去。「你哥哥叫酸梅湯，你叫白糖糕，弟弟又叫什麼呀？」

本來康熙不過是想逗逗弘昍，誰知道他真有花名，白糖糕腦袋一歪。「叫壽桃兒。」說著比劃起來。「他生下來圓溜溜、紅通通，可像顆大壽桃呢！」

人老了就喜歡這樣帶著富壽意味的事物，話從小孩子嘴裡說出來更是吉利，康熙龍顏大悅，一迭聲地叫著把壽桃兒抱來給他瞧瞧。

新年家宴這種活動，再小的孩子也要參加，壽桃兒當然也抱了出來，只是睡著了放在偏殿讓專人照看著，此時抱出來，他還未睡足，圓嘟嘟的臉上帶著甜意，康熙接過來一掂就笑。「是個結實小子。」

弘田向來不怕生，老裡老氣地接了一句：「可不，他最能吃了，比我跟哥哥都能吃。」

康熙抱著壽桃兒，梁九功見時間一長以後康熙有些手抖，趕緊接了過來。康熙在心裡喟嘆，臉上卻還在笑，在桌上摸了個福字餅遞給弘田，由魏珠領了他們下去。

周婷坐在席上微笑，摟住弘田，讓他乖乖坐好，他在膝上鋪了帕子，把餅分成五塊，給福敏、福慧跟弘昭各一塊，弘時因年紀大了跟胤禛待在外頭，他就細細把帕子包起來，仰著臉說：「這一塊給三哥。」

這些舉動自然瞞不過有心人的眼，康熙是個記性極好的人，上一回弘旺給他的印象太深，此時見到弘田對待弘時的態度非常友愛，內心又更滿意了幾分。

弘田沒多久又被康熙叫過去，之後就一直陪在他身邊，也正因為是弘田，周婷才沒被眾人時不時拋過來的目光燙熱，她帶著淺笑端坐在案前，時不時跟坐在身邊的五福晉搭上兩句話。

五福晉他塔喇氏正為丈夫替庶女請封的事情煩心，知道大格格也正在請封，便側過頭同那拉氏小聲交談。「咱們爺被皇阿瑪好一頓訓斥，回去倒發起我的脾氣來了。讓一個庶出女兒請封郡主本就過了界，我有什麼法子！」

周婷知道五福晉心裡正得意，五阿哥發的脾氣再大，難道還能休了她不成？他除了在她面前說兩句狠話，其他辦法一概沒有，康熙定下的主意，旁人沒法更改。

她口角含笑，接了五福晉的話。「妳也別為了這個憂心，皇阿瑪心裡有譜呢，妳那邊又不止這一個格格。」說著抽出帕子按了按額角。

哪有同是庶女還分出等級的例子來，他塔喇氏豈會不明白這個，她不過想找個人說一說，聽見那拉氏應她的話，微微一笑。「可不是，我不似妳那裡乾淨，一碗水端不平可不教人聒噪死？」說著朝那拉氏點點頭，露個「妳知我知」的神情。「妳那邊那個早年也不太平呢。」

福敏與福慧沒出世時，大格格一人獨大，先是跟著那拉氏，後又跟著周婷，出席了好些宮中的宴飲，如今卻難再瞧見她的身影。有了福敏跟福慧這樣討喜的孫輩在康熙與太后面前，哪裡還想得起大格格來？

周婷抿了嘴。「她這是羞呢，封號一下來就要備嫁了，這才躲在屋子裡不出門。」她半是真半是假地辯解了兩句。

當家的正妻要拿捏庶子女容易得很，提一個壓一個，哪一個懂事會做小，哪一個就有好前程。

五福晉扭過頭去看戲，這三、兩句就算是正妻之間的交流了，誰都明白對方手裡捏著後招，往後嫁了出去，夫家難道還會拿小妾當正經親戚走動？自然還是由正妻出面送上年節問候、四時節禮，這裡頭的門道多了去，五阿哥寵愛的那個側福晉要是夠聰明，就不會在這個時候違逆五福晉的意思。

一屋子女人都要守歲，太后年紀大了挨不得，說上兩句就要瞇上一會兒，再睜開眼接著說上兩句。

周婷散了宴以後就跟惠容、怡寧坐在一處，如今這個小圈子裡頭又加了個十二福晉富察氏，幾個人正持壺淺酌，說些趣聞。

富察氏在上回宮禁時幫各家送過消息，惠容跟怡寧雖然沒那麼快就將她看成自己人，卻還是感激她，宴席時的座位又排在一處，更有話說。

「我聽說連年酒都沒給那邊賜過去呢。」惠容眨了眨眼。康熙把看管太子的任務交給胤禛，胤禛卻不能單叫自己的手下過去，把十三跟十四兩個都劃了進來，這些事惠容都是聽胤祥說起的。

「那邊」說的就是咸安宮，同在一個皇城內，這邊煙花爆竹吵嚷得熱鬧，那邊卻冷清清連杯酒也喝不上，太子這一回可算是真正嚐到了拘禁的滋味。

「就是那一位臘八元宵也沒落下，怎的這一位倒沒有了？」問話的是怡寧，「那一位」說的是大阿哥，「這一位」說的就是太子。

周婷露了個淺笑。「那一位的臘八元宵也是過了兩年才給續上的，這一位怎麼也要等上一等。」

她正說著話，弘田就繞過來撲到她懷裡笑，後頭追他的人是惠容的兒子弘暾，兩人也不知道在爭什麼，兩張臉紅撲撲的，倒似果盤裡頭盛的吉祥果。

富察氏的孩子死了之後，她就再沒有自己的孩子，見著兩個男孩這麼活潑，伸手摸他們的頭。弘田與弘暾都不怕生，脆生生地叫她一聲「十二伯母」，富察氏難得笑意濃厚，摟了弘暾就不放手，左右揉搓一番，才輕嘆一聲。「還是有個孩子熱鬧得多。」

惠容與怡寧互望一眼，周婷點點她，打趣一句：「自己生一個，有多難呢？」

富察氏但笑不語，又把弘田摟過來捏他結實的胳膊，作勢要把他抱到膝上，弘田抬著手給她捏。「十二伯母，您抱不動我。」

富察氏掂了一回，果真抱不動他，在他臉上又捏一記，抬頭望著那拉氏笑。「這樣壯實，真是討人喜歡。」

當潭柘寺的鐘聲傳到宮中時，幾個孩子早就倦得瞇著眼了，大人們也都撐不住，太后的腦袋伴著鐘聲一點一點，被宮女托著胳膊攙進去睡下。

前後都散了，這歲才算守完，周婷身後跟著福敏與福慧，奶嬤嬤則抱著壽桃兒，弘田早沒了力氣，垮著腦袋挪不動步子。

胤禛就在前頭等她們，一見弘田這樣，彎腰將他抱起來，沒走幾步弘田就打起了小呼嚕。胤禛一路走，一路盤算剛才皇阿瑪同他說的事。

把弘昭送進宮裡自然對他有益，皇阿瑪這個年紀，有活潑聰明的孫子長久陪伴在身邊對他有好處，對胤禛就不必說了，這簡直就是在無形中確立了胤禛繼承人的身分。可弘昭從小到大都沒離開過父母身邊，要是真的送進宮裡，胤禛自己還能日日見一回，妻子又要怎麼辦呢？

正是有這層顧慮，胤禛雖知道送弘昭到康熙身邊最好，卻沒忍心立刻就應下來，康熙再問他一回，他才吞吞吐吐地說：「弘昭從沒離開過兒子身邊，又這樣淘氣，怕皇阿瑪費心呢。」

誰知道康熙竟笑了，胤禛能想到的事，康熙又怎麼會想不到？胤禛的這一點猶豫，在康熙眼中更顯得可貴，他接了梁九功送來的清痰茶，飲了一口才說：「不單只有弘昭，就是弘旺也要進宮，到時許他隔五日跟著你媳婦回家一趟。」

幾個到了年紀入宮讀書的，康熙都準備接到他身邊一起住，開年以後他就準備長住暢春園，他打算在那裡單劃個園子出來，讓這些讀書的孫輩們住在一處。

其餘的康熙並沒有說破，這話他頭一個對胤禛說。康熙也有自己的顧忌，他再也不想立一個太子了，太孫就更不必說。即使心中再屬意胤禛，也不可能立刻為他定下名分。接這些孫輩過來是假，仔細看著弘昭是真，暢春園離圓明園更近，弘昭想要回家也更方便。

奶嬤嬤從胤禛手裡把弘田接過去，周婷擦了手為胤禛解開衣裳，弘田流了一灘口水在胤禛肩頭，她一面笑一面把衣服交給翡翠。「把這塊刷一刷，他吃了許多甜的呢。」

壽桃兒睡在悠車裡，冬日裡穿得多，遠遠一看像個小團子，周婷正湊過去瞧他細嫩的臉，腰就被胤禛從後面圈起來。

周婷並不回頭，拍了拍他的手。「怎麼？」

胤禛吸了幾口她身上的玫瑰香味，這才開口：「皇阿瑪想將弘昭接過去養在身邊。」

周婷嘴邊的笑意一滯，她轉頭看了胤禛一眼，慢慢直起身來，握住胤禛的手轉過去面對他。「你，應了？」

胤禛兩手圈得更緊，下巴抵在她髮上。年宴上穿著大禮服，她頭上戴的鈿子硌著胤禛的下巴，印出整塊紅寶石的樣子來，他兀自不覺，才剛要開口相勸，就聽見妻子嘆出一聲。「可許了他什麼時候回家？」

胤禛握著妻子的肩膀，想要低頭看看她，卻感覺腰上一緊。

周婷的臉緊緊埋在他胸前，聲音悶悶地說出一串胤禛想好的說詞：「皇阿瑪看得中弘昭，也是他的福分，既張了口，咱們沒有不允的。皇阿瑪學識淵博，跟著他老人家，咱們弘昭會有長進的。」

她頓了一會兒，到底沒忍住，哽咽起來。「弘昭還小，從沒離開過我們，御前的規矩這麼大，萬一惹著了什麼怎麼辦？」

「若還教妳憂心這個，這輩子便不再想那個位置。」胤禛拍著妻子的背，低頭吻她的臉，見著她眼眶上這一圈紅，又憐惜又心痛。「皇阿瑪的意思是幾個阿哥家的孩子都要去，到時候也好作個伴，弘昭在裡頭不惹人眼。」

周婷拿帕子按住眼角，半天才鬆開胤禛，披了斗篷就要往外去。胤禛知道她是要去看弘昭，也不攔著，擋住要跟在後頭的蘇培盛，自己親自提著燈籠，牽了妻子的手往弘昭院子去。

天上沒有半點星光，北風冷冽地颳過臉龐，忽然就落起了細雪，開年頭一場，讓胤禛與周婷碰個正著。兩人誰都沒有開口，玻璃燈籠映著前方，細雪飄忽忽地落在周婷的頭髮上，火狐狸毛裹著的臉上兩彎秀眉正蹙著，眼中盈盈帶著水光。

她盛妝未除，眉毛上沾著細雪，唇上的半點胭脂映著微光，口中呵出一團團霧氣，一步步往弘昭院子去。胤禛側著身子為她擋風，大掌緊緊裹住她的手。

到了院門口，屋子裡仍亮著燈，弘昭還沒睡下，周婷頓住了腳步，抬眼看向丈夫，胤禛也正看著她，兩人在院前站定，衝著要進去稟報的下人擺了擺手。

胤禛手一張，用半邊斗篷把周婷裹在懷中，壓低了聲音安慰她。「不會太久的。」

第一〇一章 皇孫入學

那句「不會太久」，連胤禛自己都不相信。如今才五十年，現在把弘昭送過去，等可以把他接回來時，都能為他相看媳婦了。

周婷自然也不信，她知道康熙是個長壽的皇帝，宗室子弟到了十三、四歲就要成親當差了，弘昭年紀還小，扳著指頭算一算，日子也短不了。

事已至此，兩人再有別的顧忌，弘昭也得進宮去了。周婷心頭再酸，也逆不了康熙的意。

按胤禛的想法，應該把弘昭叫到書房，告訴他跟著皇瑪法讀書更有長進。弘昭跟著去塞外時，在御前待過一段時間，對康熙很是崇敬，胤禛相信弘昭若知道能跟著皇瑪法讀書，就算對家裡不捨，也會高興。可周婷想慢慢跟兒子說起這件事，總歸開年頭三天御筆都封著，就是要下旨意，也得等到年後。

周婷一夜難眠，第二日一早起來就催著翡翠把弘昭領過來。平日周婷體貼孩子，並不常叫他們早起請安，可新年頭一天卻必得一處用飯，昨天守歲晚了，幾個孩子都瞇著眼睛被丫頭帶了過來，弘昭裹著厚錦襖，一面打哈欠，一面向周婷跟胤禛請安。周婷看著兒子圓潤的小臉，忍不住伸手把他摟進懷裡。

弘田早就預備坐到周婷身邊用早膳，見哥哥竟搶了先，不禁瞪大了眼，巴巴地望著周婷。

自從弘田出生後，弘昭就把自己當成了大孩子，雖也時常跟周婷撒嬌，當著弟弟的面卻是一副哥哥的模樣，這回周婷當著弘田跟壽桃兒的面摟住他，不由得紅著臉輕輕掙開周婷的手，不好意思地低聲叫著：「額娘。」

周婷沒等弘昭繼續往下說，就開口道：「怎的，不許額娘抱了？」她不僅抱了，還把弘昭放到自己與胤禛中間，拿著小碟子親自挑了塊胭脂鵝脯擺在他面前。

弘昭從會拿勺子起，就是自己吃飯，周婷要求孩子們自己的事情自己做，能不叫奴才動手的，就不許偷懶依賴別人，是以家裡幾個孩子都比別人家的禁得住，不說別的，弘旺到現在還要奶嬤嬤餵飯才能吃下一頓宴席，弘田比他還小，就能把自己餵得肚皮圓滾滾。

福敏眼睛一掃，見桌子上的菜全是弘昭愛吃的，平日最不慣著兒子的阿瑪竟不出聲，由著額娘寵弘昭，心裡打了個突，抿住了嘴角。福慧剛要說話，就被福敏一個眼色給止住了，兩人垂著手，一語不發地坐到膳桌邊。弘田不服氣，哼了一聲挨到胤禛旁邊坐著，瞥著弘昭做了個鬼臉，被福敏瞪了一眼。

弘昭也有些不習慣，周婷平時待他們雖是溫言柔語，卻絕不是個溺愛孩子的母親，這會兒竟然事事都以他為優先，倒覺得有些彆扭。他掙了兩下沒能掙脫，就咬著筷子喝了口粥，偏頭一打量，也覺得氣氛有些不對勁。

他本來就是個機靈的孩子，眼珠一轉垂了頭，乖乖待在周婷身邊，舉著碟子把她挾過來的菜都吃得乾乾淨淨。

周婷原不覺得，可真說到吃飯、睡覺這樣的小事上，倒為兒子犯難。雖說這些孫輩住進宮裡有專人看管侍候，可讀書的院子裡頭有沒有小廚房？幾個人住一間？這些問題都讓周婷忍不住擔心。天寒地凍的，從御膳房拿過來的那些菜再有東西包著也失了溫，孩子脾胃弱，若是沒個小廚房翻熱一回，可不得作下病來？

她昨天想了一夜，不知道要挑哪兩個侍候的人跟著弘昭進宮，盤算來盤算去都覺得不合意，這時候又後悔放在弘昭身邊都是適齡的男童，倒沒個合適的小太監跟進宮去了。

這一頓飯愈吃愈憂心，胤禛坐在一旁筷子都沒怎麼動，幾個孩子都是人精，兩面一瞧就知道是出了事。弘時摸了鼻子不說話，福慧心裡存不住事，幾次想要動嘴，都被福敏給攔住，最後還是弘昭自己開了口：「額娘，我又不是吃不到了，別給這麼多。」

周婷一聽，眼淚差點掉下來。胤禛皺了眉頭斥他一句：「胡說什麼！愈大愈不像話！」開年頭一天向來得說吉利話，弘昭縮了脖子，剛要挨到周婷身邊去，胤禛就把他提離開座位，咳了一聲清清喉嚨，對周婷說：「還是我來。」說完放開弘昭的衣領，邁著大步往隔間去。

弘昭看看周婷再看看胤禛，扁了嘴跟他阿瑪進了書房，沒一會兒就紅著眼圈奔出來跑到周婷身邊，抱了她的胳膊把臉往她胸口埋。

胤禛原先還在後頭皺眉，見這情狀也不提聲，只安慰道：「去草甸子上的時候，你不是說皇瑪法學識淵博，如今進宮讀書，那些師父可是皇瑪法都說好的。」到最後終究加了一句。「隔五日就能回來一趟，也不算見不著。」

把兒子送進宮中博老子歡心，表面上說來天經地義，可胤禛心裡始終覺得有些虧欠妻子跟兒子，剛才那一聲喝斥實在太重。他見弘昭模樣可憐，放緩了聲音。「阿瑪天天都去看你。」

再捨不得還是送進了宮，周婷這三天把弘昭的行李打點了又打點，跟著弘昭的兩個小太監算起來是蘇培盛的徒孫了，一個老實一個機靈，兩人都得了周婷的吩咐，要看著弘昭不許跟別人學壞、不許他進了宮就要別人幫自己穿衣吃飯；若有人為難弘昭，記得去前頭尋蘇培盛跟小張子；燒熱水跟翻熱菜要勤快等等之類的話，兩個半大的孩子聽了一肚子，一一說給周婷聽了才算過關。

三天的時間一眨眼就過了，胤禛帶弘昭入宮那日正是請安的日子，周婷跟兒子坐在一輛車上，弘昭這回沒吵著要出去騎馬，老實地待在周婷身邊。他知道額娘放不下他，踢了一會兒腿，就仰起臉來。「額娘，我很乖的，五天到了，妳記得叫阿瑪來接我。」

即使周婷做好了心理準備，照樣為他一段話紅了眼眶，她握住弘昭的手。「你阿瑪叮囑你那些可都記下了？不光你一個去讀書，叔伯家的兄弟都要進宮，你可不許使性子，要做個懂事的孩子。」

弘昭這三天一會兒興奮，一會兒又不捨，現在終是不捨比興奮更多些，他吸著鼻子點頭。「孝悌克己，阿瑪說過好多回了。」

他伏在他額娘腿上，用她的裙子蓋住臉。「田裡要種的菜、池塘裡的魚，額娘看著他們不許偷懶，叫白糖糕幫忙盯著也行。」

周婷一句話都不說，任由弘昭叨念，她不住用手拍他的背。

到了以後，胤禛掀了簾子接弘昭進去，他伸手用力握了握妻子的手。「別憂心，我都打點好了。」

來接弘昭的大太監鞠躬哈腰地站在宮門口迎胤禛進去，周婷跟著往前走了兩步，直到那一大一小兩個身影都瞧不見了，才緊了緊拳頭轉身去了永和宮。

宮裡有德妃在，周婷能放下一半的心，她這位婆婆看起來不動聲色，其實是個能幹的人，從一個官女子爬到這麼高，有這樣一位長輩看顧著弘昭，比另外幾個好得多。

周婷往永和宮裡一坐，才知道十四家裡的弘明也要進宮，她心裡記掛著弘昭，倒把這事忘了個乾淨。怡寧早就來了，眼圈下浮著淡淡的烏青，她見那拉氏，露出了一個笑。

周婷走上前去挽住她的手，語氣有些歉疚。「這幾日竟把弘明忘了。」

怡寧扯了扯嘴角。「都是當娘的，我哪裡不知道四嫂的心情。」

她比周婷要忙的事更多，十四阿哥家裡到年紀的孩子不光弘明一個，還有一個比弘明大的庶子弘春。舒舒覺羅氏知道入宮讀書沒有自己兒子的分，彆扭了幾天，她當著胤禎的面不敢質疑，背地裡卻不知說了多少戳心窩子的話。

怡寧早就不是初嫁時端著架子、光會忍氣吞聲的那副模樣了，她任由舒舒覺羅氏在她耳邊叨念了幾回，昨夜借著弘明要入宮，拉住胤禎一頓哭訴，把心裡的八分委屈哭到了十分，舒舒覺羅氏今天一早就狠狠吃了頓排頭。

踩了側室這麼一腳，怡寧心裡照樣不好過。惠容的兒子還很小，她卻不免想到兒子大了要送進宮來，不由得跟著嘆息一聲。

這聲嘆息正巧被德妃聽見了，她早早就得了信，由瑞草攙扶著，一面攏著袖子裡的手串，一面微微笑。「大過年的竟嘆起氣來，這事啊，好處比壞處多，都是我的孫子，叫到我這裡賞幾塊點心總是平常事，妳們請安又是常來常往，哪裡就到了要嘆氣的地步？」

胤禛生下來就被孝懿皇后抱去養，「易子而教」本就是祖宗家法，周婷幾個人一嘆，倒似在德妃面前拿喬，她也經歷過這些，在她面前還真不好嘆息。

她們幾個趕緊換上一副笑顏去了寧壽宮，妯娌之中也就三福晉、周婷跟怡寧送了嫡子進來，就只有她們三個覺得捨不得，其餘幾位臉上都端得很正。

宜薇待弘旺又是另一番心事，弘旺能進宮來讀書，張氏自然高興，這可是一項殊榮，臉上帶了幾天的喜氣，刺著了宜薇的眼。

她親生的兒子正病著，雖說她也不是不疼庶出的弘旺，可卻更顧著親生兒子，大節下就發落了張氏。母子天性，弘旺知道親娘失了臉面，很是不開心，早上跟著宜薇進宮時就垂著腦袋，宜薇見他這樣，更覺得不是親生的養不熟。

幾個人閒聊起來，宜薇卻有些不上心，妯娌們知道原委，倒不去議論，周婷心裡掛念著弘昭更沒注意，倒是惠妃冷眼瞧見，明知不妥卻也按下不提。

惠妃親自養熟了的老八，在大阿哥出事時可是半句也沒幫忙，她心中也暗暗思量，覺得老四上位比老八上位更教她痛快。同樣不是皇后生的阿哥，她能忍著讓德妃的兒子踩上去，也忍不得讓一個偏位生的正了名！

弘昭進宮頭兩天，周婷日日都進宮請安，怡寧自然跟她一道去，她們兩個既然這麼做了，剩下的妯娌也不免跟著跑上幾回，免得在上頭面前落下待庶子不上心的印象。

可真的上心的除了宜薇就沒別人了，她心裡再彆扭，弘旺也在她身邊養了那麼多年，冷不防進了宮，她又開始有些想這孩子了。心中再厭惡張氏，也掛念著孩子，這就跟有了小兒子一時忘了大兒子似的，回過味來又開始憂心了。

宜薇跟著周婷還有怡寧往東三所的院子跑了那麼兩回，倒比周婷更能說得上話。周婷吩咐起事情來還帶著客套，怡寧則是跟在她身後偶爾補上一、兩句，宜薇卻張口就端了十足的架子，倒教那些小太監們咋舌，暗道：傳言果然不虛。既然有個厲害的皇子福晉在，他們也不敢怠慢，阿哥們幾時起床、幾時用膳回得清清楚楚。

宜薇聽得滿意，點了點頭。「可仔細著些，若讓我知道哪一家的阿哥受了委屈，可不輕饒你們。」她一面說一面同那拉氏客套。「這班奴才全都跟猴子一樣精，慣會哄上瞞下，孩子們都小，也沒個撐得住的跟著，大棒子等著，他們再不敢不老實。」

這番話說得周婷也露出了笑容，她仔細看過弘昭睡的房間，見是朝南的，寬敞亮堂兩邊不著風，又知道這裡小廚房不斷火，放心不少。她往整個院子繞了一圈，看得出康熙是比照兒子的例來安置這些孫輩的。

男孩總比女孩要受關注，早年還有皇家格格被乳母嬤嬤苛待的例子，雖然後來被康熙發現，一家子剝皮抽筋，到底是虧了底子，那位格格沒能活過十歲。因為有了這樁事，宮裡對這些愈發上心，就是宜薇不來這麼一齣，這些奴才也不敢拿大，如今太子拘在咸安宮裡，他們侍候的這些小娃娃之中，指不定就有未來的天子呢！

宮內有德妃看顧，還有胤禛時不時探問，周婷總算調整好了心態，就當弘昭是去了寄宿學校，她雖沒辦法投訴老師跟校長，總還能隔幾日看上一回。

康熙對這些孫輩們讀書的事情很是關切，欽點了刑部尚書張鵬翮當弘昭他們幾個的老師，按照原來皇子們那套教法，每人先把學過的書背誦一回，有不通的再誦個一百二十遍，另外還有教騎射跟布庫的師父。

弘昭頭兩天不免有些想家，他不是單人一間屋子，周婷跟怡寧兩個通了關係，把他跟弘明安排在一起，他們倆血緣最近，平日又玩得熟了，自然最親近，睡一間屋子相互照應倒也方便。男孩之中也分幫派，父親走得近的，孩子們自然也走得近，初時各自都還安，沒幾日就起了爭執。

弘昭領著弘明跟在三阿哥家的弘晟後頭，弘晟過兩年就要議親了，三阿哥原先想把六歲大的庶子送進宮去，被三福晉董鄂氏提點了以後才作罷。誰都瞧得出胤禛更重視嫡子，一母同胞親弟弟家的庶子且不親近，更別說是別家的，孩子來的時候都得了吩咐，跟哪一家的交好，遠離另一家的一些。

實是太子下臺之後這些皇子都前途不明，幾個有意選邊站不去肖想大位的，也得為自己的孩子著想，兩邊不得罪是一種辦法，對勝算更大的那邊透露一點親近的意思，又是另一種辦法。

弘晟照應兩個弟弟很有一套，他跟三阿哥很像，做人有些呆氣，可自小因為三阿哥的緣故，得過一些名師指點，在功課上為弘昭與弘明解說兩句還行，為了這個原因，師父很是誇獎了他們兩句，卻教另幾個不服氣起來。到底是孩子，混得熟了就把父母的叮囑忘到了腦後，如今誰也不比誰更高貴，一樣是天子的孫子，憑什麼伏低做小？

明裡暗裡爭了幾回，練布庫時，弘明跟七阿哥家的弘昴幾句不合滾在地上打了起來。弘晟課業跟幾個小的不同，各自分開來上課，沒辦法照顧，弘昭一見弘明被壓在地上，趕緊衝過去幫忙。

沒一會兒幾個小子就滾在一處，教布庫的師父多年前見識過皇子打架，如今又見識了皇孫打群架，此時他也顧不得主子跟奴才的分別了，一手拎住一個把他們分開，幾個小的還在蹬腿踢腳，那邊康熙已經過來了。

跟著一同來的還有他們的阿瑪，幾位皇子先打量一下自己的兒子，看看有沒有吃虧，再瞪著眼，用目光訓斥了一回，有比較機靈的，當下就垂了頭認錯。

胤禛也在行列中，他離得康熙最近，看得分明，弘昭跟弘明兩個拉著手，呼呼喘著氣，倔強地不肯低頭。皇孫打架總是不體面，康熙臉上剛剛還蒙著一層霜，待見到這兩個小的，倒鬆了神色，他轉頭看了胤禛一眼，再扭頭找到胤禛，點點他們倆。「生子肖父，這副模樣跟你們倆小時候真是一個模子印出來的。」

弘昭眨了眨眼睛，他跟康熙處得久，向來不怕他，脆生生地問道：「我阿瑪也打過架？」

他剛剛才下手死掐過弘昴一回，現在卻裝得跟個沒事的人一樣，無辜地瞅了瞅胤禛，還扯著袖子，露出被抓紅的那一道痕跡，博起可憐來了。

康熙哈哈一笑。「可不。」說著打量起了弘明。

弘昭是因為天天都吃牛乳跟雞蛋，弘明卻是生來就高大，極似胤禛。康熙不由得笑了起來，滿意地點點頭。「力氣倒大。」嘴上讚了一句，轉頭就吩咐。「每人抄一百二十回書。」

剛才因為康熙的笑臉而放鬆下來的皇孫們這下全苦了臉，你瞪我、我瞪你，誰都不敢出聲，算一算還有幾天才回家，但願阿瑪忘了這件事，好不再多加個懲罰。

這事胤禛自然沒瞞著周婷，語氣還頗為得意。他後來問過布庫師父跟在旁邊侍候毛巾茶水的小太監，對方人多，弘昭跟弘明兩個卻沒吃虧，一開始給了別人苦頭吃，後來力氣不濟，這才無所不用其極，幸而力氣小沒傷了人。

周婷嗔他一眼，又安慰起自己。「哪個男孩小時候不打幾回架，聽皇阿瑪的意思，你過去也跟兄弟打過架了？」她又問得更細了些。「誰贏了？」

自然不是胤禛，兄弟之中他的力氣比三阿哥還小一些，他咳了一聲剛想把話岔開，就見妻子用手刮著臉打趣他，嘴裡還說：「幸好咱們弘昭打架上頭不像你。」

說著被胤禛一把拉過去壓在身下揉起來，貼著耳朵問她：「誰昨夜裡討饒來著？」

弘昭到底還是挨了教訓，胤禛在家裡又為他請了個拳腳師父，每次回來那天都要把宮裡師父教的演上一回，胤禛跟周婷就在一旁看著他練，這下就連弘田也感興趣起來，跟著在外場繞圈子，時不時比劃兩下。

周婷知道胤禛這是小時候打架沒贏過，這才寄了厚望在兒子身上。周婷止不住嘴邊的笑意，又怕被女兒看出端倪，抿了嘴坐在暖閣裡，時不時抬頭望他們父子倆一眼，再低頭往衣裳上頭扎兩針。

第一〇二章 大局底定

皇孫進宮讀書的事除了幾個人精，再沒人往「皇太孫」那上頭去想，胤禛跟弘昭都少了許多麻煩，就這樣，一年過去了。

康熙五十一年，開年後沒幾日，一樁大案就爆發出來。

自從二廢太子大病一場之後，康熙身子一直不好，太后近來也不安康，因此才開了年就加了一場恩科，有些為自己與太后祈福的意思，誰知道就是這一回的恩科爆出歷年來最大的科場舞弊案。

康熙接過奏摺，把手邊那套黑地描彩的瓷杯砸了個粉碎，梁九功趕緊上前去勸解。太醫已經說過康熙再禁不得發怒，可管理這麼大一個國家，怎麼能不生怒氣呢？

康熙平復了兩回，怒火沒消下來，反而燃得更熾，光是江南巡撫張伯行的摺子還沒讓康熙這麼生氣，曹寅跟李煦遞上的密摺才真教他怒不可遏。

開恩科本是一樁世人稱頌的好事，十年寒窗無人問，一舉成名天下知。多少人眼巴巴地盼著三年一回的取士，只要多一次考試，就多一次機會，誰知這一回江南取中的士子之中，出身書香門第的人少，商賈富戶家的子弟卻多，那些士子就把財神像抬到貢院門口，直諷考官見錢眼開，不識孔夫子，只認孔方兄。

案子既然遞到康熙案前，就沒那麼容易了結，平日那些官員辦差刮些油水也罷，然而科舉豈同兒戲，這些選中的士子將來要送到全國各地為官，從根本就爛了，往後還有什麼能吏、清吏可言？

康熙一面咳嗽一面下了旨意，點了皇孫們的師父張鵬翮為欽差，去江南徹查此案。張鵬翮倒不負欽差的名號，繞過江寧直取揚州，到的第一天就審問清查榜上有名的兩位「才子」，誰也沒想到他竟有這麼大的膽子。

這排第一跟第二的兩位才子，不說策論，竟連四書五經都背不順，破題、承題且談不上，連考題出自哪一本書都說不出個所以然。這一屆江南的幾位考官立刻被革去功名，一審的摺子遞到康熙案前，又引來他一陣怒火。

這還沒完，二審時當堂對質行賄數額，那幾位考官你咬我、我咬你，一直咬到兩江總督噶禮身上，噶禮一下子從陪審官成了嫌疑犯，案子愈審愈複雜。

噶禮在兩江樹大根深，張鵬翮在他跟前卻步，只將受噶禮指使的趙晉當作主犯，瞞下那不見了的五十萬兩，這讓整個江南譁然的大案，從一審開始只押了幾隻小蝦米不說，竟還審了一個月才有結果。

到最後遞到康熙面前的，竟是江南巡撫張伯行誣告，噶禮並無受賄一事，噶禮無事，張伯行卻被御史彈劾罷官，讓康熙氣得握拳砸桌。欽差官員都是他欽點下去的，竟敢顛倒是非、混淆黑白，張鵬翮還是皇孫們的師父，這等於打了康熙一個響亮的耳光。

他氣得拿不住筆，手抖得厲害，雙手俱不能書，長久以來心頭積攢的怒氣似火山噴發般湧了出來，身體一個受不住，倒了下去。

胤禛被指派接下這個案子，擒拿噶禮、釋放張伯行，雷厲風行地一頓快刀下去，江南這場鬧劇轉瞬消弭無形。萬人上書，直說康熙聖燭明照，他內心很滿意自己看中的繼承人才幹出眾，卻又隱隱生出一種「自己果真是老了」的感慨來。

春日正是百病叢生的時節，康熙這一場病從年初病到年中，他愈是急，身體就愈是不好，不得已之下，只好一點點放權給胤禛。看著正當盛年的兒子，樁樁件件都做得合自己的心意，偌大一個國家沒他也一樣運轉得當，久病不癒之下不由得灰心喪志，覺得自己的壽命如同風中殘燭般不牢靠。

康熙的身子早就因為這些年來的大病小病被掏空，憑著一股信念或許還能撐下去，可自己都覺得自己不行，身子自然一天比一天差。胤禛心裡還念著康熙仍有十年好活，不論太醫說什麼，他都不生出一點異心，床前床後餵湯奉藥，康熙在病中不禁感念他至誠至孝。

等到天氣轉涼，玻璃窗上頭結出薄霜時，康熙一覺酣睡過去，沒能再醒過來。

喪鐘一響，胤禛跟周婷全沒了應對，他們倆都知道康熙還有好些年可活，他近來身子雖然看起來衰弱，卻是誰都沒有往這上頭想。

其他那些臣子跟阿哥們早早就想好了退路，只是沒想到這一天竟來得這麼快。原以為康熙熬過了大暑天，下一個關口應該在冬天，誰知道天才剛涼下來，病痛都消了下去，他就這麼走了。

康熙走是走了，卻沒留下隻字片語，朝上亂成了一鍋粥，太子原本已經淡出朝臣的視線，一下子又被推到了前頭。

別人暫且不論，佟家第一個不能答應，旁人不明白太子是怎麼倒的，他們家卻是清清楚楚，若此時太子登上大位，佟家一門哪裡還有活路？這時候也顧不得捧著八阿哥上位了，只要不是太子，哪一個贏了，自家都沒有性命之憂。

幾個成年掌旗的阿哥要說心中沒念想的，那還真沒有，例如三阿哥，若康熙真沒留下半句話來，如今他就是所有沒被圈禁的皇子中年紀最長的，自然有一爭之力；再如八阿哥，他本就惦記著大位，雖被康熙打壓了這麼些年，身旁也有死忠的九阿哥跟十阿哥，撕破臉來奮力一爭，未必沒有贏面。

各人有各人的心思，康熙的喪事倒不是他們最先安排的，幾個人在康熙遺容前明裡暗裡地刀鋒相向，還是胤禛先從震驚中清醒過來，沈著聲開了口：「皇阿瑪大殮要緊，各省各地也該通傳下去，餘下的，容後再論。」

幾個兄弟一默，難得臉紅起來。如今還沒到上一世刀刃相向的時候，大家都還盡力維持著面子，剛才那番爭論，想起來是有些失了體面，聽胤禛一說，大夥兒互看一眼，都沒有異議。

胤禛好幾年前就開始滲透各方勢力，若再有人能爭過他，他就算是白當了那些年的皇帝。他說完這些話，就吩咐蘇培盛去東三所，向幾個準備過來上課的阿哥們分說一回，叫他們今日都在屋子裡老實待著。

前朝亂，後宮更亂，有兒子的提心弔膽，沒兒子的坐立不安，人人都湧到寧壽宮前頭，偏偏太后一聽見喪鐘就背過氣去，要不是身邊的宮女死命掐住人中，或許她就這樣跟著康熙去了。

太后一病不起，不僅認不了人，竟然還說起糊塗話來，她每日醒的時辰有限，能說話以後就三句不離康熙，拉著宮女的手直問康熙今天怎麼還不來向她請安。

四大妃子加上佟妃自然聚在一起，周婷也趕在第一時間進宮，目光一掃，多是哭喪著臉的年輕妃嬪與別有深意的各宮主位。

康熙死了，那個位置該由誰來坐？

惠妃自知沒有指望，她明白不論是誰坐上那個位置，都得榮養她，至於八阿哥，他親額娘好不容易熬成了妃位，一年之中卻有一半日子都病著，指不定就這麼隨萬歲爺一道去了。八阿哥爬不爬得上去，都與自己不相干，她就這麼坐定，也不憂心。

宜妃卻掛懷自己的二兒子九阿哥，九阿哥向來跟八阿哥穿一條褲子，八阿哥那點小心思誰不知道？做娘的都巴望自己的兒子平平安安，她曉得九阿哥大位無望，也就不希望他跟著八阿哥去爭，就是沒了捧天子上位的功勞，他也是萬歲爺的兒子，堂堂正正的愛新覺羅氏。若押錯了寶，一家子的榮辱都跟著完蛋了。

榮妃想的就更多一些，前頭兩個阿哥倒了臺，按年紀跟排位怎麼也該輪到她的三阿哥了。她心裡這麼想，眼色就往各處瞥，很有幾分期盼。

德妃垂了眼轉著佛珠，面上八風不動，心裡卻跟火煎似的。萬歲爺生前也向她露過兩句口風，一會兒誇胤禛，一會兒誇弘昭，若說之前她從沒那個念想，太子徹底倒了之後也慢慢思量起來了。

誰知道萬歲爺走得這麼突然，沒有聖諭，原先那些就成了空口白話。德妃心裡唸了一遍又一遍的清心咒也難以平復，她死咬著牙，忍下不提，此時可千萬不能貿然出那個頭。

佟妃無子傍身，更怕太后一死，她就被新皇送到北宮苑去，這時候誰當皇帝她都沒空去琢磨了，一門心思就盼著太后快點好起來，請湯問藥忙個不休，一日心裡還要唸上千百回的阿彌陀佛。

佟妃是真的精心，可再精心，太后年歲也大了。太后這輩子從沒指望過丈夫，好不容易有個有孝心的兒子，竟還在自己前頭離世。老年人最受不了的就是白髮人送黑髮人，康熙年歲是不小了，太后卻覺得是自己活得太長，這幾天偶有清醒的時候，都在哭天抹淚。

康熙一死，太后失去了重心，腦子糊塗，話也說不順溜，一急一慌之下竟有了中風的症狀。現在她半邊身子癱著沒了知覺，嘴角直流口水，想叫她主持大局也不可能。

太后不能頂事，朝上吵得更熱鬧，胤禛經營已久，倒有超過一半的朝臣明裡暗裡支持他上位，可事情卻不是這麼容易就能辦下來。

前一世他手中捏著遺詔，還被人誣陷他篡位，兄弟幾個拿這個當作把柄，一個個都不肯服他，就是一母同胞的弟弟，也不願居於他之下。如今這情狀比當時還不如，除了十三跟十四兩個力挺他上位之外，想要名正言順，就只有盼著太后突然清醒下旨了。

諸妃都明白這個道理，這些天宮禁都鬆了，阿哥們時常往後宮去，除了看一下自己的親額娘，就是要親娘在寧壽宮裡守著。太后若有個好歹，起碼要摳出句模稜兩可的話來。

周婷幾個自成一派，妯娌之間也緊張起來，一個盯住一個，誰都不敢略離前殿，就怕差了那一刻，讓別人成了事。

良妃就算身子健壯，也未必能擠進那五位妃子中間去，更別說她病歪歪地躺在床上。一聽說康熙沒了，她差點跟著一起去，胤禩又要顧大位又要顧親娘，在這關鍵的時刻，嫡子竟然又病了。

宜薇放不下丈夫又放不下兒子，整個人生生熬瘦了一圈，可是寧壽宮裡這些人也不成人樣，素服銀飾再襯著一張青白的臉，開口閉口、一句話一個笑都有深意，暗箭眼刀來回個不停，倒像想要致人於死地的鬼。

周婷撐了幾日，想出別的辦法來，太后中風之後，還沒有再小一輩的孩子去瞧她，福敏與福慧在家裡就略過不提，弘昭不過隔了幾道宮門，太后得的又不是傳染病，叫他過去在她老人家跟前露一回臉，也顯得有孝心。

她把弘昭帶了過來才請示佟妃。德妃那邊早就心知肚明，聽她這麼說，拿帕子掩了口。「難為妳想得周到，老人家病著，有個孩子讓她放鬆心情也好。」

三福晉是沒想到，八福晉是家裡沒適合的孩子，這才教周婷搶得先機。三福晉話雖不出口，臉上的笑卻難看，到了這關頭，誰還假客套，她立刻就叫身邊的丫頭去東三所喚弘晟，可是時機到底晚了，弘昭都已經趴在太后床前叫「烏庫媽媽」了，三福晉的人還沒走到東三所呢。

周婷端著一張臉，弘昭自己一個人挑起了大戲，太后每天到這個時間就會醒過來一會兒，神智是不是清醒，卻沒有規律可言。

許是弘昭運氣好，他才露個臉，太后就抖著嘴唇叫出了他的名字，幾個主位面面相覷，榮妃立起身來，帶著笑就要湊過去把話給岔開。

誰都知道太后心裡喜歡誰就願意向著誰，這時候可不能讓太后想起她有多喜歡四阿哥家那幾個孩子，要是就這麼欽定下來，前頭的爺們還爭什麼？

只有惠妃坐著不動，宜妃跟著站起身，德妃動了動腿，才要說話呢，弘昭已經爬到太后身邊去了。他在家裡看習慣了他額娘照顧人的模樣，見太后病得很重的樣子，就學著她的樣子輕輕撫摸太后的手背，嘴裡輕吹著氣，低聲道：「喝了藥就會好的。」

太后嘴巴一歪露出笑來，她半邊身子不能動，這樣笑起來有些駭人，弘昭卻抽出自己隨身帶著的帕子為太后擦起嘴角的口水，這一舉動觸動了佟妃的心腸，她愛憐地摸了摸弘昭的頭，誇獎道：「咱們弘昭真是有孝心的好孩子。」

「孝心」兩個字一出口，太后立刻想起康熙來，她動著嘴唇說了半日也說不清楚，顫顫巍巍把能動的那隻手抬起來點了半天，一屋子人都不知道她點的是什麼，最後還是佟妃上前，在她枕頭下摸出一個盒子來。

錦盒一出，屋子裡頓時靜得落針可聞，誰都知道裡頭裝著什麼，周婷心中直打鼓，佟妃更是心驚，她抖著手想要打開，又咬住了嘴唇。「不如請各位王爺過來，大家一處做個見證。」

康熙真是瞞得風雨不透，他不先立儲，卻在病重時擬好了聖旨，趁太后去瞧他時交到她手中，完全沒經過其他人的手，自然沒人會把消息傳出去，就是太后自己，也沒見過裡面寫了些什麼。

除了阿哥們，幾個大臣也一起到了寧壽宮，福晉們避在後頭，佟妃就在眾目睽睽之下把盒子遞送出去。

外頭的聲音聽不真切，女人們抿緊了嘴唇，指甲掐進肉裡，等了許久都沒有動靜，再回過神來，就是衣裳料子磨擦的聲音，似是一屋子人跪了一地。

周婷的目光透過太后這裡的彩色玻璃屏風往外望去，模模糊糊瞧不清楚哪一個人是胤禛，可等那一票人都跪了下去，人群裡只有一個人立住的時候，她的視線一下子清明起來，那個最後站著的人，是胤禛。

心緒起伏難定，嘴角邊不覺流露出笑意，胤禛感覺到了她的目光，側頭望著屏風。他瞧不見裡頭站著誰，卻知道自己的妻子跟兒子都在裡面，見證著這一刻。

兩人瞧不見彼此的眉眼，卻都知道對方正看向自己，周婷緊緊握住兒子的手，弘昭仰臉問道：「我阿瑪是皇帝了？」

周婷沒有應他，屏風後頭站著的那幾位福晉，從怡寧跟惠容開始，一個接著一個跪倒在地，一人在外，一人在內，就算看不清彼此的目光，卻也一起相視而笑。

番外篇一　皇后日常

更鼓剛敲三聲，門外就響起了巴掌聲，輕輕擊打三回就沒了聲音，侍候的奴才踏在軟毯上，半點聲都不敢出。翡翠瞇了瞇眼，趕緊從羅漢床上披衣起身，她趿了鞋子掀起厚重的軟簾，才要開口，就聽見帳子裡傳出問話聲：「可是時辰到了？」

翡翠回頭瞧了琺瑯小爐裡燃的更香一眼，發現還有半寸長，就答道：「再有一刻就三更了。」說著套上袖子、繫了扣子走到那拉氏床邊。「皇后娘娘不若再歇一會兒，這天可是愈來愈涼了，外頭還落著雪珠呢。」

周婷掀開眼皮，揉了揉眉心。「掌燈吧，叫人預備熱水。」說完就閉上眼，自有人上前為她裹上薄襖，侍候她穿襪著鞋、漱口洗臉。

雖已除了孝服，到底不能大妝，翡翠侍候了周婷這麼些時候，很是明白她的心思，挑了件寶藍纏枝紋的袍子，身上配了三串東珠，頭上再加幾把銀扁方，就算是妝扮過了。

周婷走到穿衣鏡前，宮人早早點亮了鶴形落地燭檯，她半側身子望著裡頭眉目溫婉卻一身肅穆的女人，斂了斂眉。不知不覺中，竟走到這一步了。

皇后乘坐的輦轎早就在殿外候著，裡頭加了兩個炭盆，燒著上好的紅螺炭，周婷裹了白狐裘往裡面一坐，一絲風都吹不著，宮人與太監們在外頭等候，翡翠見一切妥當，揮手示意後，眾人再一起抬了轎子往養心殿去。

轎子是十六人抬的，穩穩當當地走在宮道上，沿路掃雪的宮人見到皇后坐輦，三三兩兩跪下。天色如潑墨一般，前前後後一長串宮人拎了玻璃燈走得蜿蜒，倒似條長蛇在暗幽的紫禁城裡不斷前行，為這被雪覆蓋了一半的紅牆黃瓦添了一絲生氣。

才兩個月不到，自坤寧宮到養心殿的這段路周婷就已經熟了，她估算著要到了，抬手整了整衣裳，等輦轎落地，就伸過手去搭住翡翠的胳膊，此刻養心殿外早就有接她的人候著。

胤禛一身黑裘站在階上，周婷隔著雪沫露出一個笑，彼此的距離還隔著兩階，胤禛就朝她伸出手來。

周婷遞了手過去，胤禛還似舊時一般叨念。「早叫妳不必每日都來，天這麼冷，可別凍著了。」

因為正在守孝，後殿並不供花，只拿鮮果擺在桌上。這個節歲中鮮花鮮果難得，對皇家卻不是大事，還因為不是當季的東西，再好看也沒人去吃，光擺著看個意思。

胤禛解開周婷的大毛衣裳，一面為她脫風帽，一面跟她絮叨些前朝的事。康熙死得太過突然，周婷冷不防從親王福晉升成皇后，頭兩天她還真是萬般不適應，雖見慣了大場面，等自己站在最上頭時，還是不免氣怯。胤禛卻一點都沒怯場，按著章程一步一步把事情辦得有禮有儀。

康熙的陵墓很早就建好，他也沒想到自己能活得這麼久，不僅陵墓好了，就連陵園中的花草樹木也已繁茂。

萬事都要等到康熙喪事辦完，二十七天後除了孝服再換上吉服，行了登基大典，皇后的寶冊、金印當天就送到周婷手裡。

國不可一日無君，底下辦事的人這時候哪裡顧得上扯皮，既然有詔書，胤禛是名正言順的皇位繼承人，自然緊趕慢趕地把一應事項辦了下來。

喪報要一層一層傳遞下去，不說王公大臣們要哭三日，就是外邦也要前來致哀。周婷起先想幫胤禛的忙，誰知他三兩下就把事情吩咐下去，喪禮自有禮部、內務府督辦，胤禛還特地派了九阿哥去理藩院當接待。

光是哭梓宮就要三日，瞻仰梓宮的那些老臣不住有哭昏過去的，太醫一直在一旁候著，見著個暈過去的，就抬到棚裡用藥。

這其中就有佟國維。康熙去了的時候他還不怕，等詔書拿出來，他這才真正心慌起來。佟家還真沒有對上位的皇四子付出過多少善意，雖說平安無虞，可佟國維心裡念的卻不僅僅是「平安」。顯赫了大半輩子，突然變成過氣的皇舅，佟國維心中那道坎怎麼也跨不過去，起著涼風的天，他卻出了一腦門子汗，然後就這麼暈了過去。

胤禛是在朝臣三表四請之下才肯除了孝服，天子以日易月，二十七日就是二十七月，一月不足就算是守滿了喪，他卻偏偏另下新旨，除登基跟封后穿吉服外，非要為康熙守滿二十七個月的孝。

原本提著心的舊臣們因為這件事存了幾分僥倖，雖說一朝天子一朝臣，可三年不改父志是為孝，新皇既肯守孝二十七個月，就是向天下表明他是個純孝之人，待老臣也不會太差，雖不如康熙溫和，起碼也不會傷筋動骨。

可他們卻是打錯了算盤。胤禛上位頭一道旨意是奉德妃為皇太后，第二道旨意是冊封皇后，等那蓋著藍色御印的第三道旨意出來，底下聽旨的臣子一大片喘不過氣來。胤禛命令那些虧欠公庫、借糧借銀的大官小官，限期把國家的銀糧吐出來。

這道旨意一出，那些心存僥倖的人立刻熄了心思，倒是原本就有打算的臣子知道好歹，觀新皇的為人跟他在聽政時做出的那些事，就能知道他們這些在先帝手中過慣了舒服日子的老傢伙們自有一番折騰，如今好歹下了旨意，若按著不發，等個三年誰知道那旨意會不會變得更嚴苛。

佟國維此時倒想起宮裡的佟家女兒來。佟太妃如今跟著太皇太后住在寧壽宮裡，這還是康熙沒大殮時不好讓宮眷移宮，才教她求到手的，此時知道家裡給她搭上新皇后的任務，不由得冷笑。丈夫既死，兒子又無，不如閉了眼唸佛，好歹有個太皇太后在，她這個皇太妃日子總不會難過。

佟太妃自己心裡有譜，玉柱的事且不必說，太子倒臺那事佟家都扯不乾淨呢，這時候去巴結新皇后，她這張臉還要不要？佟家那一筆爛帳她是能不沾手就不沾手，若為了家族把最後安身立命的那點東西給捨棄，她就真該去找先皇哭去了。

佟國維沒走通佟太妃的路子，自然而然想到了新貴那拉家。那拉氏的三嫂伊爾根覺羅氏倒是尋了那拉氏一回，被她上下一打量後，就又縮了回去。佟國維盤算了一回，這才發現新皇除了冊封皇后，後宮連個嬪妃都還沒封，他還真沒法子走通後宮的門路。

後宮是空著，卻不會空得太久，周婷明白這個道理，胤禛打定主意要為康熙守孝二十七個月時，她不禁鬆了一口氣，畢竟這樣一來後宮就暫時不會有什麼大更動。

守孝就要有守孝的樣子，皇帝都守二十七個月了，她這個當皇后的自然也要跟著一起守，他們一個住坤寧宮，一個在養心殿，就這樣過起了分居的生活。

周婷接過胤禛手裡的粥碗，噍了兩口放下粥碗，抽出帕子按了按嘴角。「算算日子，再半個多月就要過年了，雖在守孝期間，朝臣們也要過來祝賀，原先搬得匆忙，只說家裡那些晚點挪進來，這都快兩個月了，再讓她們在府邸裡住著，倒不像話了。」

胤禛倒真沒記起這個來，既不翻牌子，他哪裡會在百忙之中想起這件事來？話他的確說過，可之前那麼忙亂，周婷跟孩子們又住在圓明園，同府邸像是兩處不相干的地方，倒忘了其中還有些舊人。

他沈吟了一會兒，點了點頭。「倒把這個給忘了，定什麼位分、住在哪個宮院，都由妳瞧著辦吧。我正叫宗人府擬旨，好為福敏與福慧兩個定下封號。」

福敏跟福慧如今是嫡出的固倫公主，自然與大格格不同，周婷噍下嘴邊那句話，只點頭笑。「這回兩個丫頭怕是樂瘋了。」

周婷在禮儀方面很是煩惱，整個大清國后位空置得就快成了擺設，多少年沒有皇后這樣身分的人在那上頭杵著，許多事情都是由妃子們辦的，不少規矩早就模糊了，連宮人們都不大清楚。

首先第一條就是皇后入主中宮，命婦們要如何參拜。平日在殿中請安混一混也就過去了，等新年朝賀時，皇后身邊若沒嬪妃的座位，像什麼話?!

可要怎麼定下這些女人的位分，還真教她煩心，二十七個月總有過去的時候，等出了孝更要不斷進新人，周婷的路是一條走到頭，另一條才剛開始。

桌上還是那些家常菜色，不因為兩人升級就鋪上滿桌大菜，周婷藏好眼中的深意，才進了幾口竹節小饅頭，那邊蘇培盛就捧著朝服等在門邊。

周婷拿熱手巾擦了手，站起來親自為胤禛穿衣，就像在家時胤禛要出去上朝一樣。理完了腰上的玉珮穗子，她抬頭朝胤禛露出笑意，才要送他去前殿聽政，胤禛就握住她的手。「我追封弘暉為榮親王，旨意今天就發下去，等弘昭他們幾個長大了，瞧誰的兒子多，就過繼一個給他。」

周婷一怔，忽而咬住了唇。

胤禛這個承諾久遠到她都不記得是什麼時候許下來的，才要展眉，卻又忍不住有些淚意，正要低頭借勢抹一抹，胤禛的唇就貼到她耳邊。「答應妳的，我都會辦到。」

兩人短暫的相聚後，又是一天漫長的分離，往前殿去不過片刻的工夫，周婷立在門前目送胤禛裹了斗篷出去，翡翠趕緊拿手爐過來讓她抱在懷裡。

雪下得又細又密，蓋住了黃琉璃瓦，一片銀白之中，只有胤禛穿的那件黑貂斗篷扎人的眼。周婷眼眶微濕、心緒起伏，口裡呵出一團團白霧，她吸了好幾口冷氣才算平復下來，鬆一鬆緊握著的手指，側著頭朝翡翠微微一點，眉眼帶著淺淺的笑意。「去問問御膳房都幫萬歲爺備了什麼菜。」

翡翠是那拉氏身邊的舊人，聽了胤禛那些話，也為她高興，可礙著國孝不好露出喜意來，就藉那一聲應得格外清脆的「是」表達內心的喜悅。

守孝時無非吃些青菜、豆腐，可胤禛的身子卻不能不顧，周婷下令要蘇培盛勸解，實在不成就派人來稟報她，否則也不知胤禛要天天熬到幾時才睡，若是再吃得差些，怎麼撐得住？

御膳房知道皇后天天都要過問皇上的飲食，稍有不周之處，她雖不會苛責，幾個御廚也得自省。宮中多少年沒經歷過這麼大的喪事，皇帝的素食還真沒人料理過，全由那位每逢初一、十五就為原本的太后做素齋的大師父掌勺，他的地位倒是一日千里。

如今可不比原先沒皇后的時候，自胤禛登基頭一天開始，膳食就是帝后共用，等大夥兒想起皇上不可與皇后一同用飯這個陳例來的時候，新規已經約定俗成了。

既是帝后一併用飯，就省了御廚們操兩份心，否則光準備皇上一個人的素食就夠折騰了。他們日日把菜單在心裡轉了又轉，才往上報給皇后聽。

翡翠不必親自去御膳房，自然有人回報給她，侍候皇后用完最後一點燕窩粥，那一長串菜名就報了過來。

周婷把嘴裡含的茶吐在琺瑯壺裡，抽出帕子按了按嘴角。「素鍋裡頭的豆腐做得精細些，別有腥味，原先府裡做豆腐必得擺些干貝才能解味，問問御膳房可有法子，海帶、紫菜這些東西不拘，倒能多擱些。」

珊瑚在一旁聽著，細細記下來再傳給御膳房。

把裡外的事都打理一遍，問一問胤禛幾時睡下、夜裡點心吃了什麼，時候就差不多了，周婷身為皇后的一天也算拉開了序幕。

她自來到這裡以後，就沒有受過侍候婆婆的辛苦，如今不但要侍候正經婆婆，還有個太皇太后要照顧。宮裡很多年沒有皇后，周婷就是想要蕭規曹隨也無前例可循，什麼事都得她自己摸索著來。

德妃既升任太后，自然從永和宮裡挪了出來，住進慈寧宮裡，與太皇太后的寧壽宮一東一西，兩兩相襯。周婷藉口永和宮原是太后住的，命人封存了起來，往後就是再進新人，也不能踏足永和宮。

這點私心太后未必不知，胤禛卻是極表贊成，若不是孝懿皇后去得太久，她原先住的承乾宮胤禛也想一併封存保留下來。周婷辦事就是這麼聰明，只要對了胤禛的脾氣，她做什麼都是占便宜。

慈寧宮裡的宮燈剛點亮，周婷的輦轎就到了，瑞草親自掀簾子迎周婷進來，她屈膝行了一禮。「太后娘娘昨夜進了皇后娘娘差人送來的八珍糕，直說鬆軟香甜，吩咐廚房今天再做呢。」

「這東西養人又易消化，皇額娘多進一些也無礙。」紅蔘、茯苓、建蓮、山藥，哪一樣不是好東西？除了寧壽、慈寧兩宮，其他各處的八珍糕都不放蔘，改用紅棗補氣養血。

太后才剛起來，還未盤髮，她知道那拉氏這麼早來，是先去見過胤禛的，也疼惜她日日早起，問道：「可用過飯了，喝碗熱的也好暖一暖身。」

「在萬歲爺那邊用過了。」周婷款款上前接過梳子，為太后梳起頭髮來。才兩個月不到，她就已經熟練了，烏木鑲銀的梳子在她手中上下穿梭，輕巧無比。

太后瞇著眼睛享受，周婷輕聲開口：「我正有一樁事要跟皇額娘商量呢。」

太后輕輕應了一聲，並不睜眼，周婷頓了一頓，才說道：「宮裡頭也收拾得差不多了，原先府裡那些格格們總該挪進來才算正理。」

周婷一說完，太后眼皮就掀了開來，自鏡裡望了她一眼。之前宮裡亂成一鍋粥，雖府裡舊人不多，也是一樁煩心的事，若再晚一些，雖然沒有人會多說什麼，卻也要覺得那拉氏這個皇后當得不稱職，如今這個時機剛剛好。

太后點了點頭。「妳瞧著辦就成了，這些事妳向來妥當。」說著又閉上了眼，等周婷為她插上鈿子，才又說：「府裡那幾個無功勞，雖是舊人也不必封得太過，依我看，李氏追個嬪也就罷了。」

這話明顯是向著她，周婷心頭不禁一暖。「無功勞」指的就是無生育，其實除了李氏，宋氏也生過孩子，只是沒能活下來，不過太后既然開了口，餘下那些無非就是貴人、常在了。

不過每個宮都應該有個妃位領頭，這些人一個宮就能塞滿，跟周婷心中打算好的有出入，她雖然感念太后這份心意，卻不能不為了自己打算。

「別人倒罷了，福雅再過一年就要出嫁，封得低了，怕她臉上無光呢。」瑞草奉了托盤過來，周婷揀了一枝藍寶石蜻蜓當作壓髮別在鈿子後頭，拿過靶鏡前後照給太后瞧，嘴角含笑道：「就是不為了她，也還有弘時呢。」

人都死了，周婷也不在乎這些虛名，李氏一門到如今沒一個人入仕，既無外家支撐，弘時又是周婷從小養到大的，給他這個體面無可厚非。

太后沈吟了一會兒，為弘時點了頭。「妃位算高了，福雅總歸是和碩公主，倒是弘時，等下一回大挑，可得為他擇個識大體、懂禮儀的。」婆媳三言兩語就把封號一事定了下來。

至於年氏，她原就是康熙賜下來的，又是側福晉，雖無寵，再差也該封個妃，這些自有禮部去議，周婷操心的就只有宮室如何安排。

寧壽宮裡早早就候著一眾康熙時代的舊人，只不過稱呼大了一輩，一屋子的太妃、太嬪。周婷跟太后一左一右陪著太皇太后說一會兒話，再抱小兒子過來逗一下，大半天就這麼過去了。

宮中長日無聊，女人們除了說話、唸經，再無別的事可做，原本的娛樂如今都要暫停，時辰一到就全都去歇晌。皇后卻有做不完的事，陪了婆婆跟婆婆的婆婆，打發孩子們去睡午覺，在羅漢床上歪了一會兒，就是她召見命婦的時間。

惠容、怡寧常常往來，今天周婷要見的卻是許久不曾見過的老朋友謝瑛，她前兩年離京後，還是頭一次回來。這段時間雖一直沒有斷了聯絡，卻不過是年節相互送禮，周婷從沒想過再見到謝瑛時，自己竟已經在這寶座上。

胤禛既然上位，提拔自己人理所當然，不說胤禛那一系的，跟周婷沾著關係的也都往上跳了好幾級。唐仲斌升了太醫，馮九如也當了個小官——福建造船的監督官，這是胤禛新定下來的官職，雖然只有從五品，卻是實缺。

謝瑛雖還掛著馮夫人的名號，打著同一個商船的旗號出海，卻與馮九如各居兩地，一個福建、一個廣州，少有來往。馮九如帶回來的那個小妾生了個兒子，周婷還送采生禮去，算是全了胤禛的面子，除此之外再不多做交際。

正經夫人都走了，周婷這裡怎麼輪得著小妾走動，若不是靠著過人的造船本事，馮九如根本混不到現在這個地位，要是謝瑛還在，他又怎麼會只得個從五品？他後不後悔周婷不得而知，但跟謝瑛一打照面，周婷就知道她絕對沒有後悔。

許久不見，謝瑛身姿愈發挺拔，眼裡閃著光芒，舉止說話間都帶著一股灑脫味，一進屋她就先向那拉氏行禮。「請皇后娘娘安。」

謝瑛身上原有的那點不合時宜，現在也磨了個乾淨，人卻照樣顯得與眾不同。周婷坐在臨窗的炕上，身上穿著皇后常服，含笑打量她，朝她招招手。「許久不見妳，倒更精神了。」

謝瑛這些日子以來一直在海上飄盪，她打定主意不再跟馮九如一處過日子，便把廣州的生意接過來做。那裡原非馮家最看重的，誰知自謝瑛接手後竟愈做愈大，漸漸與福建那邊的生意齊名，碼頭商人哪個不知道馮記有兩個。

這中間的許多周折，到如今也算值得，聽見那拉氏這麼說，謝瑛也不隱瞞，直言道：「這幾年帶著德菖跑了許多地方，若不是先皇大行，這會兒我人還在英吉利呢。」德菖就是菖哥兒，馮九如的長子。

歷史拐了個彎，謝瑛做事就更有幹勁，她的流水作業正滲透到各個行業裡去，除了父傳子、子傳孫的玻璃技術之外，作坊也慢慢自沿海一帶推廣到了內陸，幾個省會不必說，就是小城鎮裡也開始興起小作坊，做出成品後自有人收過去，再倒賣給馮記商鋪。

周婷有意讓孩子們出去開開眼界，女兒們不方便，兒子們卻非得去見識一番才行，子孫若真的閉關鎖國，再現一回屈辱歷史，不僅是謝瑛，周婷也算白來這一回了。

說完這些，謝瑛沈默了一會兒，忽而抬頭微笑，她抬手捋了捋頭髮，望著那拉氏笑道：「我進京就是接誥封，等馮大人赴職了，我再去廣州。」

周婷並不怎麼吃驚，可聽見謝瑛竟連「丈夫」也不肯稱呼，想起馮九如曾經帶著她出海的故事時，不免有點感慨。

翡翠站在簾子下面，聽了這話，就曉得謝瑛要跟那拉氏說些私房話了，她往後退一步，比了個手勢，屋子裡的宮人就全都退到門外。

「妳既過得快活，按自己的心意便是，若有什麼不便之處，我這裡妳總熟。」上一回謝瑛要離開馮家時，周婷就表達過這個意思，可如今說這番話的把握又不相同。

謝瑛那番話等於承認自己再不會回馮九如身邊，在那拉氏面前表白，也是為了得到她的支援。

謝瑛自己無所出，把元配生的兒子當作親生子養大，如今馮九如那邊有了兒子，馮德菖雖占著嫡長子的位置，馮九如未必不會把家私都留給小兒子，那可是她一手一腳打拚來的，心中著實放不下。

先馮夫人於她有活命之恩，除了她的兒子，要謝瑛把產業給任何人都不甘心，今天得到那拉氏的保證，懸在心裡的事一下子放了下來，眼眶一紅，差點哽咽起來。

謝瑛沒想到周婷會支持她到這個地步，鼻頭一酸，到底忍了回去，笑道：「有了皇后娘娘這話，奴才便安了心，這原就是娘娘的私產，怎樣處置全憑娘娘發落。」

人活一世，臨了竟要求個算不得熟悉的人庇護，周婷心中那點感慨還帶著幾分傷感。胤禛再好，能一世不變嗎？早上還暖著的心窩，現下又受了寒氣，涼了幾分。

送走了謝瑛，周婷合著的眼皮微微掀起，吩咐道：「把宮圖拿過來。」

番外篇二　帝后同殿

福敏與福慧領著弘田來向他們的皇額娘請安，翡翠朝他們打了手勢，往西梢間裡努了努嘴，福敏腳下一頓，扭頭對弘田道：「皇額娘在為大哥哥上香呢，咱們也一道去。」

弘暉是烏蘇嬤嬤親手帶大的，福敏跟福慧也是，年紀大的人難免嘴碎，烏蘇嬤嬤瞧她們倆討人喜歡的模樣常常感嘆，又禁不住福慧歪纏，說了一些弘暉如何聰明、如何用功的話，還有福敏這一筆字就像弘暉、福慧的機靈勁也像弘暉，反正什麼好什麼就像她們的大哥哥，久而久之，這兩個丫頭心中對未曾謀面的弘暉別有一番親近之意。

倒是弘田，隔得久了，身邊又有哥哥姊姊，還有個年幼的弟弟，只是曉得有這麼一個哥哥，也知道每到年節他額娘就要為他上香，心裡還未能興起多少思念之意。

三個孩子往西梢間裡探了探腦袋，見周婷執了香湊近燭火點燃，嘴唇微微嚅動著不知在說什麼，便踮了腳尖偷步進去。

周婷按照習慣，一進宮就在西梢間裡擺上香爐，雍親王府裡有，圓明園有，如今進了坤寧宮，自然也有。那拉氏的那一份不能明著來，就讓他們母子一同受香火，反正想來那拉氏也不會離開自己的兒子。

白玉雕的香爐中已經積了一層軟厚的香灰，周婷往香爐裡插上三支清香，捏著手上掛著的佛珠，默默把胤禛就要追封弘暉的事情說一遍，雖不知他們娘兒倆還惦不惦記胤禛這個當丈夫、當父親的，但能有這樣一樁好事，總歸要告訴那個絕望的女人，弘暉在胤禛心底還是有分量的。

清晨的陽光照射進來，映著周婷如玉的臉龐，她耳上戴著的銀龍盤東珠耳墜子泛出珠光。周婷心裡正默默告訴那拉氏如今她娘家的顯貴，從費揚古那一代傳下來快磨盡了的貴氣，自從周婷成為皇后，一下子又顯赫起來。

那拉家四房的星輝早就不是副都統，胤禛升了他的官，把那個「副」字給抹掉了不說，還派到兩廣去接年家的地盤；大房的五格原就是一等公，散秩大臣又是從二品，胤禛不好再升他的官，便將那拉家幾個領了差的子姪輩往上挪。

周婷早就想得明白，那拉一門學不成佟家，也絕不能學佟家，深恐他們因乍然成了后族而感到飄飄然，甚至得意忘形，因此趁命婦參拜皇后的機會叫了幾個嫂嫂進來，含沙射影地講了許多佟家的舊事，喝了整整一壺茶才把人送出門去。

這些事胤禛並非不知道，除了府裡帶進宮的奴才，皇后一宮侍候的人又怎麼會少，小張子如今就是皇后宮裡的總管太監，周婷既沒叫他瞞著，他自然不會將這種能彰顯皇后賢慧的事情按下不發。傳進胤禛的耳裡，倒不覺得意外，妻子就是這樣的人，叫她輕狂也輕狂不起來。

才出了這麼一會兒神，一室靜謐就被弘田的童聲打破了，弘田仰著脖子看了一會兒，就學著周婷的樣子，雙手合十，嘴裡唸唸有詞。「大哥哥好，大哥哥你收到香了沒有……」

那副寶裡寶氣的模樣讓周婷剛張開眼就笑了，福敏抿嘴忍住笑，福慧則彈了彈他的腦門。「光會搗蛋！」

弘昭還在原先進宮時住的院子裡，並沒挪動，除了身分成了皇子，其餘一概與康熙在時無二，仍同弘明一間屋子，每日讀書、練布庫，只在用飯時間過來，似在家時與母親跟姊弟們一起吃一頓飯。

這會兒正是弘昭讀書的時候，弘時既成了皇子，理所當然也跟著一起進了上書房，周婷按照弘昭的例為他添置東西、收拾屋子，還挑了三阿哥家的弘晟跟他住在一間屋裡，他們兩個很快就熟悉起來，讀書時也能互相切磋。

男孩們去讀書，周婷這裡就只剩下福敏、福慧跟弘田陪著她。

母子四個人臨窗坐下來，正值守孝期間，連鮮亮的針線都不能做，也忌諱歡聲笑語，除了圍坐一處吃吃點心、說說話，還真沒別的消遣。

翡翠端了核桃芝麻酪來，周婷看孩子們都拿到了，扭頭問道：「給養心殿送去了沒有？」翡翠應了一聲。

弘田剛端了碗，就不住地在坐褥上頭扭動身體，這椅子他還沒坐習慣。畢竟還沒出熱孝，不好現在就裝飾屋子，坤寧宮裡原有的東西並沒大動，那都是康熙的皇后還在時就擺上的，雖然都是好東西，卻舊了。

孝誠皇后赫舍里氏去世之後，這裡就是康熙懷念她的地方，東西全都擺在原位，一絲一毫不讓人動，經歷了這許多年，還是她在世時的模樣。

對於搬進這麼一間宮室，周婷並不十分願意，可天乾地坤是擺死了的規矩，就算要想辦法搬離，也得等她把位置坐熱了才行。

原是宮裡各處忙亂，又許多年沒有正宮在位，內務府在趕著準備帝后禮服儀仗之餘，只記得把康熙時的舊人們挪出去。康熙嬪妃眾多，就是些個小貴人們，也有四對宮人侍候，二十七天就要除服告廟，哪裡來得及搬。

德妃倒是好意提過一句，她如今已是太后，自有自己的宮室，一搬了新家立刻就叨念起周婷。周婷自有一番說詞，只道胤禛都沒動乾清宮的東西呢，她不好趕在丈夫前頭。

德妃到底沒在正妻的位置上待過，一時之間沒能明白周婷心裡那些盤算，卻很滿意她這份「萬事夫為先」的態度，點頭許了。

太后都准許不動坤寧宮，要處理的事情又多得腳打後腦勺，哪個不開眼的想去幹這活兒？坤寧宮不似小貴人們挪一挪、動一動就成，還得重新丈量屋子、打造家具，大到地毯貼邊，小到擺設玩件全都要換成新的，多少年沒辦過坤寧宮的差了，一下子就要整個淘換一回，得抽出多少人力來？既然皇后有這份心意，奴才們全都順著坡下驢，樂得輕省。

其實周婷根本沒打算在這裡長住，乾清跟坤寧兩宮隔得那麼遠，來往相當不便，如今在孝還好，等出了孝，胤禛想要過來，簡直就像過五關、斬六將，東西六宮哪個門不是一道坎兒？

近水樓臺先得月的道理誰不明白，原先在親王府或圓明園時她能藉各種手段把那些女人隔得遠遠的，就是瞧見了胤禛，她們也伸不出手，只能乾瞪著眼熬日子。如今不趁胤禛剛上位時規矩未定，先把便宜占住，那就不是周婷了。

弘田瞧見桌上擺的宮圖，好奇地探頭過去瞧，周婷指著中軸線告訴他各間宮室的名字。福敏與福慧曾在太后那裡聽說「要挪小妾進宮給名分」的事，此刻都有些發懵。她們自生下來到長成，眼裡就沒有「小妾」這類人，雖有大格格在，也沒拿這個當一回事，此時聽說原來皇阿瑪還有小老婆，而且還要挪進宮來一起住，都有些不是滋味。

弘田不小了，這麼膩在周婷身上，倒讓她出了一層薄汗，等差不多到了弘昭下課的時間，她就叫宮人們把弘田領過去，男孩子還是要跟哥哥們在一處才更自在。

弘田本來就像隻小老虎，跟比他大上一圈的男孩照樣能玩在一起，今天那邊的阿哥們要練習布庫，他早早就盼著了。

等弘田離開，福慧立刻上來摟住她額娘的胳膊，很是憂心地說：「那些就不能老實待在府裡嗎？」

她從小就聰明大方，比起其他只知道表現出溫柔貞靜的格格，周婷當然更喜歡自己這個敢說敢做的女兒，可她還真不知道該怎麼跟女兒談論「小妾」這樁事。

周婷摸了摸福慧黑亮的頭髮，在心中嘆了口氣。她跟胤禛讓孩子們充分感受到「家」的氣氛，可她又要怎麼告訴女兒，等她嫁了出去，她的丈夫可以明正言順地去睡小妾呢？

清朝公主雖不能像唐朝那樣任意妄為，有的甚至還過得很不如意，可有胤禛跟周婷在，這兩個女兒就不會被人欺負，就是沒了胤禛跟周婷，還有弘時、弘昭、弘田與壽桃兒。這些孩子關係一向親近，福敏與福慧受了委屈，娘家就是最強的靠山，可與丈夫之間卻不僅僅是權勢就能讓他傾心對待的。

周婷剛還在發愁怎麼給那幾個不多的妾好聽些的名分，被女兒把話一岔，這點愁就扔到了腦後，開始憂心起女兒的教育來。雖說皇家格格們都晚嫁，算一算福敏與福慧的年歲，還有好幾年才會正經討論到這件事，可是在宮中錦衣玉食地供著，一堆奴才們在跟前伺候，把性子養得刁了，往後嫁出去教她怎麼放心呢?!

經過胤禛與那拉氏的事，周婷深刻地知道，夫妻不是結髮就能同心，再好的兩個人也會有難以磨合的地方，可要她對女兒說「出嫁就要順著丈夫，把委屈嚥進去」，她又受不了女兒吃那種苦。周婷腦子裡轉了又轉，半天都不能湊出一句話來教導女兒往後怎麼跟丈夫相處。

福敏起先還睜著一雙碧清雙目看著妹妹跟母親，等母親不動不語時，她立刻站起來點了點妹妹的額頭。「學問嚥到哪個肚子裡去了?」

福敏與福慧長得愈大，就愈不相似，五官、身條還是像，可往那邊一坐，馬上就能分出誰是姊姊，誰是妹妹。

「男以女為室，女以男為家，夫義則自然婦順。」福敏說道。

福敏一說完，福慧就又追問她：「何為義？不娶妾是不是義？」

這話連周婷都無法回答，她正糾結著不知道要怎麼跟女兒說那些「大度寬和」的話時，胤禛領著弘田進來了。

他下了朝就去上書房看那些阿哥們如何讀書，這件事康熙以前常做，到了他這裡，師父們都已經習慣了，就算要守孝，也不能不讀書。

弘田那麼小就混在阿哥堆裡，光了膀子要玩布庫，被胤禛捏著小辮子提了回來，他一進屋就聽見妻子跟女兒這番對話，眼睛一掃就瞧見案桌上那份宮圖，立刻明白妻子這是在排室了。

福敏與福慧見著胤禛就親熱不已，福慧抱住他的胳膊把弘田擠到一邊去，一迭聲問他：「皇阿瑪，您說，不娶妾是不是義？」

周婷嘆了一聲氣，揉著額角。「成日胡說，眼看不小了，這可怎麼說親事。」說著站起來接過胤禛的帽子擱在帽架上，為他添了一碗酪。

在胤禛眼裡，女兒還是當初抱著他大腿的模樣，再錯眼一看，竟然長得這麼大了，再一瞧，兩個女兒都睜著眼睛望向他。他不以為忤，悶笑一聲。「皇帝的女兒可有愁嫁的？若真教妳們受委屈，我這個當皇阿瑪的，難道就乾看著？」

福敏與福慧再大方也是女孩，聽見「出嫁」就臉紅，扭著身子要告退，弘田兀自不覺，一手拉著福敏，一手拉著福慧，黏在兩個姊姊身後轉圈。「姊姊們要嫁人了？」惹得福慧往他腦門上彈了好幾下。

等幾個孩子出去了，胤禛喝了半盞酪以後擱下碗，把宮圖拉到面前，戴著扳指的那隻手往圖紙上點了點。「就把人擱在景陽宮吧。」

周婷一怔，景陽宮算是東西六宮裡離中樞最遠的了，她一時摸不清胤禛的心思，立到他身邊望著那張宮圖，猶豫中開了口。「擱在這裡，請安往來可不方便呢。」

不光是請安不方便，胤禛不論是要去寧壽宮還是去慈寧宮，往哪條路都不可能經過景陽宮宮門，這跟在雍親王府裡周婷把那些格格們關在東院是一樣的道理，只是由胤禛開這個口，教周婷又驚又喜。

胤禛伸出手來拉她坐下，撫著她的手打量坤寧宮的宮室一圈。「如今正在孝裡，不好挪動，知道妳在這裡住不慣，我今天叫人把體順堂理了出來，往皇額娘那裡請安也方便。」

體順堂就在養心殿裡，若不是為了守孝必須隔成兩個屋子居住，按胤禛的意思，是要叫妻子同他一起住在正殿的。那麼多年日日廝磨，這才分開兩個月就覺得處處不習慣，原先再忙時也有妻子兒女陪在身邊，如今屋裡圍著侍候的下人多了，能說句貼心話的倒隔得遠了。

周婷喉頭一陣哽咽，胤禛見她眼圈帶紅，伸手摟住她靠在自己胸膛上，看著她閉了眼把臉埋進去。他一手撫著她的背，一手捉住她的指尖往唇邊湊。「李氏就封為嬪吧，體面不是別人給的，福雅跟弘時兩個我自有安排。」

周婷的眼淚唰地一下全下來了。胤禛說這些，是因為知道她心裡為這個發愁了？即使是這樣，也還願意順著她，好安她的心？她一腦子的問號，心頭覺得甜蜜，鼻頭卻止不住發酸，又覺得不好意思，把手抽回來攥著胤禛身上寶藍色的常服衣襟不肯撒手。

「我原也沒打算在這裡常住，等過年開春，咱們一家遷回圓明園去。」胤禛說著，低頭吻在妻子額頭上。

胤禛既拋出話來，周婷手中就像是拿了尚方寶劍，原還要顧忌這個、顧忌那個，辦事之前還需尋個好聽的理由才能不落人口實，如今一概不論，也不管這幾個是不是舊人，全按「常在」的位分來，除了宋氏因實在侍候得久，又生過一個小格格，這才落了個「貴人」封號之外，其餘幾個全按姓氏稱呼，耿常在、劉常在，就算是把名分給定下了。

原先沒皇后時，康熙把皇后應該辦的大事全給兼了，這麼多年下來早在宮裡成了慣例，上自內務府，下至尚宮局，全覺得定封號、排宮殿應該是皇上的事，皇后的寶印塵封多年就是個擺設，周婷冷不防一出手，倒把那些個有女兒等著受封的人家給弄傻了。

女兒做了皇上的女人，對這些四品官位都沒有的人家來說算是平步青雲，按康熙時的老例算一算，自己的姑娘怎麼也該是個貴了，若是運道好，說不準就是個嬪了，原本全都備著紅封眼巴巴地等著消息，誰知道竟只是個常在。

背地裡自然少不了皇后的閒話，也有人說皇后爭強好勝，連個虛名都不願意給，冷眼瞧著皇后下的第一道旨意會不會被皇上駁了回去，大大地損一回面子。誰知道等到自家姑娘都上牒了，養心殿那邊硬是一句話都沒傳出來過。

李氏家人久不在朝，自然無處可說，可心中也明白那拉氏占了上風，自家女兒唯一餘下的阿哥又是她一手帶大的，總算還有個「嬪」的封號，也就捏著鼻子認了，可其餘人家便沒這麼好的聲氣。

這些年雍親王府的人不出去宣揚，外頭人竟不知道圓明園中只有那拉氏一個女人。那些下官雖然知道雍親王不收送去的女人，也只以為是雍親王為人清正，不愛此道，誰能猜到他竟連康熙指下來的女人都沒用過，還以為是福晉手段厲害，沒讓那些個女人生下孩子來，不教人有正經理由抬身分而已。

如今雍親王成了皇上，那些跟著他的女人自不可同日而語，原本在府裡是格格的，怎麼也該給個貴人封號，眼看皇后寶印就蓋在懿旨上了，還在發春秋大夢。

京城有短暫的啞然，可是見到皇上不僅沒發話，還把皇后也挪進養心殿，夫妻兩人住在一處，這才對帝后的感情有了新的認識，除了吩咐自家正妻面見皇后時要更加小心，其他的只能縮著脖子認下。

不認又能怎麼辦，這都生了三個皇阿哥了，新皇還在守孝，這段時間內是怎麼也不可能有人懷上龍嗣的，眼看最大的嫡子就是未來的接班人，此時得罪了那拉氏，以後一家子的日子還過不過？

京裡的傳聞周婷也有所覺，雖沒人敢在她面前嚼舌根，也能從那些命婦們舉止動作中看出一、兩分來。有寵的皇后跟無寵的皇后又怎可同日而語，胤禛這下算是幫周婷立了威。

原也不是沒有過皇貴妃宮院裡比坤寧宮更熱鬧的先例，那些宮中的老人經過這麼一齣，知道後宮被皇后把持得牢牢的，便熄了那往別處使勁的心思，專心往皇后跟前露臉。

這是新皇登基以來第一個新年，萬般氣象新，可新皇又發了話，說要一切從簡。再從簡也是皇家過新年，下面人原吃不準章程，可如今有什麼猶豫的，就全問到皇后跟前。皇后把事情一二三四地訂下規矩來，大家循著這些辦事，才把頭一個年順順利利過完了。

才出熱孝必停酒肉，除了太皇太后、太后與先帝妃嬪，餘下宮妃們不許打造奢侈首飾、做錦繡衣衫。皇后帶頭守孝，就是兩個嫡出格格處也沒添加東西，再不甘心也挑不出刺來。宮中頭一次過這麼簡樸的新年，除了掛上紅燈籠，竟沒別的消遣。

那些格格們在得了常在身分挪進宮時，也不是沒有重起過心思，無奈除了進宮那一天皇后在坤寧宮裡受了她們的禮，她們再沒能踏出景陽宮的大門，日子過得還不如在雍親王府裡自在。

那時候府裡沒正主，彼此想有矛盾都彆扭不起來，日子過得輕鬆愜意，想逛花園，結個伴走一走就到了，如今宮門踏不出去不說，還因為守孝，連平日常玩的葉子戲都不能碰，幾個女人天天待在一處妳看我、我看妳，沒幾日就厭氣得恨不得沒進宮。

宋氏一直被看在屋子裡，起初是周婷壓著沒提，到後來連她自己都忘了宋氏的禁足令，這一禁就是好幾年。還是安排位分時才記起這個姿態低順、實則滿是心眼的女人，等她來行禮時一看，把周婷驚著了。

宋氏整個人像是發麵饅頭那樣，胖了兩圈不止，眼角、眉梢全是皺紋，眉間有抹不平的褶，真像個裹了餡的包子，周婷差點沒能認出來。

這一怔忡，周婷就沒再提禁足的話，宋氏感激涕零，伏身行禮泫然欲泣，周婷意思意思安慰了她兩句，恩威並施地說：「妳既是貴人，又侍候得最久，行事自該與那些常在不同，年氏雖位高，到底年輕，到時候還需妳多幫襯。」

宋氏垂著頭應是，她不想應也得應下，誰要她現在指望著周婷過日子呢？

餘下那些小常在們就更恭敬了，雖沒正經跟周婷交過鋒、打過照面，卻天生就是矮了她一頭，更別說她穿著皇后常服坐在上首，看起來慈和，但一想到她把她們這些人擱在府裡多年，都沒人跳出來說她「不賢」，就能知道她的手段了。

眾人畢恭畢敬地行了禮，按次排開。周婷往下一看，也覺得有些少了，除了宋氏得了貴人封號，餘下那些都不夠湊個三桌麻將，對於一個帝王的後宮而言，這點人數真是少得可憐。比一比康熙時的後宮，那時候排得上名號的宮妃，過年吃席、聽戲就要從正堂排到偏殿去，為了比座次，可沒少往一宮正位那裡使勁。

所幸今年不用排酒，否則教外頭瞧見了，大挑時非想辦法往胤禛這裡送美人不可。周婷心裡這麼想，臉上卻不露。「妳們才剛進宮，有些規矩還得由嬤嬤們教導，如今正守孝，不要各處走動，免得惹出閒話。」用一句話來說，就是老實待著別想惹人注意。

常在們這些年連胤禛的身都沒近過，性子早就被磨平了，周婷眼睛不盯著府裡，總留了人幫她留神照看，她知道這些女人一大半都信了佛，和藹地吩咐一聲：「景陽宮中也設了小佛堂，無事就在菩薩跟前坐一坐，也好染點佛性。」

常在們的年紀說小也不小，最年輕的都快二十了，這些年下來早就明白了一個道理：福晉是個厲害人。瞧瞧宋氏，再比比年氏，自己想要出頭，只怕這輩子都沒機會了，便一起點了頭。

有幾個原先周婷見過的，還陪著笑搭上一句：「皇后娘娘想著咱們，咱們自然不負娘娘的期望。」無子女又無寵愛，守了這些年，早就沒那個心了。

胤禛話裡話外都沒提過年氏，周婷卻不能就這麼把她給忘了。她好歹是先皇帝賜下來的側福晉，就算胤禛夫妻倆把她給忘記了，還會有人把這樁事翻出來。

年氏不同於李氏，她兩個哥哥都還在朝，教她身分不明地待在莊子上，就是年家不吭聲，宗人府也要提出來，那可是上了牒的側福晉，再怎麼不看重，也不能在封號上頭繞過她。

番外篇三　心存奢望

周婷把這些常在們安頓好了，才下旨把年氏接進宮來，她原本沒想過要把年氏放在景陽宮裡，可再細細琢磨，還是只能把她擺在那裡。

年氏的位分定在「嬪」，既不是一宮主位，就沒有把她單放一間宮室的道理，周婷原先倒想給她一個妃位，畢竟她的出身可不是李氏能比的，可不論是胤禛還是太后，都厭惡這個才剛進門就惹麻煩的女人，周婷才提了一句，就被他們聯合起來駁回。

太后還皺了皺眉，輕嘆一聲。「妳可不能再這麼好性子。」她兩句話把年氏定在「嬪」上，連封號都是她定下的，圈了個「謹」字，更特別指了自己身邊侍候的人去教導她規矩。太后安慰那拉氏道：「妳這孩子就是太軟和，像這樣不規矩的，用不著給她體面，就是先帝，也說過年氏不堪高位。」

康熙是露過這個意思，不過是跟德妃說說私房話，到了如今的太后嘴裡，就成了金科玉律，連胤禛聽了都覺得很有道理。

福敏、福慧加上弘昀日日在太后這裡撒嬌奉承，她本來就已經很偏心那拉氏，現在更是事事先為了那拉氏的孩子們考慮。她也期盼後宮和睦，若進來個難搞的，頭一個發難的就是她。

年氏在莊上待了很長一段時間，周婷都不曾見過她，年氏這一進宮，比宋氏的變化還要教她吃驚，這些年她竟更加美貌了！

周婷不曾苛扣過年氏的用度，四時衣裳、三餐飯食都是按照側福晉的標準為她配好，她手中雖然沒銀子，卻有好東西，也不吝惜了，使勁地朝看管她的人塞東西。除了銀錢、首飾，連自己分例中的炭跟肉也捨了出去，這才換得能在小園子裡走動的權力，因此這些年下來她非但沒像宋氏那樣黯淡憔悴，反而比過去變得美了。

年氏如今正是最美貌的年紀，加上抽了身高，身體也有了曲線，關了這些年不見外人，身上那種嬌怯怯的氣質更重了，她軟腰行來，見到那拉氏就盈盈下拜，抬頭時臉上竟還帶著笑意。

周婷朝她點了點頭。「還是莊上的水土養人，這些日子不見，倒是大好了。」場面話誰不會說，只是周婷沒想到的是自己話音才剛落，年氏就接了話過去。

「全是皇后娘娘這些年疼愛嬪妾，雖遠在莊上，卻時時都能感受到關懷，嬪妾如今篤信佛義，日日都為娘娘祝禱。」因是守孝，年氏身上穿的那件素白衣裳顯得合乎時宜，臉上更是唱作俱佳，一會兒淚一會兒笑，周婷坐在上首，就跟看了一場鑼鼓戲似的。

周婷哪裡知道年氏等的就是胤禛上位的這一天，她雖不甘心就這樣被發落到莊子上去，心中卻很明白今日不同往昔，年家就算能幫她，效果也很有限。她雖也使過銀子差人送信回家，卻一絲回音也沒能接到，心頭自然氣苦，卻在萎靡幾日後突然想明白了。

她唯一的機會就是在胤禛登位後回到宮中，若此時她先憔悴了，那麼即使再到回宮裡，也不可能得到寵愛。年氏看著鏡中那張臉，打定了主意，絕不能在還未進宮前就被莊子上的水洗去顏色。

當她聽說胤禛竟早了十年登上帝位，抱著被子差點從夢中笑醒，覺得連老天爺都在幫她。內心歡喜由裡到外透出來，就跟吃了仙丹妙藥那般紅光滿面，她抱著鏡子摩挲自己的臉，躊躇滿志，倒一天比一天更透出活力來。

年氏進雍親王府時坐著一頂小轎，進紫禁城也一樣，可她不在乎，只覺得大好時光就在後頭等著她，那一排排的琉璃瓦、紅宮牆，看得她嘴角往上揚，從沒垮下來過。

周婷不是不詫異，但她很快明白年氏能活成這樣，絕不似宋氏跟那些個常在一樣就此認命，這是憋著勁，無時無刻不想抓著機會奮力一搏。周婷很清楚，如今雖然守孝，卻也不能放鬆對她的掌握，指不定什麼時候她就要像今天一樣讓自己吃一大驚。

年氏以為自己已經夠安分了，卻不知道她一打眼就讓周婷嗅出了危險的氣息，她兀自不覺，一路往景陽宮去時還在心中暗喜，等到了地方，才發覺景陽宮是東西六宮中最冷清、最偏僻的宮室。

這裡原是貯書用的，因為一宮嬪妃要住進來，還特地把藏書都翻出來挪到永壽宮去。這是胤禛定的主意，養心殿跟坤寧宮之間就隔著一個只放書的永壽宮。消息傳到周婷耳裡時，她抿著嘴臉頰泛紅，他這是在用自己的方式叫她不必擔心呢。

周婷是高興了，可苦了這些常在。年年六月初六曬書節當天，小太監們都要把藏書一本本拿出來翻曬，既要曬書，宮院就必須廣闊寬大，裡頭自然少花木，因此景陽宮光禿禿的連株樹都沒有，一眼望過去就是別人的窗框，四四方方箍起來的一塊巴掌天，人都快瞧傻了。

這些事情年氏還沒察覺到，她才進了偏殿，還沒理完東西，太后那邊就分派了個嬤嬤過來。年氏經過雍親王府裡那一回，學聰明了，見著嬤嬤來，也不擺架子，還好聲好氣地賞了東西下去。送走了人，一關起門來就問新派過來的宮女，這一宮都住了什麼人。

年氏聽見那宮女把人頭數了一回，便摸下個銀鐲子賞給她，笑咪咪地說：「我比別人都要後來，有什麼忌諱的，還要煩妳先告訴我。」

宮女受寵若驚，連稱不敢。

這些宮女才剛來，根本還沒機會摸清各家主子的情況，她收了鐲子往外一交際，半天不到，宋氏那邊的宮女就回報上去：「謹嬪娘娘差人打聽主子呢。」

年氏進府時，宋氏已經被禁足，兩人還真沒打過照面。宋氏靠在床頭歇氣，她這幾年關下來身體一直好不了，這會兒還病著，聞言露出個笑來。「同在一宮裡住著，有什麼好打聽的？等放了飯，妳從我這裡拿碗菜出去，跟那些宮女分著吃，也算結個緣。」

那宮女應了一聲，有主子給她作臉，還有什麼不高興的？宋氏卻閉上眼在心中冷笑，又是一個非要撞上南牆才肯回頭的。

這些年下來她早就明白了，爺的心就是釘在福晉身上了，再怎麼攏也攏不回來，她還生過一個小格格呢，也不過是個貴人，年氏若不是有側福晉的名號，這輩子也越不過她去，如今還沒得意就急躁起來，上頭那位不看在眼裡?!

宋氏歇了要相爭的心思，年氏卻屈尊往她屋子裡來了。她不來倒好，不打照面也就罷了；她既來了，宋氏自然要起身向她行禮。年氏身在高位這麼多年，宋氏向她行禮再平常不過，可在宋氏眼中，年氏比自己還不如，連寵愛都沒承過，架子還擺得這麼足，心裡難免不痛快。

這些女人沒進宮時待在院子裡，想爭也爭不起來，進了宮又是一樣的分例，吃的、喝的、用的全相同，早就熄了比較的心思，年氏一來，倒把這一潭死水給攪了起來。

宋氏行完禮就趕緊讓座，心中雖然不舒服，面上卻一點也不露，笑盈盈地吩咐宮女上茶果點心。

年氏正是春風得意的時候，她自覺比這一宮的女人都要出挑，就算是要選秀，也得等守完孝才能預備起來，她不信胤禛不翻她的牌子，皇后再比過去年少，幾年下來也不年輕了。

宋氏如今成了宋貴人，早年那些風流嫵媚在她身上已經一點影子都看不到了，她不像年氏還有期盼，早知道這輩子再無指望，現在見著了年氏，就跟看見了年輕時的自己一樣。她那時是仗著福晉年紀小，承寵不便，現在年氏心中想的不過是皇后年紀漸長，寵愛總有式微的那一天。

宋氏在心中哂笑，臉上卻撐開笑容。「我在府裡那些年，身子一直沒好過，倒沒去請過安，實是失禮。」

這是要臉面的說法，年氏豈會不知宋氏不來請安的原因。

年氏在府裡也認真打聽過李氏跟宋氏這兩人的事，聽說宋氏也是南方姑娘，在心中也比較過幾回，如今打眼一瞧，差點笑出來，這副包子饅頭的白胖模樣，哪有一點婀娜的影子？她咳了一聲，拿帕子掩了掩嘴，順著宋氏的話頭往下說：「姊姊是侍候萬歲爺的老人了，該由我去拜訪才對，只恨我這身子骨也不好。」

其實兩人的底細彼此都清楚，說這些話實在沒意思到了極點，都是被拘起來的，誰也沒好過誰。

這樣一想，雙方竟開不了口，再論了幾句天氣、嚐了塊糕點，年氏就站起來告辭，由宋氏送她到門邊。

夕陽西下的餘暉為琉璃瓦鍍了道金邊，遠遠看過去一城繁華，年氏心中那點不得意跟長了翅膀一樣飛遠了，嘴邊又挑起笑來，昂著頭一步步往偏殿裡去。

宋氏望著年氏娉婷走遠的樣子，倒笑不出來了，年氏起碼還能掙上一掙，其他女人這輩子都看不到希望了。

周婷挪進體順堂，不過是胤禛一句話的事，她是正經的嫡皇后，就是住在同一個屋子裡，也沒人敢說他的不是。胤禛是自願守孝的，可就是外頭喪父要守孝，也沒有硬要正當夫妻分開來住的道理，不往小妾那裡去是真的，正妻卻是從根本上就不能一概而論。

周婷挪進體順堂之前，還在太后那邊做了許多準備，每日請安都要感嘆胤禛的身體兩句，怕他剛接手國家太過辛苦，養心殿裡更是日日點燈熬蠟到三更。

是以那拉氏要過去住的消息傳到太后那邊時，她高興都來不及，還拉著那拉氏的手，吩咐她好生看著胤禛，別讓他太過辛苦。「哪能一口就吃成個胖子，先帝也沒他這麼拚命，等妳過去以後就盯著他，睡不足哪有精神辦國事呢？」

太后金口玉言，周婷一去就先立下了規矩，她屋子裡的人不許跟養心殿的奴才們攀扯、不許拜乾親、不許結伴，不為別的，養心殿連著政堂，她能少關注就少關注，雖不至於把自己扮成聾子、瞎子，起碼不能給胤禛留下她「關心政事」的印象。

雖說在府裡時兩人也經常談論政事，可進了宮又不一樣，周婷很清楚後宮絕對不能干政，可這條規矩卻被胤禛親自打破了。

他在養心殿後殿裡批摺子，抬頭一見周婷屋裡燈還亮著，立刻吩咐蘇培盛叫御膳房奉些酪來，還特地不讓人擱那些顏色鮮亮的果子，吩咐完以後就抬了抬下巴。「把皇后娘娘請過來。」

周婷就這麼名正言順地進了養心殿後殿，胤禛早就習慣在後院辦公，他的桌子就跟弘昭練字的桌子拼在一起，如今自己一個人竟不習慣，知道妻子醒著，哪裡還能忍住，趕緊把她叫到身邊陪他。

翡翠屈著膝為那拉氏繫斗篷，雖然只有幾步路，底下的人也不敢怠慢，帝后一處那是從未有過的恩寵，若是有人傷風咳嗽，可得自動自發離得遠一些，皇后才剛進體順堂，正是宮女跟奴才們費心思的時候。

珊瑚接過手爐，蘇培盛打起簾子引周婷進去。胤禛的御案前厚厚一疊摺子，聽見響動抬眼一笑，又低頭去看摺子，眉頭皺得死緊。

周婷拿軟布擦了手，款步上前幫胤禛分起奏摺來，這些事她在府裡就做慣了，就是大著肚子也沒停下。如今送到胤禛案前的奏摺自然已經分揀好了，可周婷最熟悉他的辦事方法，每本打開來粗略地掃一回，就知道該排在第幾位給胤禛看。

胤禛也習慣由妻子先幫他把奏摺分類一回，狼毫上沾著調好的朱砂。他原是執意用上二十七個月的藍筆御批，被朝臣勸了又勸，這才換回朱砂，此時落筆不住，一張奏摺快被他圈注滿了。

周婷眼睛一掃，就抿了唇笑起來。她雖沒見過別人怎麼批奏摺，卻也知道胤禛興頭起來了就會洋洋灑灑寫個不休，有時候他寫的倒比別人奏上來的還多。

她也不打斷他，只看著琺瑯鐘計算時間，趁胤禛擱下筆，拿起茶盞喝茶提神的時候，上前為他按起額角來。「福雅也十七了，按理說也該預備起來，皇阿瑪在的時候已經為她定了親事，卻是按著郡君的品階挑的人，如今是不是該換一換？」

孫輩沒有這麼久的孝，就算是守足一年，到明年年底再準備婚事也晚了，大格格一拖二拖都快拖成愁。原先她就是個郡君，康熙挑的人跟她也匹配，誰知婚事都定下來了，她的身分卻不一樣了。

胤禛沈吟了一會兒。「既是皇阿瑪定下的，咱們自然沒有更改的道理。」他舒服地瞇起眼來，周婷聽到這話，抿了抿嘴。

大格格的親事說是定下來了，卻還沒發旨意，只由康熙透了意思給胤禛，預備等晉了封號再把賜婚的旨意頒布下去。她從郡君變成了和碩公主，夫婿卻還是原來那個，雖說也是個蒙古台吉，卻沒有大阿哥的嫡女嫁得尊貴。

自從周婷不再管大格格，她就像隻沒頭的蒼蠅一樣，胡亂打轉，就是找不到門道再重獲周婷的歡心。然而進宮之後她卻突然找著了方向，日日往太后那邊獻殷勤。

到底是自己的親孫女，就算有些缺點，也被歸咎到李氏身上。大格格既透露出親近的意思，李氏也是個早就去了的人，這一來二去，太后倒對大格格多了些關照之意。

周婷不好再不拿大格格當一回事，就算是做給婆婆看的，也得讓她知道大格格是因為什麼失了寵。她不想跟個小女孩計較，大格格如果能規矩起來，那給她一些體面也未嘗不可，可誰知才得了太后幾天關照，大格格竟又生出別的心思來——她覺得自己嫁得太低了。

弘時跟弘昭幾個與叔伯家的孩子一起住在東三所裡，福敏與福慧自小就得長輩喜愛，又是嫡女，一直被周婷攏在身邊，住在坤寧宮的東西暖殿裡，只有大格格一個人既沒有生母能住在一處，又不能單為她開一間宮院，如今只在北三所裡為她收拾了屋子暫且住著。

大格格日日不輟，堅持早起往太后跟前請安，太后一抬手一動腿，她就緊跟前後，一段時間下來也有所得，本來還想再使上些力氣，讓太后為她說幾句話，把她的婚事改得更合意些，誰知才從慈寧宮回到北三所，周婷那邊的宮人就拿著她賜的禮品過來，裡面還夾著一張信箋。

周婷不是不知道大格格的心思，也不再跟她來虛的，這姑娘腦子不知道怎麼長的，跟她說虛的，她十有八九要拐到別的地方上去，只能扒開了皮往明處說。冰心跟玉壺兩個侍候大格格多年，知道她這是憋著勁想往上爬，卻也不好勸，說白一些，往太后那邊請安定省是孝道，怎麼也談不上對長輩上心。

既是有意讓大格格知道，冰心才接到禮品，玉壺就報了上去，大格格看了信箋以後白了一張臉，捏著帕子差點暈過去。她沒想到自己都是和碩公主了，嫁得竟不如郡主，一張臉陰得能滴下水來。「嫡庶」兩個字壓在她頭上教她喘不過氣，咬著牙強忍半天才輕輕吐一口氣來，等御膳房送飯來的時候，原封不動地把晚膳給退了回去。

大格格這邊才退回了晚膳，周婷就知道了消息，她挑了挑眉毛，倚著薰籠問道：「太后那邊的人問起來，可知道怎麼回話？」

翡翠遞了個眼色給珊瑚，珊瑚就倒退著出了殿門，頂著雪珠往北三所去。

周婷心想：慈寧宮那邊就算今天不知道大格格不吃晚飯的事，明天大格格自然也會託病不起。大格格連著請了好一陣子的安，冷不防一日沒去，太后總要過問，再問下去，大格格可就露餡了。

周婷還真不怕事，一來她不信太后會站在大格格那邊，二來這事是胤禛定下來的，並不是她這個嫡母有意作踐庶女。說穿了，以她如今的地位，難道還怕大格格「吃不下飯」？也不知道她倚仗著什麼，竟敢弄這些小巧，是覺得太后會護著她？抑或是實在不甘心低嫁，想做最後一搏？

果然不出周婷所料，太后與福敏、福慧兩個叨念幾句家常後，就發覺大格格不在，側頭一問，自有宮人報上去給她聽，如今侍候她的還是瑞草，不過已經升成了瑞姑姑。

周婷搭了手，往膝上緊了緊手爐。她的袍子邊滾了一圈狐狸毛，全是用狐狸腋下那一縷做的，滾得密實，又輕又暖，很不易得。她垂了頭，用指甲勾著上頭的毛，等瑞草回稟完了，才輕嘆一聲。「這孩子向來體弱，一到冬天，總要犯幾日咳嗽的，我瞧著像是好了，竟又犯起來。」說著就叫人送棗泥山楂丸子給她開胃。

就算太后不深究，瑞草也要報上去，周婷垂了眼簾喝茶，就見瑞草附在太后耳邊低聲說話。

幾句話一出口，就見太后細細皺了皺眉毛，臉上的笑意淡了下來，揮一揮手。「既然她身子不好，就免了她的請安，將養好了身子，才是孝順父母。」

德妃從官女子一路當上太后，雖然後半段靠的是兒子，前半段卻也為胤禛開了個好頭，她一步步踏上四妃的位置，很清楚自己依靠的是什麼。前半生靠的是丈夫，後半生就要靠兒子了，如今胤禛打定主意當個不改父志的孝子，她怎麼會去拆自己兒子的臺？不必媳婦多說，她也會站在她那一邊。

番外篇四　視而不見

太后的話一傳下去，到了下午大格格就能起身用飯，第二日就說好了許多，到第三日又重回慈寧宮裡請安，再沒傳出吃不下飯的消息。

只是大格格一日比一日沈默，原先還能跟太后說兩句話，現只聽不說，規規矩矩裡帶足了小心翼翼。太后年紀大了，難免心軟，對她仍存著兩分憐惜，既然婚事上頭不能更改，嫁妝多一些也能安身，可見她這副扶不起的模樣，又覺得不順心意。

福敏與福慧小時候還跟大格格親近，愈大就愈是疏遠，如今很不待見這個姊姊，但聽說她身子不好，還是得去看她一回。

京城剛剛開春，地上還結著霜，從坤寧宮往北三所去的路上，周婷允許她們以輦代步。北三所在景陽宮後面，步輦在宮門前經過時，裡頭的謹嬪年氏聽見了消息，特地在門邊等，待福敏與福慧回程途中撞了個正著。

她雖是嬪，也是父親的小妾，是她們倆的長輩，福敏與福慧再不樂見她，還是要下輦來向她見禮。

福慧皺著眉頭不痛快，她可從來沒有給這樣身分的人行過禮！就是年節上，姊妹兩人一出現，也立即被太后召到身邊去，雖然嬤嬤教導過要各處問一問安，也沒機會實行過。

她是個藏不住話的性子，又被寵愛慣了，當下臉色就露了出來，就是身邊的奴才們也都憤憤不平，這是哪個牌位上的人，敢攔到固倫公主跟前了?!

福敏睨了年氏一眼，見她肩上落了一層細雪，就知道她是特地等她們經過的，她微微側身擋住了妹妹，對著年氏屈了屈膝蓋。

年氏心中有意把規矩做到十分，奈何前世在家時嫡母對她疏於教導，出嫁之後太后雖挑了個嬤嬤過來，她也學得不錯，但如今一回到宮中，貴妃的架子很自然地擺了出來，竟坦然受了福敏的禮。

這下不獨福敏與福慧身邊的奴才跟宮人，就是跟著謹嬪年氏出來的宮女，也都傻了眼。她們跟著謹嬪娘娘去侍候過年席，這兩位格格可是比阿哥都得皇上寵愛的，如今謹嬪娘娘竟受下她們的禮，這可要讓皇后不痛快了，謹嬪娘娘至多降位分，她們這些下人可怎麼辦?!

年氏也是著急了，她耐著性子等了許久，日日盼望才盼到守歲那天，打扮一新地往席上一坐，誰知等了一晚，四郎的眼神都沒往她這裡轉一下，光是幾個兒女就圈住了他，大的撒嬌、小的作癡，皇后一個人就把四郎守得牢牢的，那十幾個常在更是坐得筆挺，連筷子都不敢多動。

年氏本來想著來日方長，可元宵一過，她這一宮的人又被關了起來。雖在莊子上折了性子，卻存著一鳴驚人的心入了宮，如今眼看下次放出去要再等一年，她怎能忍得住?

福敏與福慧兩個在大格格那邊逗留了半炷香的時間，年氏知道消息以後就坐立不安，想了半天還是披著斗篷出來了，存著先套套交情的心思。福敏跟福慧兩個習慣在太后跟胤禛面前撒嬌作小女兒狀，年氏就以為她們真是被嬌寵得沒了止度，她心想兩個孩子容易討好，這才出來等候。

年氏自言自語了半天，除了福敏動動膝蓋行過禮，竟沒人搭理她。年氏不禁臉上一紅，往旁邊退開兩步。「是嬪妾攔了格格的路，原想去向皇后娘娘請安，這才遇上了。格格們可是往皇后娘娘那邊去？」

福敏淡淡一笑。「這是要往皇瑪嬤那裡去呢，皇額娘正歇晌，謹嬪娘娘別去擾了她的覺。」說著就回身搭了粉晶的手，重回輦轎上去，留下年氏臉上強撐著笑容目送她們離去。

她們兩個自然不是真的去太后那裡請安，這會兒都已經不早了，正是一家人在養心殿後殿聚一聚的時候，福慧才下輦，就邁開腳往屋子裡跑。周婷與胤禛都在，正靠著窗子挨在一處說話，簾子一響動，福慧就像個小砲彈似地衝進周婷懷裡。

她一張小臉氣得發白，摟住周婷的腰不住扭動，周婷正詫異呢，就見福敏跟著進來，往周婷跟前一坐，見了胤禛卻是翹起嘴巴來不理不睬。

兩個女兒一向待胤禛親暱，見到阿瑪比見了額娘更開心，如今見面的機會比過去少，更是一見著就非要撒嬌一會兒，今天怎麼會這樣？

周婷還沒問，胤禛先奇怪起來。「怎的？福慧不痛快了？」

福慧還埋著臉不肯起來，胤禛走過去摸她的頭，周婷掃了跟進來的粉晶一眼，見她垂著頭不敢上前的樣子，一時之間猜不著是什麼事，只好溫言哄勸福慧道：「怎麼不同皇阿瑪跟皇額娘說？誰給咱們福慧委屈受了？」

說著周婷搖了搖福慧的肩，見她還不肯抬頭，便使了個眼色給珊瑚，珊瑚就藉著吩咐點心的空檔退出去打聽。

翡翠趕緊絞了熱手巾送到周婷手上，福慧才從外頭進來，素錦斗篷還繫在脖上。周婷見拉不動她，便拍著她的肩說道：「快把斗篷卸了，這樣纏著不難受？」

福慧這才抬起頭來，彆彆扭扭的，不肯跟胤禛說話，噘著嘴擦了手臉。來的時候福敏已經跟她說過，不許她先告狀，雖說謹嬪做得過分，可這話得從父母嘴裡說出來才是，她們兩個畢竟是小輩，總歸已經見了禮，這個虧輪不著她們來嚥。

兩丫頭面對面坐著，不肯偎到胤禛身邊去，周婷疑惑地看著丈夫，遞了個詢問的眼神過去。胤禛腦子裡轉了一圈，也沒想出這宮中還有誰會給寶貝女兒受委屈。直到蘇培盛矮著身進門，湊到胤禛耳邊說了幾句話，他立刻皺起了眉頭。

周婷還摸不著頭緒，就見胤禛以手做拳咳了一聲，摸著鼻子說道：「等天氣一暖，咱們就住圓明園去。」

福慧驚喜地瞪大了眼。「真的？」

說著她睨了胤禛一眼，嘴巴照舊翹得老高，轉頭就去搖她額娘的袖子。「皇額娘，是不是真的？」

周婷摸摸她暖玉似的手，笑盈盈地道：「自然是真的，妳跟妳姊姊先住原來的院子，等新園建好了，許妳挑一處自己喜歡的地。」

她的女兒從不無理取鬧，周婷就算原先不明白，看見胤禛的態度，也明白了三分。她哄著兩個女兒半日，許了諸多好處，福慧這才抿了嘴，伸著指頭跟胤禛談起條件。「就咱們一家子去！」

周婷了然地挑了挑眉毛，胤禛剛才的尷尬這會兒更盛了，周婷拍著女兒的背安撫道：「原就是咱們一家子去，都這個時間了，還不到皇瑪嬤那邊去用膳？今天可有鍋燒鴨子呢！」

養心殿是吃全素的，太皇太后與太后年紀大了，並不要求茹素，皇家的規矩就是這麼奇怪，看起來嚴格，卻時時都能變通。周婷怕幾個孩子吃不好，時常打發他們去跟太后一起用膳，一回下來御膳房就摸清了皇后的意思，不就是怕阿哥跟格格們吃不好嘛！御廚正怕顯不出能耐來，琢磨出皇后的意思之後，太后那裡餐餐都要送些燉得軟爛的肉跟菜上去。

等送走了福敏與福慧，周婷攀住胤禛的胳膊，也不問他怎麼了，只用手指戳了戳他的胸膛，從鼻子裡哼出一聲。

胤禛捉住她的手，他也沒想到年氏還敢不規矩。「我已經吩咐下去了，過了春分就奉著皇額娘往圓明園去。」

周婷靠在他肩上，輕輕應了一聲，抬起臉來用面頰磨他的下巴，胤禛則低頭用手勾住她的下巴，嘴唇貼了過去。舌尖勾著舌尖輕嘬，大掌從她背上滑到腰上，好一會兒才肯放開她的舌頭，讓她伏在自己身上喘氣。

周婷雙頰一片暈紅，瞇著的眼睛裡都是水光，胤禛整了整袍子，在她額上吻了一下。「妳瞇一會兒，我到前殿去，等會兒過來用飯。」

周婷點點頭，走到炕上坐下，把毯子拉上去蓋住了鼻尖。雖不是真的行了事，兩人還是膩在一起好一會兒，她現在還覺得裙子底下發燙，熱呼呼地讓人臉熱。

此時她依稀聽見外頭窗下傳來胤禛的聲音。「庫裡可還有好的珠子跟寶石？尋一些送到格格那邊去。」

胤禛出去以後，珊瑚跟蜜蠟幾個才敢進來，珊瑚見周婷臉上紅暈一片，歪在大迎枕上不像是睡著的樣子，就湊過去低聲把事情一說，半天才聽見周婷懶洋洋地應了一聲，接著掀掀眼皮對翡翠一點，翡翠立刻會意，這是犒賞珊瑚事情辦得好。

珊瑚掩了喜色朝那拉氏謝賞，蜜蠟則扶著那拉氏起來重新整頭換衣，才剛散了頭髮，蘇培盛就遞了紅箋進來。「萬歲爺說遞過來給皇后娘娘掌掌眼。」

周婷拿了紅箋，一掃就笑。蘇培盛倒知道投這兩個丫頭所好，除了寶石跟緞子都是一樣的分例外，給福敏的是書畫，給福慧的是一匹小馬，這回她們總該平了氣吧！

然而，周婷不知道福慧正趴在太后懷裡傾訴委屈呢，當著胤禛的面不好直接說出來，面對太后還有什麼顧忌的？

她從小就精，大了更會看臉色，明白皇瑪嬤也不待見年氏，就扭著身子撒嬌。「見禮也是應當的，可這樣子撞上來，倒像是等著我同姊姊向她行禮似的。」說著說著眼圈就紅了。

太后年紀愈大愈心疼孫輩，她心裡瞧不起年氏，自然更偏著福敏與福慧，再叫瑞草過去一問，知道年氏的確特地等在門邊，便一手拍著福慧的背，一手拉著福敏寬慰道：「皇瑪嬤禁她的足，可不許再為了這個人生氣，我瞧瞧，臉蛋都皺了。」

周婷這裡還沒過去提點年氏，太后的人已經去申斥過一回，話說得響亮，一屋子的人都聽見了，她們知道謹嬪竟跟嫡出的公主別起苗頭來，全都縮著脖子，一聲氣都不敢出。

年氏的本意並不是想給福敏與福慧難堪，她心裡一直覺得受個禮也沒什麼，這時候才想起來，年席上除了正經長輩們，這兩個還真沒向人行過禮，就是半禮也不曾有過。她一下子想起自己上一世唯一生過的女兒，心裡又酸又澀，若她的女兒活著，胤禛是不是也會給她這麼大的體面？

年氏愈是不得志，就愈是常常想起前世她同四郎琴瑟和鳴的日子，那時的尊榮高貴，如今全落到另一個人身上，一口牙差點咬碎。她知道四郎有多麼孝順，現在連太后也厭惡自己，她要出頭不知道得挨到哪一年去。

她咬著牙跪下，聽太后那邊的嬤嬤話裡話外說她不知規矩，一雙眼瞪著青磚地，身子微微打顫，感覺一院子的人都在盯著她看。太后沒讓嬤嬤到屋子裡去，而是把她叫到院子來，存的就是折辱她的心思。年氏的臉紅了又白，一陣陣心火燎上來，卻沒把理智燒空，反而教她想出了請罪的辦法。

既被打了臉，那乾脆放下所有身段，一般說來，被訓導過的宮妃應該「病」一下躲羞，可她偏不，偏要去皇后跟前請罪！在景陽宮待著，這輩子就少有見到胤禛的時候，可若去請罪，養心殿中總有碰上的機會。

嬤嬤一走，年氏就站了起來，她身邊的宮女還在發抖，卻見自家主子抬了抬修剪得如柳葉似的眉毛，嘴巴一翹。「傻看什麼？給我打水去。」說著抖一抖帕子往屋裡去，吩咐人開箱子揀起衣裳來。

翻揀了半日，年氏把箱子裡的衣裳都倒出來，才勉強挑了件錦邊彈墨的湖藍色旗裝，拿細細的米珠點綴在頭髮上，又開了瓷盒沾上胭脂在掌心抹開來，往面頰輕拍兩下，比著鏡子前後照過，領著宮女一路往養心殿去。

宋氏那邊的宮女往外一探，趕緊回報。「瞧著要出去呢。」

宋氏聽了抿唇一笑，毫不在意，她用指尖撥了撥托盤上的核桃仁。「看天色就要傳膳了，妳去等著領菜吧。」

年氏掐著時間叫人通報，周婷正跟胤禛一處用飯，聽見通傳，他眼睛抬都沒抬，拿銀筷子挾了個冬瓜餡小餃往周婷碗裡送，還指了碗碟。「這是剛燒上來的蓮花獻瑞，我瞧著有些素了，叫弘昭幾個擬了詩句，打算燒一整套。」

他既不應，外頭的人自然不敢領年氏進來，周婷只裝作沒聽見，跟胤禛論起瓷器來。新帝登基本就要燒一套新瓷，胤禛喜歡色彩鮮明的，之前他曾獻過一套黑漆描金百壽碗給康熙做壽用，便笑道：「不如加一套黑地琺瑯梅花或是玉蘭花樣的，正好叫福敏跟福慧幾個一起拿主意，福慧自小就喜歡這個。」

蘇培盛見帝后兩人說得興起，又是添湯又是布菜，對於外頭過來通傳的人只當沒瞧見，便立正了身子打眼色過去。

年氏遠遠被攔在外頭，嘴上軟言了一句又一句，門邊的奴才就是不放她進去。

一直等到裡頭撤了菜，周婷含著香湯漱了口，才撣著袍角道：「既是來請罪的，就叫她進來吧！」

胤禛不置可否，蘇培盛忖了忖他的臉色，退出去抬抬手。

年氏早就站不住了，來的時候還有些落日餘暉，這會兒都已經掌燈了。她身上穿得不夠厚，被夜裡起的涼風一激，腦袋一跳一跳地抽痛起來，臉色發白，唇上的胭脂也失了顏色。

她被人扶著進屋，被裡頭的暖香一激愈發頭暈，腳一軟就跪到地上，幸好她心裡一直想著說詞，身子才彎下來就張口道：「嬪妾給皇后娘娘請罪。」

這一句話倒把周婷的火挑了起來，她斜了胤禛一眼，見他正拿著茶蓋撇浮沫，眼角全沒往年氏那邊掃，心頭剛拱起來的火又消了下去，吐出來的話平和得很。「我聽說皇額娘那裡差了人去，妳該去皇額娘那邊感謝她教導才是。」

一句話就把年氏給噎住了，她略微定一定神，又開了口。「嬪妾實對不住皇后娘娘的疼愛，這才過來請罪。」

周婷懶得理她，只讓她跪著，也不叫她起來。年氏咬牙跪在厚地毯上垂著腦袋露出光潔的臉頰，胤禛這才把她從頭到腳掃了一遍，不看還好，這一看眉頭皺得更緊。

年氏過來時特地打扮過，那件衣裳織得華貴，雖是素色的，卻用暗金線繡了花團，比周婷身上那件一裹圓的家常舊袍子看上去更新，也更富麗。

胤禛猛然一下摔了手上的茶盞，倒把周婷嚇了一跳。

他的聲音低沈，似是極力隱忍著脾氣。「不知規矩的奴才，宮裡都在守孝，妳竟敢穿金戴銀?!來人，剝了她身上的錦襖！」

年氏惶惶然抬頭，一雙妙目噙著淚花，胤禛愈發感到厭惡，長眼一睇，嘴唇緊緊抿住。蘇培盛等人雖聽見了，卻不敢上前，也不知道萬歲爺怎麼火氣那麼大，皇帝的女人還從沒有被剝了外袍拖下殿去的，這是把謹嬪往死路上推了。

周婷一怔之下回過神來，看管起來也就罷了，這事若傳出去，也是打了年家的臉，怎麼也該給她留一份體面才是。

周婷才剛站起來，年氏冷不防一聲嘶叫：「四郎！」接著就見她眼淚跟斷了線的珠子似地滾到前襟，膝行過去抱住胤禛的腿，仰頭又是一聲。「四郎……」然後嗚咽著說不出話來。

柳條一般的身子攀在胤禛腿上像是沒了骨頭，年氏一雙柔荑攥住胤禛的袍角，半抬著頭從淚光裡目不轉睛地盯著胤禛。

不光是周婷，就是屋裡寥寥幾個宮人也都怔住了，蘇培盛垂著頭退到門邊，另外幾個則直接就退到簾子外頭，屋裡只剩下周婷、胤禛跟半跪半坐的年氏。

這一聲「四郎」叫得夠哀婉纏綿，若不是周婷篤定胤禛與年氏之間無私，光憑這千迴百轉的一聲呼喚，就能教人腦補出諸多片段來。年氏緊緊抱著胤禛不撒手，周婷倒似個局外人似的，站著也不是，坐著也不是。

年氏把一屋子的人都給喊傻了卻不自知，剛才那一聲是她羞憤之下衝口而出的話，卻收到了意想不到的效果。看到胤禛的神色，她一下子就醒悟了，那分明是認出了她！原來重活一遭的不光是她，還有他！

怪不得他能早十年登位，似她這般不知世事，都曉得如今跟上一世不同，胤禛風評甚好，也沒有他奪權篡位的流言傳出。

年氏臉上的笑容慢慢綻開來，襯著未乾的淚珠，似初放的梨花，淡白中帶紅，嬌柔輕豔。

胤禛一時迷惘，他知道面前跪著的這個女人，並不應該是那個自己曾經寵愛過的妃子，可看她的眼神與那聲「四郎」，分明是她。話雖如此，他卻記不起她舊時的模樣，他盯住她的臉仔仔細細地看，分辨了半晌才猛然回神，他早就不記得那一個年氏是什麼樣子了，皺眉思索這麼久，竟是一點痕跡都沒有留下。

他驚愕的眼神慢慢淡了下去，臉上的表情也跟著平復，最後竟還透出點笑意來。他動動身子，抽出被年氏抱著的腿，這一用力，年氏就趴倒在地，臉上狂喜未退，似乎不明白胤禛這個舉動的涵義。

「聾了還是怎的，朕的話聽不見？」

胤禛並沒有提高聲音，蘇培盛卻禁不住打了個冷顫。他直接上前扯住年氏的胳膊，嘴裡也不說請罪的話，使出力氣想把她拖出去。

「四郎……」年氏抖著嘴唇。四郎明明認出了自己，怎麼還叫個奴才羞辱她，他難道半點也不念舊情嗎？

周婷站在一邊看著這齣鬧劇，她敏銳地察覺出胤禛的改變，卻又不知道是什麼讓他產生變化，可最後他的態度又變了回來，年氏又成了一個不相干的人。

隱怒比剛才的盛怒更教底下人心驚，周婷知道不能再讓年氏說出些什麼來，雖然一顆心怦怦狂跳，卻還是走過去握住他的手。

「為了這個也值得發這麼大的脾氣？快快消氣，傷身子呢！她既不規矩，看管起來便罷了。」說著揮了揮手。

年氏已經站不起來了，柳條一樣纖巧的身子簌簌打著顫，她帶進來的丫頭更是怕得死咬住嘴唇不敢動，最後還是珊瑚叫幾個太監把年氏架到外頭去。

年氏被拖到門邊，羞憤欲死，又一聲「四郎」衝口而出，讓周婷不禁怔了一下。剛才那一聲多是嘆惜苦澀，這一聲卻滿是憤懣跟質問。

胤禛眯眼瞪著年氏，太監見狀趕緊停下來。

不聽倒罷，胤禛聽了她這一聲，皺起了眉。「堵了她的嘴。」

周婷卻不知道哪裡出了差錯，是年氏那句「四郎」嗎？可他們倆唯一單獨在一處的那次她也知道，難不成那短短一炷香的時間就讓年氏纏綿地喚起了四郎來？連她自己都沒這樣叫過呢。

可是看胤禛的臉色這麼壞，周婷猜測這或許是年氏心裡常這麼叫他，這時候就這樣脫口而出了。不過胤禛不提，她也不問，只按照平日的行事為他添茶湯，再把奏摺分揀好，一疊疊放在案上，接著就坐到燈下摸出沒做完的針線扎上兩針，再抬眼去看胤禛。

心神不寧之下，周婷捏著針就往肉裡扎，她不禁吃痛了一聲。

胤禛擱下筆踱過去摟住她的肩，看她含著手指頭，蹙起眉拍著背哄她。「扎疼了沒有？」

其實他心中也明白年氏的舉動讓人起疑，卻不能分說，只好把妻子摟進懷裡，仔細端詳著她的臉，忽而勾了勾唇。這一個，才是他熟悉得放在心上的人。

番外篇五　香消玉殞

周婷心中那點不安全感，融化在胤禛的懷抱裡，燭火映得她的臉一片嫣紅。胤禛拍個不停，漸漸把周婷的睡意拍了上來，胤禛怕她走回體順堂著了涼，就讓她歇在東梢間裡，自己則重回案前批起奏摺。

周婷一睡，胤禛又有些心不在焉了，他走到東梢間，望著周婷的睡顏發怔，他就這麼坐在床沿上，手背撫在她臉上怔怔出神。那聲「四郎」一下子讓他想起了年氏，上一世的年氏，年家的嫡女。

他跟年氏那些情投意合彷彿冬天在御花園裡綁的假絹花一樣，遠看極為美豔，近看卻是一絲生氣也無。孰真孰假，他終於分辨清楚，心念一動，探手伸進錦被之中，勾了周婷的手握在掌心。

這個年氏庶女既能如願嫁進府來，便不是個安分的，所幸他不曾臨幸過她，若得了寵，還不知道要生出什麼樣的心思來。

看著妻子，胤禛的輪廓在夜色裡顯得格外柔和，他低頭在周婷額上輕吻了一下，幫她掖了掖被子，就站起來往外走去。

胤禛由著太監把謹嬪從養心殿裡拖回去，這可不光是打臉，還是把她的皮都給扒了下來，簡直要她的命。年氏原本心裡存著雄心壯志，又突然知曉胤禛竟是她上一世的四郎，本來一陣狂喜，卻轉瞬被打進了泥裡，釵斜鬢歪，整個人灰撲撲的，沒了一點生氣，一院子的人都瞧見她是怎麼被帶回來的，根本沒有人敢伸手去扶一把。

年氏臉上一片死灰，蹣跚著站起來往屋子裡走去，遊魂似地飄飄盪盪，她的宮女則被帶去嬤嬤那邊重新學規矩。

景陽宮裡竊竊私語之聲不斷，年氏耳邊嗡嗡響著，嘴裡喃喃道：「四郎，咱們的情分你都忘了嗎？」

她先是一字一句地自問，突然就拔尖了聲音，破空大喊：「四郎！咱們的情分你都忘了嗎？」

這一聲嚇得宋氏身邊的宮女摔了碗碟，幾個住在一個屋裡的常在面面相覷，誰都不敢發問。等了好半天，總算安靜了下來，就在眾人都緩了口氣，往外一探頭時，卻發現年氏屋子裡的燈火明明暗暗，人影晃動，壓在喉嚨口的疑問還來不及問出，就聽見一聲悶響。

原以為年氏是在摔打東西，可半天就只聽見那一聲。宋氏察覺出不對，趕緊差了宮女往年氏屋子裡去，那宮女才一進門，就瞧見一雙花盆底高高地懸在半空中，年氏那件湖藍色袍子的下襬隨風一飄一盪。

宮女正要大喊，卻忍了下來，輕輕一聲「啊」被抑在喉嚨裡，各屋的常在們往廊下探過頭去，一個個瞬間慘白著臉，還不敢高聲大叫「有人死了」，一院子人頓時都沒了主意。年氏一死，這院子裡最大的就是宋貴人了，她指了兩個送水的太監把人先解下來，年氏已經沒了氣息。年氏身邊的宮女伏在廊下發抖，心知這回她也活不了了。

幾個常在嘴上不說，心裡也在猜測，從養心殿出來還沒過一個時辰呢，年氏就尋了短見，到底發生了什麼事?!

一面猜測一面敬畏，在她們眼裡，這就是不尊敬皇后娘娘的下場，該不會是萬歲爺要她自裁的吧？她們三五成群挨在一處，各自青白著臉，誰都不敢說話。

宋氏看著躺在地上的年氏，心頭一陣陣發涼，她嚥了口唾沫，緩聲開口。「是她自個兒想不開，與咱們不相干。」

常在們還懵懂，宋氏卻已經抓住了關鍵，這事情要是傳出去，總會扯上皇后，萬歲爺是絕不會允許的。

她們本就活得沒有倚仗，若是被遷怒，上頭發落下來，連個幫忙說話的人都沒有。宋氏指了自己的宮女上前抬起年氏的屍身擺放到床上去，自己花銀錢尋了兩個年紀大一些的嬤嬤收殮屍身。

那兩個嬤嬤到底年紀大一些，上去一伸手就把年氏的下顎合攏、眼簾抹下來，趁屍首還沒發硬時趕緊清潔起來，為年氏換衣裳時還乘機抹下銀鐲子往袖子裡藏。上吊的人死相並不好看，褲子上滴滴答答，顯然是失禁，兩人皺著眉頭把褲子往下剝，鼻子一動，彼此看了一眼。

這位謹嬪娘娘味道乾淨得很，沒料到她竟是處子身。兩人這才輕起手腳來，先用軟布抹乾淨，再幫她套上綢衣、綢褲，攏好頭髮，蓋上錦被。

年氏用來踩腳的凳子跟磚地上鋪的毯子全濕了，兩個嬤嬤看在銀錢豐厚的分上，又拿布把凳子跟地毯全抹過，這才回報上去讓宋氏通報。

胤禛轉著手中的扳指，他眼睛盯著奏摺，心裡卻在打算年家的事。這一個，是怎麼變成那一個的呢？原來或許還能留她一命，如今這一命，也留不得了。

至於年家，不論這個年氏事先是否曾經透露過她自己的身分，他都不打算再重用了。年羹堯才華尚可，人品卻差，胤禛無法相信他，一面用還一面打壓，讓他不敢恃才傲物，夾著尾巴做人辦事，比前世不知乖了多少，再不敢打不該有的心思。

蘇培盛聽了小太監的回報，眉毛一挑，忖著胤禛的臉色走上前去，還沒張口呢，胤禛卻先問了起來。「東西可叫人備下了？」

胤禛手一伸，蘇培盛趕緊遞茶過去，他垂著腦袋應道：「才剛吩咐下去，叫織造送新圖樣上來。」

胤禛心裡還惦記著周婷身上那件舊衣，聽了蘇培盛的回報，這才鬆了嘴角露出一點笑意來，才噙進一口茶，蘇培盛就又回了上去。

「景陽宮的謹嬪娘娘沒了。」

胤禛一怔，才想起「謹嬪」就是年氏如今的封號。他把茶盞往案上一擱，拿玉管筆沾了朱砂，待寫了兩個字，才沈聲道：「知道了。」說完就再也沒別的吩咐。

蘇培盛用腳尖磨著地毯想了半天，拿不定主意要不要把這事回報給周婷，又想到皇后怎麼也應該知道，才矮著身要退出去，胤禛就清了清喉嚨，蘇培盛趕緊站定了。

「你差人去收裹便是，天晚了，別拿這事擾了皇后娘娘的覺。」

周婷怎麼也想不通年氏怎麼就這樣死了，她第二日從胤禛床上暖烘烘地睡醒，用過早飯，拿了竹節瓷壺為胤禛添過了兩回水以後，才聽他說起這件事，他一面說，還一面用筷子挾了塊玉蘭片送到她碗裡。

周婷差點打翻面前的杯子，張著嘴半天沒說出話來。他昨天那般對待她，的確是把一個女人的體面全都撕乾淨了，可一個新婚進門就敢捏著喜果的妾，一個在莊子裡蟄伏了幾年、依舊憋著勁想往上爬的女人，真這麼容易就死了？

她攢著眉頭沈默，還是胤禛開口哄她：「這件事妳不需沾手，我叫人打理就是。」說完還加了一句。「這粥好，多用一碗。」

周婷拿著勺子有一口沒一口地吃，等胤禛上朝，她才放下碗指了珊瑚去打聽消息。宮中死了人的消息是瞞不住的，就算後事由胤禛差人料理，若是太后問起來，她總該有個說法。

年氏最後叫的那句話是藏不住的，景陽宮的人都聽見了，就算宮人們嘴緊不敢說，珊瑚還是問了出來。她侍候周婷的時間也不短，放在心裡一琢磨也覺得奇怪，這個年氏根本就沒近過萬歲爺的身呀，挨都沒挨上去過，又有什麼情分不情分的？她一面想一面臉紅，緊了緊身上的褐色棉袍，朝體順堂去。

珊瑚與蜜蠟兩個是結伴來的，卻不敢議論此事，她們都覺得年氏莫不是瘋了？先是攔了格格的路，之後又闖到養心殿去，哪一個正常人會做這種事、說這種話？

周婷知道了，太后自然也知道了，她比周婷想得更快些，立刻就吩咐下去：「這件事不許在格格們面前提，裹了發送出去也就罷了。」

年氏晚上闖進養心殿的事她也略有耳聞，原想留給媳婦收拾的，誰知道她就這麼死了。太后當然知道事情沒這麼單純，然而不論真相如何，有些事情不要知道得太清楚反而比較好。

不獨太后，周婷也怕自己兩個女兒聽了這件事會受不了，年氏才衝撞了她們，當天夜裡就死了，萬一她們想偏了，嚇著了自己可怎麼辦？她下了禁令，不許奴才們拿此事嚼舌根，一點風聲都不許透。

年氏的屍首悄無聲息地被送出宮，她的死，在宮裡比那石頭落湖泛起的漣漪都少。就是年家，接到了信也就擱下了，心中嘆息還沒攀上去呢，卻沒福氣死了，他們按著規矩上表，表示哀傷，周婷也賜下東西以示安撫。

死了人總歸不是件好事，年氏再不規矩，也沒到要她去死的地步，周婷因為這件事心裡有些過不去，總覺得有些事是她不知道的，每每想要試探，又趕緊在心中警告自己別去深究。自年氏進門以後，她也算是做到滴水不漏了，這兩人之間還能扯出什麼「情分」來呢？

宋氏很知趣地病著，而原本就規矩的常在們則更規矩了，周婷隱隱覺得年氏的死有內情，但想了幾回也沒能想出一點頭緒來。

倒是怡寧跟惠容兩個悄悄跟周婷咬了回耳朵，外頭如今都不再說周婷賢良，反而有些「皇后太厲害」這樣的傳言。

周婷笑著揭了過去，這是免不了的，後宮之中她一人獨大，唯一一個嬪還死了，哪可能太平無事，自然有舌根好嚼。她不在意這些，卻瞞不過胤禛那些眼睛跟耳朵們。

還沒到述職的時候，年羹堯就因改土歸流不利被連降三級，那股不知從何而起的流言還沒吹到仲春，就又悄無聲息地散去。

「皇額娘！」福敏清亮的聲音隨風遠遠傳了過來。

周婷瞇著眼睛往遠處望，也只看見一個紅色的小點兒，她擔心地扯了扯胤禛的袖子，怕女兒從馬背上跌下來。

胤禛安撫似地捏了捏她的手。「十幾個奴才跟著呢。」要是蹭掉了公主一丁點皮，腦袋還要不要？

周婷卻皺起眉頭擔心別的，福敏與福慧已經十歲了，胤禛這回帶著她同一雙女兒見識大草原，存的大概就是相看女婿的心思，那些台吉們把適齡的男孩全都帶了過來，她卻不想讓女兒嫁往蒙古。

福敏喜靜，一直窩在周婷身邊，偶爾騎馬，也只去營邊的綠洲逛一圈就回來了；福慧卻野得很，左右圍著十幾個人還能跑得遠遠的，周婷坐在帳中，遠遠還能聽見那一隊人傳來的聲音。這些日子，已經有受過父輩指點的男孩往福慧面前湊了。

周婷不樂意見到自己的女兒被當成肥羊那樣追逐，福慧卻還懵懂。周婷不許她去跑馬，她就悄悄求弘時帶她出去，連胤禛都幫她說話。「這麼些人圍著，她出不了亂子，在自家的圍場裡，跑一跑馬也算不了什麼。」

周婷在這裡生活了這麼些年，很清楚十歲的姑娘已經有人求娶了，雖然皇家公主要到十七、八歲才出嫁，可若有人打著青梅竹馬的盤算來算計公主，又該怎麼辦？

她拘了福慧幾日，不放她出去撒野，福慧的臉都鼓了起來，搖著她的袖子拚命求她，讓周婷又心軟起來。圓明園裡也有山有水，可哪裡比得上草原上的風光？福敏喜歡江南，福慧卻獨愛草原，一跳到馬上就樂得不得了。

連胤禛都站在福慧那邊，她就更不聽勸了，周婷咬著牙生氣。「女兒大了，你竟不知道愁，我這裡都能瞧見有幾匹矮腳馬繞著她呢！」她往袖子裡頭掐了胤禛一把，往遠處抬一抬下巴，那幾匹，可不是真的馬。

誰知胤禛竟露出了笑意，沒有他的首肯，也不是哪家小子都能往福慧跟前湊的，周婷瞧出了端倪，掐他的手更用力。想不到胤禛竟是個鼓勵女兒「自由戀愛」的父親，周婷遠遠望了一眼，內心又琢磨著讓福慧自己見過也好，就是自己問起來，她也能說出一二。

周婷正想開口，那邊弘時就打了馬過來，到她面前之後跳下馬來行禮。他不過十一歲的年紀，弓馬卻已經很嫻熟了。

既來了草原，周婷就差弘時去看一看大格格，出嫁快兩年的和碩公主，這會兒弘時來了，她就問他：「你大姊姊身子如何？」

大格格懷上了頭一胎，她原本要過來請安，被周婷攔住了，只讓她在公主府裡歇著，不許她走動。

弘時灌了一壺茶，抹了嘴巴以後回道：「大姊姊躺在床上，兒子也沒瞧見她如何，只問身邊的宮女，說她好得很呢。」

周婷也覺得大格格不會過得差，她本就是低嫁，夫家要敢待她不好，她難道不會抱怨？原先在家裡時就會折騰人，怎麼樣都不會讓自己過得差。

她還待再問，弘時又跳上了馬，執著鞭子指了指福慧在的那片草地。「兒子去跟他們賽一賽。」

「他們」指的自然就是那幾隻圍著福慧打轉的「矮腳馬」，周婷掩了口，朝他點點頭。「慢著些，這一頭的汗也不知道擦一擦。」

弘時應了一聲傳到周婷跟胤禛耳裡，人卻已經跑得一丈遠了，胤禛這才回捏周婷的手。

「我是打算把福慧嫁到這裡，妳瞧著呢？」

周婷的臉色一下子沈了下去，她就知道胤禛打著這個主意！

見她不出聲，胤禛捏了捏她的手指。「我總共就這兩個嫡女，嫁在此地也不算遠了，京中設一個公主府，出嫁以後也有半年住在京中，比尋常人家的女兒好得多了。」

周婷也知道胤禛考慮得有道理，可話頭還沒起，就又被胤禛截住了。「草原上再苦，也苦不到她頭上去，若是福慧的性子如福敏一般，我也不會做這個打算。」

他這些年還跟在府裡一樣，在周婷面前從不曾用過「朕」這個字，平和得一如世間所有尋常夫妻。

周婷聽了默然。女兒總是要嫁出去，只沒想到他這麼早就開始打算起她們的終身。周婷抬起頭尋找福慧的身影，茫茫草原上只能看見一個小點，背著落日黑墨墨一團，那姿態卻是昂揚的。

她比世間所有的母親都多擔心一點，若女兒的丈夫更偏愛小妾，兩個女兒要怎麼辦呢？公主十七、八歲才嫁，駙馬怎可能沒經過人事，那些他們家裡從小跟到大的丫頭，情分可不就跟那些皇子側室一樣嗎？正妻成了後來的第三者，她怎麼捨得女兒吃這樣的虧?!

周婷張了張嘴，輕輕嘆息一聲。胤禛仍不明白妻子憂心什麼，只握住她的手。「若不是人品出眾，我又豈能瞧得上眼？」

「我哪裡是為了這個。」她睨了胤禛一眼，把那些話又嚥回肚子裡。

胤禛奇道：「不是為了這個，又是為了什麼？」

有些話能跟女兒說，卻不能跟丈夫說，真論起來，倒像是在找他碴似的。周婷打定主意不讓胤禛知道，不斷為自己作心理暗示：在這裡，十歲的女孩已經成熟得可以談論婚嫁了。

夜裡有一場飲宴，蒙古各部的台吉都趕了過來，聽聞隊伍裡有皇后，更是把自家福晉一起帶了過來，就算求娶不到公主，也可以盤算一下阿哥們的婚事，特別是到現在還沒定下來的弘時阿哥。

周婷知道這是重要的外交，她把這些台吉們的家世背了個滾瓜爛熟，提起他們的妻子，就能想起上一代的聯姻跟下一代的婚事。台吉的福晉們同京裡所有的貴婦們一個樣子，見著了福敏跟福慧兩個，就使了勁地誇獎，禮物一樣樣往上遞。

福慧雖還懵懂，福敏卻已經有點知道這些福晉們的意思了。她扯了妹妹的袖子，忖著周婷的臉色才敢收下來，對她們的誇獎也是八風不動，倒讓原本是看上她們的地位才前來攀扯的福晉們存了幾分真心。

貴婦們總有這樣、那樣的事要料理，不能待得太晚，胤禛前頭的宴席還沒散，女人們這邊已經走得差不多了。

周婷才剛換了衣裳，珊瑚就附在她耳邊道：「白日跑馬的時候，慧格格磕了一下，不許人說，粉晶才剛從奴才這裡拿了藥油。」

周婷立刻去了兩個女兒的帳篷，福慧正赤著兩條腿讓粉晶為她推揉，見她來了，匆忙拉過毯子想把腿蓋起來。

周婷嗔她一眼，掀了毯子細細看她的腿，見只磕著了一塊，並無大礙，這才放下心來，點著福慧的腦門。「多大了還這樣沒有輕重，還敢叫下人瞞了我！妳別盯著粉晶看，她這樣才是好奴才呢！」

粉晶本來戰戰兢兢，聽見周婷誇獎，她才抬起脖子，繼續使力為福慧推揉，臉上雖沒露出笑意，耳廓卻紅了。

福慧氣呼呼的，卻也知道粉晶是為了她好，她扭著身子躲進她額娘懷裡。「我哪裡是瞞著皇額娘，連皮都沒破呢，算什麼傷呢？」

「還敢跟我弄鬼，幸好不是從馬上摔下來，萬一傷著了筋骨，有妳苦頭吃的。」周婷打定主意不再讓福慧去跑馬。

福慧瞧她額娘臉色不對，一臉沮喪。「我就怕告訴皇額娘以後，就不讓我跑馬了，好不容易來一回草原呢……」

周婷見她這副可憐兮兮的模樣，心先軟了一半，福敏從左邊的小帳裡頭走過來點了點她的鼻尖。

「裝這個可憐樣給誰瞧呢？要是我，再不許妳出帳門，瞧妳老不老實！」

福敏板起臉來倒比周婷跟胤禛更管用，福慧在姊姊面前馬上垮下腦袋，嘴裡小聲咕噥：「若不是察爾哈來扯我的馬頭，我再磕不著的。」

一句話讓本來就擔心女兒被人騙的周婷緊張起來。「這是哪家的小子，讓妳皇阿瑪罰他去！」

福慧先是死活不肯說，最後在母親跟姊姊的逼問下才吐露出來。

她從小精怪，見到那麼些人圍著自己時時獻殷勤，就跟在圓明園中一樣，心裡先不高興起來。她跑了兩日，硬是撒不開腿，到哪兒都有一群人跟著，小跑幾步，就有太監過來一口一聲主子地阻止她。

福慧眼睛一轉，尋著了機會，偷偷摸摸地穿著葛色騎裝早早起來往遠處跑，這才把幾個等著攔截她的台吉之子給扔到後頭。

她身邊跟著的下人沒料到她一下子使力，身邊又沒有七、八個台吉之子帶著家奴圍繞阻擋，冷不防竟被她衝了出去。福慧騎的馬當然好，發力奔跑一會兒就沒了蹤影，哪一個奴才敢立刻就往上報，自然是一群人尋了小半個時辰死命地找，找到她的時候全都齊齊鬆了口氣，趕緊讓人牽住馬繩，再不敢讓福慧自己騎馬。

福慧穿得樸素，一個人溜馬的途中，竟被人錯認了，那人比她矮上半個頭，見她的馬好，要同她比腳力。福慧從不怕生，跟出籠的鳥兒似地一路飛奔，若不是那小孩子幫忙她扯了一下馬籠頭，她差點真的摔出去，可她卻不敢讓那些奴才知道，回到營地以後就裝沒事。

周婷一聽那人比福慧還要矮上半個頭，這才定下心來，吩咐人從此把她看嚴了，說著狠狠拍了福慧的手掌心一下，一摸才發現她的手都粗了，這才狠下心。「可不許出去了，再胡鬧就叫人拴了妳。」

番外篇六　與子共享

有了名字，還有什麼打聽不到的？知道察爾哈比福慧小了兩歲，周婷這才徹底放心，但也不好胡亂就賞賜下去，只好按下不提，等到圍獵時才讓胤禛稱讚這個孩子小小年紀就英姿非凡，賞了他一柄弓跟一把刀。

等察爾哈上前來謝恩時，周婷睇了他一眼，抿著嘴笑了起來。還沒長開的男孩，渾身上下都是孩子氣，那把刀本就是賞人用的，嵌了珠玉寶石格外富麗，半掛半拖地吊在身上，倒比他的人看起來還重，可他竟能一手挽弓一手拖刀，自己把東西拿回去。

「這孩子倒有力氣。」周婷讚道。

福慧有模有樣地坐在她額娘身邊，她看見熟人，嘴裡哼了一聲；福敏遠遠望了一眼，知道他是幫過福慧的人，還誇獎了他一句。

福慧見察爾哈神氣極了，滿臉憤慨，知道這回皇額娘再不會放她出帳門了，噘著嘴。「皇阿瑪都沒給我刀呢。」說著掄起粉拳捶了一下腿。「來年看是誰贏！」

福慧再嬌氣也知道若不是察爾哈那一下，自己早就跌出去，摔斷了腿，又覺得他能在飛奔的馬上湊過來拉她的馬籠頭，很是了不起，可好勝心一起，就把眼睛瞪得大大的，將那個瘦小黝黑的身影牢牢記在心裡，打算將來討回這一筆帳。

周婷正待再誇一句，翡翠就執壺過來為她添了杯奶茶，藉機壓低了聲音。「和碩公主昨夜裡滑了胎，消息剛送過來。」

周婷細眉一皺，就又鬆開。「帶兩個隨隊的太醫過去，妳跟著跑一趟，仔細問問是怎麼一回事，該備的都備齊了。」

大格格的公主府並不遠，翡翠卻到夜裡才回來，一腦門的汗，急白了臉去尋皇后稟報。圍獵之後必有一場宴飲，趁著前頭還沒散，翡翠趕緊湊到她跟前。

大格格嫁的這個人並不差，她又生得纖弱，一派江南女子弱柳扶風的模樣，才掀了蓋頭就把額駙看住了。

婆婆敬愛、丈夫疼愛，開始那三個月，真是蜜裡調油。周婷知道依照慣例，公主出嫁後就住在公主府裡，若無公主宣召，額駙不得自行入府，即使公主召見，也得經過身邊的嬤嬤同意，而那些嬤嬤們卻會使出各種手段阻礙小夫妻，不讓他們見面。這下就算不是為了大格格，為了自己的女兒，她也把這規矩給廢了。大格格跟丈夫、婆婆就住在同一處，日日廝磨，過了一段新婚甜蜜的日子。

壞就壞在新婚甜蜜過去之後的柴米油鹽，額駙比大格格大一歲，娶親的時候已經十九了，身邊怎麼可能沒有屋裡人？那些蒙古姑娘豐滿健康，跟大格格比起來又另有一番風情，他不可能因為娶了公主，就真的不要那些妾了。

大格格起先還使著小手段來勾住丈夫，這一招倒是奏效過，可無奈她自己身子骨不行，再尊貴也抵不過開枝散葉來得重要，眼看小妾懷上了孩子，她這才急忙擺起公主的架子來。當今清朝皇室的女兒少，自然金貴，若不是婚事早早就定下來，這位公主還不見得會嫁到他們這裡來，因此從上到下都沒有人敢跟她擰著來。

男人到底是男人，起初大格格不擺架子、不提身分的時候，他沒想到自己是高攀，如今話頭一起，再看到自己母親對待大格格那恭敬的模樣，那些在外頭受過的氣發洩無門，轉而立刻冷落妻子。

大格格的身分擺在前頭，他雖不敢過分，但冷落女人的辦法有的是，大格格難道還能上訴說丈夫不進她的房門嗎？大格格就像啞巴吃黃連，有苦也無法對外人道，心中一遍又一遍後悔，若是生母還在，或許能為她說上幾句話，如今上首坐著嫡母，再讓她比現在苦上一百倍，她也決計不會吐半個苦字。

嫁過去的時候是朵鮮靈靈的花，現下就跟打了霜似的，原有的好顏色也敗壞了一半，額駙的心早像長了翅膀似地飛到別人身上，待她雖還敬，卻無愛了。

大格格這才曉得那些妾能讓主母吃多少苦頭，可她心中愈是恨，就愈是不會對嫡母訴苦。她將心比心地想了一回，就恨不得把這些小妾都打發乾淨，更別提看著庶子庶女咿咿呀呀地叫阿瑪了。

好不容易懷上了，從上到下全都鬆了口氣，額駙見她不便行房，歇在小妾屋子裡的時間更多了。大格格懷著身子沒多久，院子裡就有兩個妾懷上了，她又氣又苦，本來身子就不壯實，知道消息以後馬上見了紅。

後頭這些話冰心跟玉壺不敢對翡翠明說，但周婷也能想得出來。翡翠不比珍珠跟瑪瑙吃過李氏的虧，她見到大格格那樣，倒真有些憐惜她。「臉盤蠟黃，瘦成了一把骨頭，冰心跟玉壺一見著我就掉淚，我瞧那院子裡的人倒是把大格格供著呢，可她又不是泥塑木雕的，心裡怎麼會好受？」

周婷聽了以後默然半晌。其實這事她派了翡翠去，已經是做足面子了，額駙家裡又驚又恐，就怕大格格訴委屈。這倒不怪他們，誰教大格格好好的，臉上卻還要帶著委屈呢？周婷長長嘆出一口氣，大格格是自己從她小姑娘起看到大的，她好像總有辦法把原來就不厚的情分給磨得乾乾淨淨，不光是對周婷，對自己的丈夫也是一樣。

周婷既是嫡母，出了這樣的事就不能不管，她夜裡把事情告訴胤禛，嘆息著說：「我明天就去看一看，她還年輕，沒經過事。」

胤禛按住了她的肩。「我讓蘇培盛跑一趟就是。」

周婷聽見他這麼說，也不再堅持，說不準蘇培盛跑一趟倒比她還有用些。

果然不出周婷所料，蘇培盛走了一遭，過幾天就傳出幾個沒懷孕生過子的妾被打發走的消息，周婷聽了回稟，點了點頭。福敏正在做針線，抬頭瞅一瞅母親的臉色，就又低頭下去。

等那半隻蝶繡出來，福敏才聽見她額娘慢悠悠地吐出了一口氣。「若是能就此明白身分，日子也就過得好了。」

福敏與福慧長到十五歲時，周婷才預備為她們定人家，胤禛那邊卻是早早就準備起來了。到了年節，京裡排得上號的人家往中宮拜訪得愈加勤快，周婷心中早已經打了腹稿，兩個女兒就如胤禛說的，一般必有一個要嫁到塞外去，既然如此，那另一個怎麼都嫁得近一些。

胤禛卻有另一種打算，他早十年開始治國，當時吏治還沒敗壞得徹底，他甫一上臺就使出那些老辣手段，直打得貪官污吏們措手不及，狠狠打殺了幾個，又沒收了財產，倒叫餘下的那些收斂起來。雖不至於無貪官，卻也清澈許多，再不似康熙末年那般，只要能辦事，便不管官員是否貪腐。

然而，八旗人家對這個新皇帝卻有諸多怨言，皇上說他們收了老祖宗給的好處，不讓他們再吃空餉，又開了旗學敦促旗人讀書習武，別把老祖宗的本事丟個乾淨，剛開始的時候京城裡滿是埋怨，如今七、八年下來也教人看見了成效。

那些老子只會跑馬走狗的，兒子竟有出息了，能作文章，也能拉弓引箭，家裡的下一輩有了希望，就會再進一步，若不是昏聵到了頭，哪個人會不高興呢？

上一世往他頭上一盆盆潑髒水的文人也柔和起來，口中雖然不說，卻對他興教化一事有諸多讚揚，雖不肯往州府之中講學，卻也派了弟子遊歷，每到一處，就到書院講上一旬日的課。

這些文人們從滿人入關起，就硬著脖子與朝廷作對，強硬了那麼多年的骨頭，經歷這八、九十年的軟磨硬耗，才剛剛泡得軟了下來。

胤禛心中想將福敏的終身大事同江南掛上勾，女兒愈大，性子就愈鮮明。福慧野慣了，放到草原上就撒了腿不見人影；福敏卻是在遊江南的時候更自在，跟在妻子身邊去了好些名勝，回來便讚嘆江南風物的諸多妙處，被福慧皺著眉頭諷她一句「酸」，將來必定嫁進聖人廟吃冷豬肉。

福敏與福慧全都伶牙俐齒，兩人拌嘴能讓周婷樂上一天。蘇培盛學了福慧的話說給胤禛聽，好教胤禛在煩亂的政務之中多一點休憩，那句「嫁進聖人廟吃冷豬肉」一出口，胤禛差點噴了茶。過後他竟真的思量起來，點翰林時更加用心看各家子弟如何。

胤禛這邊剛露出一點意思，京裡的人家就察覺出味道來，加緊敦促子弟用功讀書，再有三年的科舉，公主可不就該出嫁了嗎？說不定點了狀元的那一個，真能抱公主回家。

既有了這一齣，怡寧跟惠容進宮時就問起那拉氏來。「萬歲爺真是那個意思嗎？」點了狀元先入翰林，那倒算是嫁得近了，只是如今旗人再用功，也比不上江南那地方的千年傳承，每次放榜，江南的貢生可是上榜最多的。

「真不怕把福敏嫁去南邊?」怡寧如今有了兩子一女，臉盤卻還沒變，在那拉氏這邊也從不論什麼尊卑，依舊歪在炕上拿小碟子托著吃玉帶糕。「保不準就是個寒門出來的呢。」

「說起這個，我倒想起一樁趣事來。」惠容又懷了身子，腰後頭拿大迎枕墊著還覺得累，聽了半天她才提起話頭。「才聽我娘家嫂嫂提起，那個年氏懷了身子。」

周婷微微一怔。年詩嵐死了好幾年，屍骨都化成了灰，除了周婷一直記得她臨死前喊的那句話之外，宮中再沒有人記得她了。這次還是因為她姪女入宮選秀，宮中的人才又把她翻出來嚼了兩天舌根。

惠容嘴裡那個年氏，說的就是兩年前送來選秀的那個年家姑娘，年羹堯的嫡出女兒。除了她，年羹堯後頭生的都是兒子，這唯一一個女兒自然嬌寵得不得了。年家的女孩生得都好，她才十二、三歲，恰逢胤禛上位後頭一回大挑，年家人心中不免存了希望。

不論是給皇上還是給阿哥，只要留了牌子，他們就有地方使力。年家人心裡想得美，這姑娘也的確是生得美，無奈不論是胤禛還是弘時，要見著秀女的面，全都得先過周婷這一關。

周婷首先看的，就是不能纖細妖嬈，似年家小姑娘這般十二、三歲就塗脂抹粉、穿錦帶金的，一看就是敗家女，不論是嫁給宗室還是留牌子給弘時當側室，都不行。

她生得這麼好，第一輪自然留下了。她滿心以為自己定是榜上有名，也有奴才與宮人使勁奉承，更有小姑娘急急與她攀交情。樹大招風，複選還沒到呢，她住的那一宮就吵嚷了好幾回。

周婷再叫小姑娘們來喝茶聊天時，那些嚷起來的沒有一個人被叫過去。年氏心中暗急，連趕好幾夜做了一對布娃娃，獻寶似地奉上去給周婷，還特地點明了是給兩個格格玩的。

接到東西的宮人立刻抽了一口冷氣，跪在地上瑟瑟發抖，年氏還摸不著頭緒呢，那邊幾個一起來的小姑娘頓時全部站起來，呼啦啦跪倒一大片。

周婷翻揀著東西，臉色微妙地看著雙目含淚、受了委屈似的年氏，皺著眉頭不知道說什麼才好。那是兩個身穿著旗服的大頭娃娃，眼睛是拆了串珠釘上去的，做東西的料子也是年氏自己帶進來或者剪了自己的衣裳做的。

福敏愛淡色，福慧愛暖色，年氏打聽得清清楚楚，那娃娃頭上還有一對小小的蝴蝶釵。小張子忖著周婷的臉色，急忙把事情報給胤禛，這些秀女頭一回見著萬歲爺，就是在他盛怒著喊打喊殺的情況下。

年氏此時還不明白自己做錯了什麼，她這一手絕活可是磨練了多年，只等著在御前獻藝時秀出來，若不是上頭突然不再讓她前進，她還不想這麼快就亮出來呢。

她不知道自己錯了，那些宮人們卻已經反剪住她的胳膊往旁邊拖，年氏掙扎不過，一頭烏髮披散下來，把剩下那些小姑娘嚇得魂飛魂散。

胤禛急急趕來，眼睛一掃就怒得踢掉座椅邊上擺的大玻璃花瓶，玻璃渣子碎了一地，他指著年氏就喊「拖下去砍了」，還是周婷攔住他，從祖上傳下來，還沒哪個秀女進宮就被殺了頭的，要拿什麼罪名詔告天下呢？

說年家的人行巫蠱之術嗎？她扯了扯胤禛的袖子，瞇了瞇眼睛。「據我看，這姑娘只是不規矩，倒不是真的行那骯髒事。」

這話自然有道理，做這種事得偷偷摸摸地來，哪能大剌剌地擺到桌面上來，還直接把罪證送給皇后看？除了說年家家教不好，教出來的姑娘還缺了個心眼，教人怎麼評論?!

胤禛怒火難平，銳利的目光在年氏周身上下轉了個圈。上一世他還為這個小姑娘作過媒，差一點就配給了隆科多的小兒子，想讓這兩位他器重的臣子結個兒女親家，彼此和睦。這輩子本已熄了這個心思，竟在這個時候撞到槍口上來。

這事到最後到底還是下頭人遭殃，侍候的宮人第二天就抬到義莊裡去了，跟年氏同住一間屋裡的小姑娘也跟她一起被發落出去，本來明明能指個不錯的人家，如今把姻緣斷送了不算，事情傳了出去，她還怎麼說人家?!

胤禛原想要年氏的命，被周婷攔了下來，可年氏也嚇得昏死過去，半死不活地抬出了紫禁城。那些小姑娘們原還存著心思，現下只巴望著能配給宗室，凶神惡煞一般的萬歲爺，還是留給菩薩心腸的皇后娘娘吧！

年家的姑娘從此之後是再不能選秀了，下頭的嬤嬤跟太監們都得了吩咐，只要瞧見是年家出來的，第一輪就撂了牌子，不讓她們進宮禍害主子們。

年氏回家之後，年羹堯想趁醜聞還沒傳開來時把她嫁出去，誰知才剛攀上一家，胤禛的聖旨就來了，他把年羹堯的女兒許配給隆科多的兒子，玉柱。

玉柱在廢太子理親王那邊待了整整三年，胤禛並不理會他，只告訴他一旦進去了，就不得自由。玉柱磕頭謝恩，甫一進去，根本沒人理他，最後還是原本的太子妃瓜爾佳氏為他安排了屋子，這一住就是三年，與胤礽朝夕相伴。佟國維求了又求，就算不為了隆科多，也為了自家面子不好看，誰知胤禛只有一句「隨他自己願意」，就再無二話。

等賜婚這道旨意下去時，佟國維明知這姑娘不好，也只能捏著鼻子認了，可玉柱竟還不願意回家。三年過去，他瞧起來就像倌館裡的小倌，不僅說話時刻意柔著聲，身上的皮肉也因時時受到憐愛而晶瑩白皙，冷不防聽見皇上下旨要他娶妻，就巴著胤礽的腿不放。

胤礽並不是很看重他，一開始只當消遣，再說還是佟家讓他落到這個地步的，怎麼樣都該拿佟家人出出氣。然而時間一久，不管自己怎麼乖戾，玉柱待他都一如既往，胤礽也不是沒有感觸，但他栽的跟頭太大，不肯主動伸出手去，最後還是弘晳拖著玉柱，把他趕出門的。

這些爛事京裡無人不知，佟國維總算嚐到了家風敗壞的苦頭，再沒有一家大族肯跟這樣的人家結親，逼不得已，佟家只好分家。

玉柱被人壓著成了親，穿著喜袍還想從佟家跑出去，被佟國維綁著扔進了新房，也不知道年氏瞧見一個比自己還要秀氣斯文的丈夫會作何感想。可這些日子過去，玉柱竟能讓年氏懷上身子，真算得上是奇聞了。

怡寧忽爾一笑，銀筷子上挾著的鴿蛋滾在碟子上，她低了聲，一臉揶揄。「也不知那肚子裡頭的，是不是一個祖宗呢？」

佟玉柱就跟廢太子身邊的姬妾沒差什麼了，三年不歸家，外頭什麼難聽的話都有，這麼個癡心癡意的，誰能信他真的回轉心性去愛女人？如今還有人能瞧見他往理親王府門口湊呢，只是守門的人不再讓他進去罷了。

周婷不知道說什麼才好，聽見她們論起這個姑娘，也只能在肚裡嘆她一回「自作自受」，轉頭又問起別的來。「上回給妳的胭脂用起來可好？」

惠容懷著身子不宜用這些東西，怡寧卻指了指自己的臉龐。「四嫂瞧呢？我都覺得自己年輕了五歲，這紅就像從皮膚裡透出來似的，這個謝氏倒真是有辦法，我聽說如今洋人都用咱們的胭脂呢！」

謝瑛沒能同馮九如離緣，還如原先一樣兩邊住著不碰面，這樣下來也十年了。謝瑛的生意愈做愈大，如今京裡貴婦們用的胭脂、香粉無不是從她開的鋪子裡買來的，有周婷在，她又的確有手腕，也就包下了宮中的貢奉，光是命婦跟宗室女的花粉錢，一年就能賺上萬兩。

本地買的胭脂不過裝在瓷盒或玻璃盒裡，到了外頭就成了管狀，一架子排開試用販賣，價錢由高到低，低的那些不過三色，高的那些調到八、九種顏色。謝瑛既有來歷，起的名字自然引人遐想，她也曾進給周婷一些，一聽那名，周婷就會心一笑，也不知後世那些大牌出來的時候，該起個什麼名，才不會重複了。

謝瑛離開馮家，馮九如起先還沮喪了一陣子，後來禁不過同僚跟下屬的挑唆，小妾一個又一個迎進門，有在秦樓楚館裡當紅牌的，也有小家碧玉聘來的，可除了那個被他迎進門生下兒子的小妾，其他女人就是沒生出孩子來。

萬貫家財伸伸手就能勾得著，那個小妾眼裡愈來愈空，行事也愈來愈威風，關起門就是當家夫人的架子，她這裡自然也有人通消息，知道謝瑛竟然在英吉利跟俄羅斯發了財，又當起了宮裡的貢奉，承辦宮中貴人們的脂粉玩意兒，竟肖想起她那一份來。

在馮九如耳邊挑撥了幾回沒得到回應，她竟大膽地傳了口信想叫謝瑛把這些生意重新歸到馮家來。

這回卻不是周婷幫謝瑛出頭，而是福敏瞧了謝瑛的信，把馮家那點事情問了個清楚，默然良久後去尋胤禛，問她的皇阿瑪：「何以女子立世如此不易，既以赤誠待之，何不得之赤誠？」

胤禛去信責問馮九如，卻是按著邸報的形式送下去的，一層層送到府、州、縣，把馮九如的臉皮都刮下三層來，那小妾一轉頭就被關了起來。

這下天下的貴婦多半都知道了這件事，馮九如那個小妾生的兒子更是在胤禛這裡掛了號，他厭惡一種人，就把他往最壞的那一面去想，他夜裡摟著妻子，還嘲諷了一句。「莫不是又一個玉柱。」

上有所好，下必甚焉。如今帝后恩愛甚篤，皇上又是擺明了不喜那些女色有虧的。幃薄不修，為時所鄙，御史可使了勁地參，下頭那些官員在女色方面也不敢鬧得過分，這麼一來，胤禛在閨閣之中竟有一批為數不小的粉絲，怡寧的女兒就曾拉著福慧說悄悄話，表明將來要嫁一個像伯父這樣的人。

三人正聊得興起，珊瑚捧了紅瑪瑙的冰盆進來。「前頭剛送來的葡萄，萬歲爺特地吩咐拿井水冰鎮過才送來的。」

怡寧與惠容兩個人交換了一個眼神，同時露出打趣的笑，周婷臉上一熱，偏過臉去，她伸手捏了一顆葡萄塞進嘴裡，含著涼意，心裡的甜一層層泛上來。

胤禛如他承諾的那般，早早就把一家子挪回了圓明園，就像過去那些年一樣，這裡就只住了他和她，再沒有別的女人。

如今他們真像胤禛原先說的那樣有了四個兒子，七阿哥弘晫還躺在悠車裡，六阿哥弘暘是這幾個孩子之中最調皮的，從小就咬緊了嘴巴不肯說話，現在還是這副脾氣，自己抓著門框想要翻窗，磕著了也不叫，把看孩子的嬤嬤跟丫頭嚇得差點軟在地上爬不起來。

家裡的人愈來愈多，周婷跟胤禛也愈來愈像是一對柴米夫妻，上朝的時候他是萬人之主，下朝回了正院，就是周婷的丈夫，一串孩子的阿瑪。

胤禛下朝的時候，周婷換上一身挑紗荷花滿地嬌衣裳，搭著珊瑚的手立在院門邊等胤禛回來。圓明園中景緻多，胤禛一年年修葺下來，依山傍水愈加開闊，夏日中繁花著錦、濃蔭如墨，周婷住的院子則是一開院門，就能望見胤禛回來時必經的橋。

周婷剛瞧見橋頂上露出個紅頂，就勾起了嘴角。珊瑚扶著她的手往前走去，遠遠地，她就能瞧見她的丈夫從橋的那一頭慢悠悠地走過來，水面落著雁鳥，翅膀一展從橋中間低飛過去，周婷壓了壓被風吹起來的衣襬，嘴邊的笑意綻如夏花。

胤禛快步過來攥了妻子的手，打量她衣裳上繡的荷葉蓮蓬，勾著嘴角。「今天再去荷池邊，那裡涼快得很。」說著捏了捏她白膩的手，交換一個彼此心知肚明的眼神，讓周婷不禁粉了耳垂。

圓明園的荷葉出水極高，坐了小船往裡行，頭上連片的綠蔭，伸了手還能折蓮蓬挖蓮子當零嘴吃，周婷帶著孩子們玩過幾回，胤禛知道了，一時興起拉了她一道。

雖把宮人們趕得遠遠的，那一圈圈盪開的漣漪卻不知洩漏了多少秘密，他們下船時星星都升起來了，周婷的裙子濕了半幅，珊瑚跟蜜蠟面面相覷，趕緊小跑著回去取綢斗篷把她罩起來。

那天在船上的事，現在想起來還教她面紅耳赤，眼風掃過去，滿滿都是柔情密意。

胤禛側頭看她一眼，用拇指跟食指輕輕搓揉著她的指節。「明年春日，我帶妳坐大船往江南去。」

這話不知說了多年，上一回都要出發了，卻被太醫診出喜脈來。周婷笑著低應一聲，側了頭正要回一句，就見胤禛目光柔和地望著她。

胤禛見她看過來，長眼微眯。「錦繡江山，與子共享。」

四目相交，周婷垂頭淺笑，攏在袖子裡的手緊緊攥著胤禛的手，這時節挨不到一刻，手心就汗濕了，兩人卻都不覺，只交握在一處。極目處是一片荷粉綠濃，周婷放軟了身段，任由胤禛牽著她的手緩緩前行。

這一條長路的盡頭，就是他們的家。

——全書完

顛覆史實 細膩深情／懷愫

既然身為堂堂正妻，就得顯出該有的威風來！

過勞死就算了，還穿越時空當個不受寵的正妻……
要是那些小妾真以為能把她踩在腳底，可就大錯特錯了！

溫柔嫻淑，是滿懷計謀最好的保護色；
女人心機，足將男人玩弄於股掌之間。
看她發揮智慧大展魅力，定要丈夫只愛她一人！

正妻不好當

全套五冊

文創風 150 **1**

在現代要是過勞死，還能上個新聞，提醒大眾注意身體健康，
在古代嘛，累死、寂寞死、傷心死，那都是自己不爭氣！
虧這個身體的原主還是個正經八百的嫡妻，
誰知有面子沒裡子，徒有端莊大方之名卻不得寵愛，
幾個側室都是明著尊敬，暗地裡使絆子，要她不見容於丈夫。
周婷一醒來，就面對這絕對不利的情勢，
要是有個穩固的靠山也就罷了，偏偏她還剛死了兒子……

文創風 151 **2**

既然身不由己，來到這個光有身分還不夠尊貴的地方，
唯一能讓日子好過一點的方法，就是發揮身為「正妻」的優勢，
光明正大設下許多小圈套，等那些豺狼虎豹自行上鉤，
打擊敵人之餘，還博得溫良恭儉讓的美名，真是不亦樂乎。
原本周婷就想這樣舒心過完一生，豈料丈夫發現她的轉變後，
竟像戀上花朵的蜜蜂，成天黏答答，非要將她吃乾抹淨才甘心，
惹得她心思盪漾，覺得多生幾個孩子也不錯……

文創風 152 **3**

明知每回小選大挑，府上都會被塞進好些個侍妾，
但「只見新人笑，不聞舊人哭」這事可不許發生在自己身上！
周婷成功打趴後院所有女人，讓丈夫再怎麼飢渴也只上她的床，
非但無人說她善妒，從上到下、從裡到外還全是讚美聲。
就在她以為所有事情全在掌控中時，那個被她養在身邊的庶女，
竟受了生母指示，企圖向她施蠱……

文創風 153 **4**

既然「家事」搞定了，接下來就是發揮賢內助的本事，
這頭打點、那邊安撫，幫助丈夫在爭奪皇位上取得有利的位置，
好讓兒子、女兒未來的路平平順順，一生無憂。
只不過……既是九五至尊，未來後宮佳麗自然不會少，
成全他長久以來的心願是一回事，要端著皇后的臉面故作大方，
實際上卻委屈了自己，她真能做到嗎……？

文創風 154 **5** 完

面對那一屋子等著遷入皇宮中，好接受冊封的側室與小妾，
無論如何也無法讓人舒心。
原以為所有的甜蜜都將隨著皇帝、皇后分宮居住而漸漸淡去，
想不到丈夫卻信守諾言，非但只寵幸她，還打破傳統，
跟她「同居」起來，教周婷又驚又喜。
偏偏這時還有人不死心，非得把自己逼上絕路不可，
很好，就別怪她手下不留情，使出看家本領掃蕩「障礙物」了！

種田重生／豪門恩怨／婚姻經營

痛快逆襲、深情不悔／

不要掃雪

難為侯門妻

全套五冊

她，人們戲稱為京城裡的一朵奇葩，
仗著父親是大將軍王，任性妄為、胡攪蠻纏，
不顧一切嫁給癡戀的男人，
卻因此付出最慘痛的代價……
沒想到死後重生，回到一切悲劇上演之前，
這一世，她真能改變自己去糾正前世的錯誤，
阻止不幸的命運再次發生嗎？

文創風 129 1

她已下定決心不再去招惹那些虛有其表的世家公子，
一心想拜師學醫，成為真才實學的女大夫，
才有能力改變自己與父親的不幸，挽救夏家的崩毀，
但是天下第一的神醫早已放話不收徒弟，連要見上一面都很難了，
這重生後跨出的第一步還真有點傷腦筋～～

文創風 130 2

沒想到世事難料，一切似乎完全反了過來，
尤其小侯爺李其仁的出現，意外打亂了玉華的全盤計畫，
他外向、開朗，真心誠意對待她，對夏家更有莫大的恩情，
她不知道怎樣才能表達心中的感激，同時也越發的不安起來，
人情債、感情債似乎越欠越多，多得根本沒有辦法還清……

文創風 131 3

無論哪一世、無論什麼事，為了女兒，父親都可以付出一切，
這一世，就換她來付出，並討回原本屬於父親的東西吧！
哪知父親才歷劫歸來，唯一的弟弟又遭人下毒，命在旦夕，
這夏家真是屋漏偏逢連夜雨，倒楣事一齣又一齣，
但只要父女同心，其利斷金，便沒有過不了的難關……

文創風 132 4

莫家是天下首富，身為接班人的莫陽個性內斂而清冷，
給人一種不怎麼好親近的感覺，卻總在下令玉華急難時伸出援手；
一個曾經親手為母親煮麵，如今也願意為她煮麵的男子，
這樣的他便足以讓玉華動容，永遠記在心中……

文創風 133 5 完

眼看婚姻中出現了大麻煩，即便錯不在自己，畢竟事情因她而起，
解鈴還需繫鈴人，玉華決定親上火線，化解婚姻危機，
她從不信什麼改命之說，自己的命只有自己能夠改變。
兩世為人，她真真正正懂得要珍惜這愛她及她所愛的人，
斷不會再讓自己留下更多的遺憾……

文創風 154

正妻不好當 5 完

國家圖書館出版品預行編目資料

正妻不好當 / 懷愫著. --
初版. -- 臺北市 : 狗屋, 民103.01
冊 ; 公分. --（文創風）
ISBN 978-986-328-230-3（第5冊 : 平裝）. --

857.7 102025932

著作者	懷愫
編輯	連宓均
校對	黃鈺菁　陳盈君
發行所	狗屋出版社有限公司
地址	台北市104中山區龍江路71巷15號1樓
電話	02-2776-5889～0
發行字號	局版台業字845號
法律顧問	蕭雄淋律師
總經銷	知遠文化事業有限公司
電話	02-2664-8800
初版	103年1月
國際書碼	ISBN-13　978-986-328-230-3
原著書名	《四爷正妻不好当》，由北京晉江原創網絡科技有限公司授權出版

定價250元

狗屋劃撥帳號：19001626

網址：love.doghouse.com.tw　E-mail：love@doghouse.com.tw